行走的印迹

——安平秋古籍工作论谈

下

安平秋

著

凤凰出版社

二　演讲与访谈

在香港中华文化促进中心的演讲（摘录）

1991 - 06 - 12　香港

前几天，在香港中文大学与章培恒教授一起介绍了内地高校的古籍整理与研究的现状和展望。今天，应主持人的邀请讲一讲在古籍整理和中国传统文化研究领域里开展对外学术交流的想法。

一、对外学术交流的任务与方式

古籍整理和中国传统文化研究领域里的对外学术交流，已经列为高校古籍整理研究工作委员会今后几年的 5 项重要工作之一。所谓对外学术交流，是指全国高等院校与海外（包括港台地区和国外）同仁、与有关机构之间，在中国的古籍整理与传统文化研究方面的合作与交流。

流散在国外的汉籍数量相当可观，有一些是国内所没有的稀世珍本，这是中华民族的宝贵文化遗产，也是世界文化的宝贵财富。对这样一批文化财富，海外同行也在整理研究。我们的任务是，了解这笔文化财产在海外的收藏情况，与海外同仁一起整理研究它们，促进中外学术的发展，有利于中国学术与世界文化的进步，同时也使它们为今天的祖国建设服务，为祖国的长远利益服务。其方式方法，可以是多种形式、多种渠道的，可以是机构之间合作、交流，可以是个别人员之间的合作、交流，也可以是个人独力完成。总之，不拘一格。

二、对外学术交流需要对海外有关的 学术界状况有一基本了解

对外的学术交流要去掉盲目性，加强针对性。不要认为只要交流就好，这很不够，要讲求交流的效率，使交流真正能够促进学术的发展，有利于中国文化和世界文化的进步。这就要求我们对海外学术界的历史与现状有一个基本的、准确的了解与认识。

我个人认为主要应该了解以下三个方面的情况。

（一）海外中国古籍的收藏情况

我们应该通过与海外学术界朋友一起合作搞项目的方式，调查各国收藏中国古籍的数量、内容与特点。举例来讲，在我们中国之外，日本是收存中国古籍最多的国家。它现有的清代以前的善本大约有 7000 至 9000 种，这是个相当可观的数字。这些书，大体分布在 5 个系统里。第一是日本的皇家藏书、宫廷藏书。从前称为图书寮，今天称为书陵部，属于日本的皇家、宫廷所有，也对外开放，但要有一定的手续。第二是公家系统。为国家所有，主要的有内阁文库、东洋文库、金泽文库、蓬左文库，以及成百的各都道府县市町的图书馆。数量

大，约占总数的 1/2 强。第三是私家藏书。既包括财团的藏书，也包括纯属个人的藏书。如三菱财团的静嘉堂文库即是最大的私家藏书，就其版本质量而言，在日本名列前茅。它的基本库藏，是我国清末四大藏书楼之一的吴兴陆心源的皕宋楼藏书。当时，陆心源藏书分三处：（1）宋元刻本及名人手抄本在一处，名皕宋楼；（2）明清刻本在一处，名守先阁；（3）普通书在一处，名十万卷楼。在 1907 年，皕宋楼的 15 万册藏书以118000 日元的价格，由陆心源之子陆树藩售予日本岩崎文库。岩崎文库是日本三菱财团第二代社长岩崎弥之助建立的。通过日本目录学家岛田翰将皕宋楼藏书弄到日本静嘉堂文库。现该文库有宋刻本 127 种，元刻本 55 种，明刻本 550 种，明抄本80 种，清代名人手跋本 320 种。另有字画若干。第四是大学藏书。其中主要的有东京大学东洋文化研究所和京都大学人文科学研究所。东大的藏书，是以浙江人徐则恂的东海楼藏书为基础的。徐氏的书于 1927 年卖给日本驻杭州总领事米内山庸夫。现有汉籍线装书 20 万册，其中，六朝抄本 1 种，唐抄本 7种，五代抄本 1 种，宋刻本 9 种，金刻本 1 种，元刻本 11 种，明刻本 770 种，清人稿本 2 种。京大的藏书，是以天津武进人陶湘的藏书为基础的。现有宋刊本 53 种，金刻本 3 种，元刊本 55 种，明刻、明抄本 340 种。第五是寺庙藏书。如东京的日光轮王寺的天海藏，京都的真福寺。了解了日本藏书的情况才可有目的地开展与日本的中国学交流与合作。

又如苏联，汉籍主要存藏在列宁格勒。《红楼梦》列藏本即是在那里发现的。

我们对日本和其他国家收藏中国古籍的数量、内容和特点了解得越清楚、具体，我们与国外学术界同行合作的项目就越好设计，所出的成果也就越有价值。

（二）海外对中国古文化专题研究的现状与实力情况

我们的交流、合作，往往是从专题入手的，所以就需要对海外专题研究的状况与实力有所了解。

比如甲骨学。这并不属于古籍的整理研究，但却是中国古文化研究的一个重要方面。在这方面，中国（包括台湾、香港）、日本、美国、加拿大学者都作了大量工作，并取得了相当可观的成绩。从大陆来说，这 40 年来，甲骨文资料的不断发现和已有资料的汇集，为甲骨学研究提供了基础。《甲骨文合集》和《小屯南地甲骨》的出版，是甲骨学史上划时代的大事。胡厚宣先生开创的分期、分类的甲骨著录编纂体例，为科学著录甲骨文开辟了新的途径。于省吾先生在甲骨文字考释上取得了新成绩，他的《甲骨文字释林》和《甲骨文考释类编》，在研究的深度、广度上超过了前人。陈梦家先生的《殷墟卜辞综述》全面总结了自甲骨发现以来 60 余年的研究成果，对甲骨学家、历史学家、考古学家、语言学家都有参考价值，享有很高的声誉。甲骨文研究与考古研究相配合，与商代历史研究相配合，取得了新的成果。张政烺、朱德熙、裘锡圭、徐苹芳、李学勤、李家浩诸先生在这方面做出了突出贡献。台湾地区的甲骨学家，也为祖国的甲骨文研究作出了杰出的、可贵的贡献。新中国成立前 15 次发掘殷墟所得的大批甲骨资料，除已在《殷墟文字甲编》和《殷墟文字乙编》上辑、中辑著录者外，董作宾先生又于 1954 年出版了《殷墟文字乙编》下辑，收集甲骨 2831 片。张秉权先生将《乙编》的残碎龟甲作了精心拼缀，于 1957 年出版了《殷墟文字丙编》，分上中下三辑 6 册出版，编号共 632 号，并对每一缀合版都作了考释。1956 年，董作宾先生又出版了《殷墟文字外编》。严一萍先生于 1975 年出版了《甲骨缀合新编》，共 10 册；同年还出了《铁云藏龟新编》、《甲骨集成》（第一集）。严先生于 1978 年又出版了《甲骨学》，对这门学问作了全面综述。台湾地区学者还有不少论文发表在《历史语言研究所集刊》《大陆杂志》《中国文字》等刊物上。香港地区学者，以李棪先生和饶宗颐先生用力最勤。李棪先生于 1970 年出版了《北美所见甲骨选粹》等著录，饶宗颐先生继 1956 年出版的《日本所见甲骨录》《巴黎所见甲骨录》之后，于 1959 年出版了《海外甲骨录遗》，1970 年出版了《欧美亚所见甲骨录存》，另出版了大部头专著《殷代贞卜人物通考》，是全面整理甲骨之作。（见王宇信《新中国成立以来甲骨文研究》）了解了这些情况之后，再来看日、美等国对甲骨文的研究，就会有一个恰如其分的位置，有一个学术上的正确态度。如对日本贝冢茂树教授 1959 年出版的两巨册的《京都大学人文科学研究所藏甲骨文字》，收甲骨 3246 片；1961 年出版的对该书的考释——《京都大学人文科学研究所藏甲骨文字本文篇》一巨册。另有岛邦男教授于 1958 年出版的《殷墟卜辞研究》，美籍学者周鸿翔先生在赴美前所著《商殷帝王本纪》等。

再比如日本的《昭明文选》研究状况，在近代，是以著名的汉学史研究家冈田正之和佐久节二人翻译的《文选》全译本开始的（三巨册）。而就在这时，罗振玉要离开日本回国，行前将他在京都北白川的房子卖掉，把钱捐赠给了京都大学。当时京都帝国大学文学部有两位教授正从事六朝文学的研究，那就是铃木虎雄和狩野直喜。在他们门下受业的有几个学生，其中最有名的是斯波六郎和吉川幸次郎。他们于是决定用罗振玉捐赠的钱影印《文选集注》，是汇集了包括金泽文库所藏在内的散在日本各地的《文选》注本。于是，以斯波六郎为中心，立足于这个集注本的《文选》研究逐渐兴盛起来，而斯波六郎就成为日本近代研究《昭明文选》卓有成就的代表人物。

斯波六郎于昭和初年赴广岛文理科大学任教，于是，《文选》学便逐渐成为广岛大学的传统"家学"。其后，斯波六郎的一批弟子在《文选》学研究上作出了成绩，尤其是在版本的整理、集注本的研究方面，其中有名的有小尾郊一、花房英树、冈村繁。今天在日本，研究《文选》学的主要力量仍然在广岛大学。1988年8月在长春召开的"昭明文选国际学术讨论会"，日本到了8个人，其中即有冈村繁先生以及他的学生。

我们对甲骨学、《文选》学这样的学术专题研究的海外状况有所了解后，便于在这些学术领域里与对方合作与交流。

（三）海外中国学研究机构情况

许多国家都有研究中国学的机构，也有的是关于中国学研究的组织、协调机构，或是基金会。了解它们的情况对我们开展与有关国家的学术交流很有益处。

比如苏联。其对中国学的研究有两个系统。第一个系统是高校，主要有三所：一是莫斯科大学亚非学院，有个东方学系。有几位中国学专家，如波兹德涅娃，研究道教，并将《淮南子》全部译为俄文；谢缅年科，研究孔子与道教、嵇康；毕克生，研究明清小说，已出几本书；乌斯金，研究蒲松龄，将《聊斋》译为俄文，其夫人为林伯渠同志之女名林林，亦研究《红楼梦》；古谢娃，研究孔尚任与《桃花扇》；谢曼诺夫，研究中国文学，曾发表过 100 余篇论文，出版过 4 本专著，即《鲁迅和他的前驱》《中国章回小说的演变》《慈禧太后生平掠影》《鲁迅作品的特色以及世界鲁迅学》，曾任莫斯科大学亚非系主任，现为该校亚非学院教授，苏联著名汉学家。二是列宁格勒大学。有中文系主任为谢利布雅科夫，是谢曼诺夫的老师，讲中国古典文学，研究宋诗、陆游，已 60 多岁；马利诺夫斯基研究明杂剧。三是海参崴大学。有谢尔捷耶夫，曾就《英烈传》写过论文；匝雅茨（女）研究秋瑾、康有为、梁启超、谭嗣同、黄遵宪诗歌，曾在南京大学进修。第二个系统是苏联社科院各研究所。主要的一为东方研究所，有个远东文学处，处长谢尔卡斯基，译曹植的诗，有论文；索瑟维奇，著作有《中国古代诗歌与民歌》《古代中世纪的中国诗学》；郭维吉娜（女），研究桐城派、清代文学理论和志怪小说。二为远东研究所，有个文化处，处长索罗金，写了一本元曲的书。三为世界文学研究所，其中的李福清博士，几乎什么文学题材都搞，也研究神话。列藏本《红楼梦》即是他发现的。另外列宁格勒有东方研究所分所。

再如日本，有一个很有名的研究中国学的组织，即"日本中国学会"。这是在日本文部省之下建立的一个专门从事对中国文化研究规划的组织，以半民间形式出现。聚集了日本中国学的学者，确定研究项目，根据项目提供经费资助，又通过资助经费来管理研究项目。它通过一个由学者组成的学科评议委员会来确定哪个项目该给钱，给多少钱，审定如何进行研究等。从 1966 年至 1985 年的 20 年间，日本文部省通过"日本中国学会"资助学者对中国古文化的研究和中国古文献的整理，提供的经费共为 34898 万日元。1982 年一年为 2171 万日元，共资助了 16 项，其中《公羊注疏》给钱最多，为 1200 万日元。另在文部省下有一个日本学研究中心，也有中国学的课题研究。

我们对海外上述三方面情况有所了解，才好构想我们与海外学者在这些学术领域里的合作与交流的具体计划。

三、今后与海外交流合作的设想（略）

今天就讲上面三个方面的想法，以便于在座的朋友了解我们与海外在古籍整理和中国传统文化研究领域开展学术交流合作的思路。这些完全是我个人的意见，不对的地方请大家批评。

下面，我们愿意回答诸位的提问。

中日合作复制日本宫内厅书陵部藏宋元版汉籍之概况^①

2001 - 04　台北

目前，国外收藏中国古籍数量最多、珍贵程度最高的，当属东邻日本。日本收藏中国古籍的机构，著名的有静嘉堂文库、宫内厅书陵部、尊经阁文库、金泽文库、东洋文库、内阁文库（国立公文书馆）、京都大学人文科学研究所、东京大学东洋文化研究所、杏雨书屋等，其中又以静嘉堂文库、宫内厅书陵部所藏中国宋元版古籍为多。

宫内厅书陵部是日本国天皇的皇家藏书机构。它创建于公元 701 年（日本文武天皇大宝元年），当时称作"图书寮"，隶属于中务省。1884 年改称"宫内省图书寮"，1949 年更名为"宫内厅书陵部"。宫内厅书陵部所收图书，至今历经 13 个世

---

① 本文是 2001 年 4 月在台北参加"海峡两岸第三次古籍整理学术研讨会"的演讲，后登载于《北京大学中国古文献研究中心集刊》第三辑（北京大学出版社 2002 年版）。

纪的累积，数量甚夥，而未见公开发表确切的数字。其中，中国古籍占有极为突出的位置。从目前已公开的书目看，宫内厅书陵部所收中国古籍包括宋刊本 75 种、元刊本 69 种、明刊本 336 种，另有唐写本 6 种、元抄本 5 种、明抄本 30 种。其中，有的是中国国内未有收藏的版本，有的是中国所藏为残本而书陵部所藏为全本，或书陵部所藏版本刻印更早。

近年，在中国北京大学校长助理郝平教授和日本国东京经营文化研究所所长长岛要市教授的策划与推动下，得到日本共立女子学园理事长石桥义夫教授的鼎力支持和中国教育部全国高等院校（大学）古籍整理研究工作委员会的赞同，将复制宫内厅书陵部所藏宋元版汉籍工作列为中国教育部全国高等院校古籍整理研究工作委员会与日本共立女子大学、宫内厅书陵部共同合作的项目。1997 年 12 月，在长岛要市教授和共立女子大学综合文化研究所所长上野惠司教授、宫内厅书陵部吉野敏武先生、栉笥节男先生的陪同下，我与中国全国高等院校古籍整理研究工作委员会的同事杨忠教授，曹亦冰、张玉春、刘玉才、顾歆艺副教授，卢伟讲师一起入宫内厅书陵部考察其所藏汉籍，对其宋元版汉籍作了重点的目验，有所发现。随后，共同议定将宫内厅书陵部所藏 144 种宋元版（刻本）汉籍全部复制给中国全国高等院校古籍整理研究工作委员会。这项工作所需经费数目甚大，长岛要市先生出于对中国文化的热爱，为促进中日两国的友好与学术、文化交流，慨然表示在日本复制该批汉籍所需经费由他筹措，无偿提供中方所需全部图书的复制件；而有关的其他费用（包括复制后在中国的整理、研究及影印费用）由中国全国高等院校古籍整理研究工作委员会承担。当时我正在东京大学任教，自那以后至 1999 年 4 月我返国的一年多时间里，长岛要市先生、石桥义夫先生多次邀我聚会，几乎每次都有吉野敏武先生和有关的日本朋友在场，从接触中，我真切地感受到他们对复制宫内厅书陵部这批汉籍给中国的真诚心意和为此而付出的辛苦劳作。截止到 2000 年 3 月，我们已收到日本方面转交的宋元版汉籍复制件 55 种。

现将古委会已收到的 55 种宫内厅书陵部藏宋元版汉籍复制件和日方已复制好，但尚未转到古委会手上的 18 种复制件，分别列表如下：

古委会已收到的日本宫内厅书陵部藏宋元版汉籍复制件目录

番号	书名、卷数等情况	册数	页数	备考
1	《尚书正义》20 卷	17	562	宋刊
2	《春秋经传集解》30 卷	15	964	1176 年刊
3	《文中子中说》10 卷	2	62	北宋刊
4	《正法眼藏》3 卷（上中下）	3	259	宋刊
5	《论衡》卷 1—15	12	515	宋刊
6	《三国史》65 卷	25	1545	宋刊
7	《王文公文集》卷 1—70	14	940	宋刊
8	《欧阳文忠公集》	18	1330	宋刊
9	《东坡集》前集卷 1—33、37—40，后集卷 1—8	17	1050	宋刊

番号	书名、卷数等情况	册数	页数	备考
10	《诚斋集成》133 卷、目 4 卷,补写卷 53—59、66—68	43	3239	宋刊(补写明初)
11	《(五臣李善注)文选》60 卷,补写总目、序、表	32	2090	宋刊
12	《孝经》1 卷	1	9	北宋刊
13	《(大宋重修)广韵》5 卷	5	295	宋刊
14	《花果卉木全芳备祖》前集卷 14—27,后集卷 1—13、18—31	8	464	宋刊
15	《东坡先生诗》25 卷	13	701	宋刊
16	《史记正义》	58	2532	1278 年刊
17	《禅林类聚》卷 1—14、16—20	20	1158	元刊
18	《史记详节》20 卷	8	277	宋刊
19	《禅宗颂古联珠通集》	7	708	宋刊
20	《后汉书》本纪 12 卷、列传 88 卷、志 30 卷	35	2533	1305 年刊
21	《史记正义》130 卷、首 1 卷	40	2351	1288 年刊
22	《欧阳文忠公集》50 卷、目 1 卷	12	543	元刊
23	《孟子辑释》14 卷	7	352	元刊
24	《学庸朱子或问》各 1 卷	2	122	元刊
25	《吕氏家塾读诗记》32 卷	9	651	宋刊

番号	书名、卷数等情况	册数	页数	备考
26	《论语注疏》10 卷	10	300	宋刊
27	《世说新语》10 卷	3	304	宋刊
28	《前汉书》卷 4—6、8—19	43	2692	宋刊
29	《寒山诗集》1 卷	1	99	宋刊
30	《三苏先生文粹》100 卷、目 2 卷	28	1027	宋刊
31	《尔雅注疏》11 卷	5	270	宋刊
32	《集韵》卷 2—9	9	441	宋刊
33	《国六发遗膏馥》	8	351	宋刊
34	《初学记》30 卷	10	513	宋刊
35	《方舆胜览》	30	1041	宋刊
36	《画一元龟》	18	788	宋刊
37	《东坡先生诗》25 卷	25	1002	元刊
38	《入众须知》1 卷	1	53	元刊
39	《金园集》3 卷	1	65	1141 年刊
40	《游宦纪闻》10 卷	2	105	宋刊
41	《宋景文集》卷 26—31、81—85、120—125	6	196	宋刊
42	《氏族大全》10 卷	4	303	元刊
43	《中州集》10 卷（甲—癸）、1 卷（《中州乐府》）	10	364	元刊

番号	书名、卷数等情况	册数	页数	备考
44	《诗童子问》20 卷、首 2 卷	10	453	1344 年刊
45	《事林广记》甲—癸集（20 卷）	10	542	1340 年刊
46	《太平寰宇记》序、目 1—200	25	725	宋刊
47	《翰墨全书》前集甲—癸 100 卷、后集甲—戊集中营 4 卷	32	2391	元刊
48	《诗缉》36 卷	15	675	元刊
49	《玉堂类稿》20 卷	8	321	宋刊
50	《本草衍义》20 卷、目 1 卷	3	151	1195 年刊
51	《西翁近稿》11 卷	1	94	元刊
52	《联灯会要》30 卷（甲—癸集）	10	891	元刊
53	《史学提要》	1	106	元刊
54	《通志》序、目 200 卷	120	14376	元刊
55	《前汉书》120 卷	35	2712	1304 年刊（补写各册）

日方已复制完，古委会尚未收到的日本宫内厅书陵部藏宋元版汉籍复制件目录

番号	书名、卷数等情况	册数	页数	备考
1	《通典》卷 2—108、112—117、119—170	44	2300	北宋刊

番号	书名、卷数等情况	册数	页数	备考
2	《东都事略》	14	960	宋刊
3	《五灯会元》卷1—7、10—20	18	1005	宋刊
4	《春秋诸传会通》24卷	15	565	1351年刊
5	《四书章句纂释》1—5卷	2	119	元刊
6	《困学纪闻》20卷	6	645	元刊
7	《乐府诗集》100卷、目2卷	32	3413	元刊
8	《源流至论》	4	609	元刊
9	《百川学海》10集（甲—癸）·附补写序、书目	31	2051	明刊（覆元）
10	《李太白诗》25卷、首1卷	13	606	1310年刊
11	《王荆文公诗》	13	661	1305年刊
12	《村西集》16卷	4	228	元刊
13	《山谷外集诗注》14卷、首1卷	15	664	元刊
14	《书集传》卷1、2、4—6	5	1186	元刊
15	《春秋胡氏传纂疏》30卷	32	1234	元刊
16	《十七史蒙求》17卷	2	101	元刊
17	《文献通考》首1卷、卷1—25、39—339	102	6472	元刊
18	《元文类(国朝文类)》70卷、首1卷	32	1528	1342年刊
合计	18种	384册	24347页	

上述已收到的 55 种宋元本复制件，古委会秘书处已作了清点，并开始进行初步的整理研究。这一工作进展较缓慢。从现在已经手的 10 种看，版本价值甚高。本文择要简介几种。

1.《初学记》（唐徐坚等撰）　宫内厅藏本为南宋绍兴十七年（1147）刊本。傅增湘《藏园订补郘亭知见传本书目》提到日本有此书宋刊本，"钤金泽文库墨记。日本帝室图书寮藏"，即是此书。此书国内已无宋刊本，只存明嘉靖十年（1531）安国桂坡馆刊本。

2.《东坡集》　宫内厅藏本为南宋初孝宗时刊本。分前后集。前集共 40 卷，存 1—33 卷、37—40 卷，即仅差 34、35、36 三卷。后集共 20 卷，存 1—8 卷。北京图书馆有与此相同之宋孝宗时刊本，仅存前集 30 卷（卷 1—24、33、35—39），比宫内厅本少 7 卷，且无后集。上海图书馆仅存此本 8 页。

3.《三苏先生文粹》　宫内厅藏本为南宋初年刊本，100卷，不残。此本国内不存。北京图书馆有南宋末期宁宗时刊70 卷本。

4.《画一元龟》　宫内厅藏本为南宋建安余仁仲万卷堂刊本，残本，存 89 卷。从所钤墨印看，入宫内厅前曾藏于"浅草文库"，但在其"丁部卷之二十一"页，又钤有"金泽文库"墨印。此书国内已无宋刊本。

5.《全芳备祖》（《天台陈先生类编花果卉木全芳备祖》）宫内厅藏本为宋刊本，残本，存 41 卷（全本应为 58 卷）。此本国内无存。

6.《史记》　宫内厅藏本为元彭寅翁崇道精舍刊本。此书刊于元至元二十五年（1288）。元代所刻《史记》三家注本传世者仅此一种。目前，海内外所藏此本共存 9 部。其中，中国所藏为 5 部：（1）北京图书馆藏 130 卷（其中 6 卷用蒙古中统本补配）；（2）台北"中央图书馆"藏 130 卷（其中 8 卷用明版补配）；（3）北京图书馆藏 77 卷（其中 12 卷用摹写补配）；（4）台北"中央图书馆"藏 27 卷；（5）北京大学图书馆藏 16 卷。实际上，中国所藏无一原刻全本。日本所藏为 4 部：（1）宫内厅书陵部藏 130 卷；（2）天理图书馆藏 130 卷；（3）宫内厅书陵部藏 126 卷（其中 5 卷补写）；（4）庆应大学庆应义塾图书馆藏 71 卷。日本所藏有两部原刊全本。此次复制，将宫内厅所藏的两部均全部复制。曾有学者认为元彭寅翁本对三家注作了大幅度删削，今将宫内厅书陵部藏本与日本历史民俗博物馆（东京）所藏南宋绍熙年间黄善夫刊三家注本相较，证明这些学者的看法不确。

现已经眼的宫内厅书陵部藏宋元版汉籍复制件中，有个别书宫内厅书陵部著录不准确。其中《通志》200 卷，书陵部标为"元刊"。北京图书馆藏有与此相同的一部，著录为"元明递修本"。经比对、考证，此本自元至明已多次修补，成为递修本，而最晚已到了明万历年间。

日本宫内厅书陵部所藏宋元版汉籍因多年深藏皇宫之内，中日学者均不易见到。此次如能全部复制出来，运回国内，将会对古籍整理和学术研究起到重要的作用。

2001 年 4 月 14 日晨

典籍耀故邦 学术惠四海^①

——访全国高校古籍整理研究工作委员会主任、北京大学中文系教授安平秋

2012 - 05 北京（记者：杜羽）

中国的古籍包罗万象，涉及人文领域的古籍是推动文化传承和发展的重要载体，古籍整理是基础性工程、综合性工程。

记者：十七届六中全会提出建设优秀传统文化传承体系，加强文化典籍整理和出版工作。古籍整理工作对于传承传统文化、促进文史研究有何意义？

安平秋：一般说来，古籍整理就是对古籍进行标点、校勘、注释或者影印。与从前的私塾教育相比，新中国成立后，我们国家基础教育中旧学的部分有所削弱，大部分人对于古代文献接触较少，所以需要对古籍进行新式的标点和校勘以及注释、翻译，既有利于广大读者阅读，也为文史研究提供基本的文献资料。过去，有些人认为只有写论文、写专著才是高层次的学术研究，古籍整理不过是一种技术性工作。但也有人认为古籍整理是一项基础工程，是一切文史研究的根本。我认为后

---

① 原载《光明日报》2012 年 5 月 15 日 第 2 版。

一种看法更有利于学术发展。

可以说，整理古籍的过程，也是对古代文献所反映的思想进行理解和消化的过程。对古籍中一个字、一句话的理解不准确，后续的研究就可能出现偏差。以汉代王充的《论衡》为例，一位前辈学者在其著作中认定《论衡》的某些思想是唯物的、某些思想是唯心的，裘锡圭先生的《〈论衡〉札记》从文字学角度深入分析相关字、句的意义，得出的一些结论与那位前辈截然相反。学术研究是一个整体，作为基础性研究的古籍整理与对某部作品、某位作家的研究是相互呼应、相互配合的两个环节，不应该有高低之分。

中国的古籍包罗万象，涉及社会生活的方方面面，其中，涉及人文领域的古籍是推动文化传承和发展的重要载体。仅就道德而言，从个人品德到社会公德，以至维系社会和谐稳定，古籍里都有所涉及。从这个角度看，古籍整理不仅是一项基础性工程，而且是一项综合性工程。

现在古籍整理工作中有一股浮躁作风，我们要尊重学术工作的特点，按学术规律办事，不能用行政手段干预学术研究。

记者：我国古籍整理和出版的现状如何？

安平秋：从整体上看，新中国成立以来的古籍整理工作发展是健康的。20 世纪 50 年代到 70 年代，在毛泽东、周恩来、陈云等领导同志的关心下，中华书局组织点校出版了"二十四史"、《资治通鉴》和《清史稿》，为后来的古籍整理工作开了一个好头。20 世纪 80 年代，最有价值、最有分量的古籍整理工作要数全国高校古委会规划组织的"九全一海"，即《两汉全书》《魏晋全书》《全唐五代诗》《全宋诗》《全宋文》《全元文》《全元戏曲》《全明诗》《全明文》《清文海》10 部断代诗文总集的整理。这项工程有系统性、有目的性地把历代的主要诗文都涵盖进来，对于研究每个朝代的文化是重要的基础典籍。在普及方面，全国高校古委会组织了全国高校 20 个古籍研究所的专家，用近 10 年时间编写了一套《古代文史名著选译丛书》，精选从先秦到晚清的 134 部文史名著进行注释、翻译和解题，对普及传统文化起到了很好的作用。在这几项成就的基础上，今后的古籍整理工作要把精力放在两个方面：一是重要典籍的进一步整理，把标点、校勘、注释做得更准确、更深入，使之成为经典，能够流传后世，多年来很多学者都在为之努力；二是要推动海外汉籍的整理、出版和研究工作，20 世纪 90 年代中后期至今，我们把很大精力投入这项工作中。

近几年，在新闻出版总署和全国古籍整理出版规划领导小组的领导、规划下，古籍出版工作开展得很有章法，取得了突出业绩。全国 20 多家古籍出版社有个联合体，简称"古联体"，在新闻出版总署的统筹下承担了主要的古籍出版任务，出版了很多好书。

但不容忽视的是，现在的古籍整理工作中有一股浮躁的作风。有些整理者没有古籍整理的基本功，也没有从事古籍整理工作的经验，就开始整理古籍，甚至主持重大项目，这样整理出来的古籍质量一定没有保证。有些重大项目，不经充分的专家评议、论证，就轻易上马，造成了巨大的资金浪费和荒唐的学术行为。我们讲"学术独立"，就是要尊重学术工作的特点，按学术规律办事，不能用行政手段干预学术研究，作出草率的决策。

海外所藏汉籍具有很高的版本、文献价值，应该把有价值的古籍影印复制回来，推动学术研究发展。

记者： 请您谈谈为何要推动海外汉籍的整理和出版？

安平秋： 宋元善本古籍的主体部分在中国，但是海外所藏汉籍也具有很高的版本、文献价值。像日本收藏的 1000 部左右宋元版汉籍，有相当一批是孤本；或者是同一种书，日本藏的版本更早；或者是同一版本，日本藏的是全本，而中国只有残本。比如元代彭寅翁刻《史记》，现在世界范围内存 9 部，中国大陆和台湾有 5 部，日本有 4 部，9 部中只有日本宫内厅书陵部和天理图书馆所藏的两部是全本。再如北宋刻本《史记》世界仅存 3 部，日本大阪的杏雨书屋藏本与中国国家图书馆、中国台湾傅斯年图书馆的藏本不是同一版本。这些有价值的古籍通过各种途径流传出去，原本回归已经基本不可能了，但我们应该关注这些汉籍的情况，把有价值的古籍影印复制回来，推动学术研究的发展。这些年我们一直在做相关工作，日本宫内厅藏 69 种（合并为 66 种）宋元版汉籍的影印本即将在上海古籍出版社出版，日本国会图书馆、内阁文库（国立公文书馆）藏本的影印工作也已经完成，今后逐步扩大日本各藏书机构汉籍影印工作。此外，《美国图书馆藏宋元版汉籍图录》即将出版，也是由我们主持的国家社科基金重大项目《国外所藏汉籍善本丛刊》正在有序进行。

海外汉籍整理并非简单地影印复制，存在着多重困难：首先是人才队伍建设，需要一批既懂古籍又懂外语的专业人才，对海外汉籍进行版本鉴定和影印整理工作，像日本宫内厅书陵部所藏的 144 种宋元版汉籍中，经我们鉴定、考证后，有 4 种不是宋元版，而是明版；第二是经费支持，国外有的藏书机构需要支付较高的复制费用；第三是需要与海外各藏书机构建立起良好的合作关系，以便于工作的顺利开展，这一点我们在工作中体会很深。

记者：如何培养能够从事古籍整理、出版专业的人才队伍？

安平秋：在全国高等院校中，北京大学、浙江大学、上海师范大学、南京师范大学、陕西师范大学5所大学招收古文献专业本科生，还有80多个古文献研究所（室）招收古文献专业的研究生，这些院校培养的人才基本可以满足目前古籍整理工作的需要。现在的关键是提高我们学生的古文献专业水平，使他们毕业后能投入这个行当里工作。现在，全国20多家古籍出版社的青年编辑，有相当一批人毕业于古文献专业，具备比较扎实的专业基础知识，但他们到出版单位工作后，还要学习古籍出版方面的专业知识，逐渐丰富实践经验，同时在实践中提高专业水平。这些青年编辑也有不少人并非古文献专业出身，那就需要在实践中补足文字、音韵、训诂、版本、目录、校勘这些基础课程。最近，新闻出版总署和全国古籍整理出版规划领导小组计划选派国内相关出版社的青年编辑到北京大学等院校深造，这是提高古籍出版队伍水平的重要举措。

从无意到专深①

——安平秋老师访谈

2012 - 11 - 19（记者：郭九苓、张琳）

安平秋老师从事古典文献专业学习、研究与教学已 50 多年，并秉承这个专业及北大中文系严谨的学风，有着非常深厚、扎实的学术功底。安老师以研究的态度对待教学工作，讲义与课程设计对前人成果既有继承、综合，也有很多重要的突破与发展，能给学生以真正的收获。安老师还有非常开明的学术思路与广阔的国际视野，他主张古典文献也要联系生活、放眼世界，同一课程要有不同的教学体系以促进学术发展等，这些都是当前大学教育中的关键问题，能给我们以很好的启发。

一、学问须求甚解：走上大学讲坛

记者：多谢安老师对我们工作的支持！您 1960 年来北大读书时为什么选择中文系和古典文献专业呢？中学时您对这个

---

① 原载郭九苓、漆永祥、赵国栋主编《北大中文名师教育谈》，广西师范大学出版社 2015 年版。

专业的重要性有所了解吗？

安老师：其实我本来想学理工，但因为高考前 3 个月体检时查出是色盲，所以忽然间理工农林医都不能考了。那时候不像现在的高中这样文理分科，而且学理工是主流，所以学校只在高三时单独设立一个文科班。体检后我立即转到那个文科班，抓紧复习了 3 个月，最后考上了北大中文系。当时考中文系是奔着文学来的，我也不知道有个古典文献专业。入学以后分专业，系里动员我们到人数较少的语言专业和古典文献专业学习，我就被分到了古典文献方向。从那时开始，我就一直从事古典文献专业的学习、研究、教学，到现在已经 50 多年了。

记者：您在大学期间是怎么喜欢上这个专业的呢？

安老师：古典文献专业的魏建功先生对我影响很大，他是新中国成立后北大中文系第一任系主任，后来还是北大的副校长。魏先生师从钱玄同先生，既有深厚的国学基础，也有广阔的国际视野。记得我们入学之后，他就开了一张书单，上面大概列了 50 本必读书目，其中有《论语》《孟子》这些经学的著作，还有许慎的《说文解字》、王筠的《文字蒙求》等。魏先生曾把班上的同学集中到一个大宿舍，给我们讲如何读这 50 本书，进一步他还要求我们背诵。他说背书不仅要理解，还要投入感情，体验作者的情感世界。他给我们示范背杜甫的《春望》，背到"国破山河在，城春草木深"时，眼泪就落下来了。我们当时目瞪口呆，因为他那时已经 59 岁，风风雨雨都经历过，怎么说着说着就哭了。1970 年我和魏先生一起编《新华字典》时，把这件事情当作笑话跟他提起，他横了我两眼说："你们这些年轻人真不懂，抗日战争的时候，我们的情况就是'国破山河在'啊，所以每每念到那句诗时都会不禁动情。"后来年龄越大，对老先生这种"赤子之心"体会越深，老先生的感召力也是我在各种困难和政治运动中能够坚持下来的原因之一。

记者：您本科毕业之后就留校任教了，教学上有没有遇到过什么困难？

安老师：我本来留下来是当中文系的团总支书记的，还兼任一年级（65级）的级主任、一年级三班的班主任（65级共3个班），也是中文系党总支委员。那个时候的团总支和今天的团委不太一样，整个中文系的学生工作完全由团总支管起来。后来"文化大革命"运动很快就兴起来了，全校游斗"黑帮"，我印象是抓了68个人，大都是学校和各个系的权威，包括校长陆平。我是其中最年轻的一个，也成了"黑帮爪牙"，被抓起来在校园游斗。到1969年，北大有一次所谓"教改"，曾经派出两个小分队，一个是到新华印刷厂，像朱德熙先生他们就是去了那里；还有一个是农村小分队，到平谷的农村，有季镇淮等先生，我参加了这个小分队。从1969年的5月到1970年的2月，在农村一边劳动，一边办通讯员写作班，比如教应用文怎么写、公文怎么写，等等，这算是从事了一些教学活动。

1970年回来后，我参与了《新华字典》的修订，然后又和魏建功先生、周祖谟先生，还有一批文史哲几个系的其他老师一起参与了《汉语成语小词典》的修订。在那之后，1970年、1971年、1972年每年都有一批工农兵学员入校，朱德熙先生、季镇淮先生等就走上讲台了，这是"文革"以来"停课闹革命"后第一次比较"正规"的教学活动，对当时的年代来说，具有标志性的意义。对于我们这些年轻教员，则是1977

年"文革"结束后第一批高考生入学，才开始正式上课。77级出了很多杰出的学者，比如古文献专业的葛兆光就是那一届的学生，现在他们好多人的学问都比我要强多了。葛兆光听我第一遍讲《史记》时，课间休息时过来对我说："老师你讲得可以，每次听你讲课我都有一点到两点的收获。"我当时觉得这小子真是狂傲，不过现在看来，他也确实有狂傲的资格。

从1977年到现在也30多年了，我教过十几门课，学术上也有一定成绩。这些年我的体会是，教学与科研的能力是一步步培养和成长起来的。古文献专业的特点就是强调基础，学问一定要扎实，所谓"有一分材料说一分话"，这就是我在教学和研究上的基本风格。比如在教古代汉语时，为了要给同学们讲一篇文章，我就得事先将整篇文章掰开了揉碎了都读懂，具体到每一个字的读音、释义都力求准确无误，这涉及很多相关文献的分析、考证，不能简单地望文生义。以前上大学时，魏建功先生要求我们读书要认真一点，渐渐地我就在教学和研究中形成了"求甚解"的读书习惯。如果学生问到而我又没有把握，我就老老实实回去查字典、文献，引经据典来证明某个字在这个地方是这个意思，是这个用法。这种经历一多，教学和科研能力自然就上去了。

记者："读书求甚解"方面您能举个例子吗？

安老师：我没有思想准备，一下子举不出很能说明问题的例子。现在临时想到的比如我在讲《史记》的时候，司马迁在《太史公自序》里写到"少负不羁之才"，这句话理解起来没有任何困难，"负"一般理解为"背着"，似乎也没问题。但我觉得，"背着"一般指"行李""责任"之类更合适，用于"才能"

似乎有所不妥，对于司马迁这样的文学大家来说，措辞应该是非常严谨的。后来我查到《经传释词》里面讲到"负"有"抱"的意思，"少负不羁之才"就可以翻译为"年轻的时候怀抱着宏大的志向"，这就更清楚明白了。一句话的意思，一般人觉得并没有什么可发掘之处，但拆解到每一个字时就耐人寻味了。

这里对"负"的解释并不影响对整句话的理解，但有的情况，一个字的不同解释就会对文章含义做出大相径庭的理解，这就更要非常慎重。比如《史记·淮阴侯列传》里面有一个例子，说韩信年轻的时候什么也不干，游手好闲，天天跑到一个朋友家去蹭饭，结果这个朋友的老婆不愿意了，就想了一个办法，"晨炊蓐食"。王力先生的解释是，早晨起来在褥子上也就是被窝里吃饭，"食时信往"，到中午要吃饭的时候，韩信来了，"不为具食"，不给他准备，不理他，当然自己也不吃。我教课的时候，老觉得这里有点别扭，按情理不是这样的啊，韩信中午才来，早饭何必这样匆忙？再说你总得下地做饭吧，再拿回到被窝里吃有什么意义呢？所以我觉得这个"蓐"不是褥子的褥，不是床的意思。我专门查了一下，《说文解字》里"蓐"有一个意思是"厚也"，我就觉得这个解释用到这里是最合理的。晨起厚食。早晨起来多吃，到中午韩信来了，我不给你备饭，我也不饿，三顿变两顿，整个故事的逻辑就更合情合理了。

二、给学生以真正的收获：谈讲义与课堂 讲授的重要性

记者：一门课程您一般是如何规划的？讲义与教材是什么

样的关系？

安老师：教"古代汉语"用的是王力先生编写的《古代汉语》，教起来也相对轻松，因为王力先生把体系都建立起来了。王力先生的体系中有文选、常用词、语法、文化常识四个部分，我们就照着这四个部分的框架来讲。这个体系经过他多年教学实践的检验已经日臻成熟，我也没能力推翻重建，所以就在此基础上，加入自己的一些思考与修改来上课。王力先生健在的时候，我还会直接去请教他一些对《古代汉语》的不同看法，包括前面举的例子。因为对这些细节问题进行过充分的考证与思考，很多时候都能得到王力先生的肯定与支持。

具体一堂课的安排大概是这样：我会先读一遍文章，纠正读音问题。比如"蔓延"的"蔓"古音应该读 wàn，而不是màn，《辞海》和《辞源》定音都定错了。这是我从北京土话得到的启发（土话很多是流传下来的古音）。北京土话这个词读 wànyán，因为植物的藤也叫"蔓"（wàn），"蔓延"就是像"蔓"一样伸延出去。周祖谟先生又让我查了不少的韵书，进一步证明应该是读作 wàn。我把相关材料条列出来请教了王力先生，他表示：你的意见对，但是现在纠正起来也难了。这些读音现在已约定俗成了，不能算错，但作为古典文献的学生，应该知道原始发音是怎样的。解决了读音问题，然后我再串讲一遍文章的意思，说明难点和重要的字词，比如某个字是怎么从甲骨文演变到金文，在现代汉语中又有什么用法等。串讲一遍这一篇的基本意思，以及涉及的重要语法现象，一些文化常识就随着讲了。最后我再返回来讲语法，归纳各种语法现象。

《史记》课没有参考教材，怎么讲完全需要自己设计。之前中文系有费振刚、侯忠义两位老师讲过《史记》课，我在开课前旁听了他们的一部分课程，大体上把握了他们讲解的方式、风格，也参考了他们讲课的大纲。另外，我还去北京师范大学旁听过，搜集了一些相关的材料、提纲。我在这些资料和经验的基础上，再根据授课对象的情况进行了这门课程的教学设计。由于我是给古文献的高年级本科生上《史记》课，所以就根据他们的需要，偏重文献学的基础知识，而对于人物形象、场面描写的讲解就相对少一些。确定了教学思路和基本框架，最花功夫的还是具体的教学内容、每节课的讲义。我把《史记》课分为 10 个专题来讲授，每一个专题我都花了极大的功夫去钻研，以前人的研究成果、当代学者的研究资料和自己的研究感悟为基础写讲稿，真正做到每节课都有扎实的文献材料和新的学术想法。

我写讲义的特点是非常详细，但不说废话，无论"古代汉语"还是《史记》课，我都会一字一句地把讲稿写出来，参阅了什么材料我都在后面附上，告诉学生。我从 1978 年开始讲《史记》，到现在是 34 年了，这 30 多年，我每讲一遍，结构、内容上都有些调整，讲稿也就重新写一部分。讲稿的落款往往是凌晨，因为我喜欢夜里工作，大约早晨四点钟睡觉。我的《史记》课讲稿，刚写出来的时候，有几个专题请赵守俨先生看过，至今讲稿上还留有他的批注。大约在我讲了 10 年左右的时候，可能在 80 年代末、90 年代初，裘锡圭先生又帮我通看了全部讲稿，他视力不好却看得十分仔细，提了不少意见。

记者：北大人文学科很多老师都是以研究的态度对待教学，教学质量固然一流，同时也积累了很好的学术成果。您这么多讲稿，应该也有很多部相关学术专著吧？

安老师：《史记》课的讲稿我一直没有出版，因为总觉得还不够成熟。这里面还有一个既可气又可笑的故事。我的一个熟人在外地一所大学任教，现在研究《史记》很有名气了。他1980年秋天要开这个课，跑到北京来找了我们教研室的阴法鲁先生，看能不能得到一些帮助，阴先生是我们的老师。阴先生说："安平秋在我们这里开《史记》课了，你找安平秋去吧。"他就跑来找我，说他要开《史记》课，但是都暑假了，来不及备课，讲稿能不能让他看看。我就把我写的讲稿给他看，他看了之后，挑了四个专题拿走了，复印后又还了回来。很快他就在那所大学开了课，印了教材，还出了一本《史记》研究的书。阴法鲁先生知道了就问我，说："安平秋啊，人家×××都出了一本书了，凭这本书破格从讲师提的教授，安平秋你可赶紧出书啊！"（当时我还是讲师）我一听就跟阴先生说："您看没看他的内容？"他说："我翻了翻。"我说："我也翻了翻，那里有不少都是我的，很多话都原封未动。"

记者：这件事后来有什么结果吗？

安老师：后来就算了。国内有个中国《史记》学会，2001年建立的，我从建立到现在一直是会长。大家之所以拥戴我呢，也是因为这些事我从来不计较，大家都有自己的难处，我能体谅。这位先生五六年前在一个小场合说："我要向老安道歉，感谢他，我的那个第一本《史记》的书，是靠了他才能出来的。"别的没再细说。我当时就笑了。

记者：您课堂上喜欢什么样的授课方式？是讲授还是讨论？

安老师：我觉得教学不外乎就是三种类型：一是讲授式的上课；二是会读式的讨论；三是介于前两者之间，既有讲授也有一定讨论。这几种方式我都用过，针对不同的学生。比如我给本科生讲《史记》课主要就是讲授，给博士生上这门课就采用会读式。我讲专题课时，也采用过我先讲，然后让学生准备，他们讲，再一起讨论的方式，比如我上《资治通鉴》课就是这个办法。《资治通鉴》我用的是上海古籍出版社的所谓皇家读本，就是明朝张居正给皇帝小时候上课用的本子，有《资治通鉴》的原文，还有张居正的讲解。我们读的时候我发表意见，同学也发表意见，有时候说张居正这段不错，讲得挺好，有时候认为张居正这个解释未必对，可以做另外的解释，等等。

我比较看重讲授式的教学方式，我觉得大学里面最基础性的知识还是要靠老师的讲授。讨论是必要的，但要在学生有一定的知识储备，养成一定的学术规范，掌握必要的研究方法后才有良好的效果。我们现在批判灌输式教育，其实也要看"灌输"的是什么，如果是良好的学术思想、方法，基础知识和重要的研究成果，那么这种"灌输"就会使学生在学术发展上收到事半功倍的效果。

大学里，尤其基础课，需要老师在知识要点和学术方法上引导。现在就有年轻老师，他们给本科生开基础课或选修课，自己就只开个头，然后分几个专题，让学生去准备，下次就由学生自己讲。这美其名曰信任学生，相信学生能够讲得更好，学生可能感觉也很好，但我觉得这是不负责任和降低水平。以我讲的《史记》课为例，完全凭我多年的学术积累另起炉灶搭建的知识结构，我在每一个专题上都把我查到的前人的所有成果汇总起来，以此为基础又加入了自己的研究领悟。在授课时把我深思熟虑、精心设计的内容讲给学生，其实就是引导学生在学术上"登堂入室"的"登堂"。如果我只是出个题目让学生自己去翻材料准备发言，那就相当于把一个非常专业的课题甩给学生去研究。学生受限于学识水平，而且一个学期经常听四五门课，从时间上也不可能做好。老师的作用就是让学生站在更高的学术基础上，甚至可以说是让学生站在老师的学术肩膀上往上走，而不是白手起家、土法上马、从零开始，所以讲授是必要的，当然要经过精心准备，不能是照本宣科、应付差事。

现在学生的学术水平不如以前，我觉得就是与大学不注重课程的讲授质量有关。有一次我们几个人在清华一起吃饭，就有前面我提到的葛兆光先生，他问我当年给本科生讲课的讲稿为什么不出版，我就说还觉得不成熟。他说："您今天拿给博士生听，可能他们全听懂都会比较吃力。"讲授有质量，相当于一下子给学生打开了眼界，以后的学习与研究中就会自觉地在高起点上做起。而且老师在讲授时提出一些有理有据但与教材或"主流"意见不一致的学术观点，这本身就能引起学生的思考与研究兴趣。葛兆光是学问大家，成果很多，多年之后他对当年老师讲课内容的评价应该是很有说服力的。所以我觉得大学里讲授是非常重要的教学模式，不能一窝蜂地追求让学生讲专题一类的教学。

记者：您的课程在作业、考试方面有什么特点？

安老师："古代汉语"是按照教研室的模板考试的，而

《史记》课是要求学生写一篇长短不限的论文、札记或者感想，通过这些文章，我可以看出学生读《史记》的用功程度并据此给分。以会读方式上的课，一般一礼拜一次，一次七八个人，我通过学生会读、领读和发言过程，可以看出学生的水平，也据此给分。

记者：古典文献学科有很特殊的地方，您所教授的很多古籍都被当作宝贝供起来了，学生很难接触到原始版本，这对于人才培养而言是否会有所欠缺？

安老师：学古典文献当然要接触原始典籍，但不一定是原始版本，因为原始版本太难得了，你去图书馆也只能看胶片，要看原书需要特别的批准或许可。如果确有必要和机会看原书，必须戴白手套，还不能翻太长时间，因为纸寿千年，古籍大多已经很脆弱了。光线强的时候，一页一页地翻线装书会看到出现很多灰尘，实际上就是书上脱落的碎屑。1996年我作为团长带着由11所大学的教授、4所图书馆的负责人组成的27人团队到台湾开会，开会中间去参观台湾"故宫博物院"和"中研院"。"中研院"有个史语所，我就问当时的史语所所长他们那里是不是有两部《史记》，一部是北宋本，一部是元刻本。他说他们确实有北宋本，但要经过学术委员会讨论同意才能看，他也不敢越过这个程序；而元刻本就在傅斯年图书馆，他可以马上陪我去看。我们就都跟着去了，正好那天阳光特别好，他把刻本拿出来放在阅览室的长桌子上，130卷，让大家戴着白手套看。

在教学上我们更没有办法让学生都去看原版书，但现在出的书就是按照这些本子整理出来的，虽然不是"原本"，但也可说是"原典"，基本能满足研学古典文献的需要。为了满足学生看原本的愿望和培养某些专门人才的需求，我们和中国国家图书馆联合开了一门课叫作"古籍鉴定"，但宋元原版书也是放在玻璃柜里，不能拿出来看。这样当然有一定局限性，因为很多时候需要亲手触摸才有更深的体会。

古文献的版本鉴定涉及比较深的学问，包括要熟悉不同朝代刻本的版式特点、字体和纸张特点，并综合其他文史知识判断，要靠多年教学、科研的知识积累和阅读古书的综合经验甚至直觉。以后年轻人靠直接接触古书建立感性认识的机会肯定会比较少，这方面的能力需要通过加强其他文史修养来弥补。当然如果有特别需要，或涉及特别重要的考古、古籍版本鉴定问题，古书还是可以拿出来给人看的。保护的目的也是使其流传得更为长久。

三、重视交流与争鸣：古典文献专业的未来发展

记者：对于古典文献来说，中国台湾地区、日本等地应该有与我们类似的情况，他们在教学与研究方面有什么特点？

安老师：台湾地区和我们有同有异，"同"是都有扎实的基础，"异"是思路不太一样。其一，我们在新中国成立后对老学者批判多一点，而台湾地区是继承多一点，所以他们的思想中有较多新中国成立前老学者的痕迹；其二，中国台湾地区对外开放比我们大陆早，和美国、日本、韩国交流得比我们多，所以他们在吸收外来经验方面可能比我们多一些。台湾地区有可学习之处，但也有它的局限，毕竟是一个小岛，人才、

资料有限。日本学者也有他们的特点，学问很扎实、精细，精细有精细的好处，常常很到位，但也有弱点，就是有时钻牛角尖，有时不得要领。

古文献学专业也很需要与海外的学术交流，甚至不那么和谐的、碰撞式的交流，这样才能取长补短，促进我们自己的发展，不至于走上僵化和故步自封的道路。近些年中国的古文献专业已经开始注意和其他国家的交流了。

记者：古典文献专业发展至今，培养出很多杰出的人才，在传承中华文明方面作出了卓越的贡献。您觉得这个专业在人才培养上还存在什么问题吗？

安老师：我们专业还有个问题，就是学生"自立门户"以后，还过于拘泥于按照自己老师的知识框架和内容来讲授。比如我的学生讲课有时会说"平秋师认为……"之类，有时候他们写论文也这么写。其实，和许多大学问家相比，我根本不算什么人物。我不反对学生对老师的尊重，但有些老师有局限、有问题的地方也不敢突破，长此以往会让学术失去前进的动力。我觉得这种习惯不好，有点儿拉大旗作虎皮的意思。遇到这种情况，如果是我自己的学生，我会委婉地批评，其他前辈的学生我就没办法了。我们对前辈的研究成果要尊重和继承，但不能迷信，不能当成想当然的真理。我讲古代汉语虽然是按照王力先生的体系，但也有自己的创新，有疑问的地方，我一定查资料自己搞清楚。我讲《史记》课就更是这样。

我一直建议和主张如果有条件的话，一门课，特别是重要的基础课可同时由 A、B 两个老师来讲。同一门课，有两种讲法，这就能互相比较和补充。我们古文献学史的孙钦善老师，他的学问很扎实，但他的思路和我的思路就不一样，我们俩的学生如果能各自开这一门课，这学年你开，下学年他开，有不同的讲法、判断和思路，在教学效果上可能就更好。

记者：您这个意见我觉得非常好。不光是古典文献，这个思路很多专业、学科都可以借鉴，对教学与学术都会有促进作用。

安老师：设 A、B 角的本意不是为了一位老师有生病、出国之类的事情时别的老师能够顶上，这主要是为了学术发展。有"学派"、有争鸣才有发展，我觉得这一二十年我们在这类问题上有点不开窍。

记者：现在社会发展很快，比如信息化和国际化对许多学科的教学与研究都产生了深远的影响。古典文献专业是否受时代变化的影响比较小？课程设置有无调整的必要？

安老师：古典文献专业的研究对象没有大的变化，但研究思路、方法，以及对人才培养的要求与过去相比却有很大不同，这当然应该在课程设置上有所反映。我这些年一直建议调整古典文献课程的设置，但是学校有相关的限制，操作起来困难重重。实际上，我从 20 世纪 80 年代起就一直主张学古文献的学生要同时把外语学好，但很多人觉得这是离经叛道。

还有的课程是"因人设庙台"，原来的主讲老师讲得很好，但已经退休了或去世了，他的学生或别人顶替来讲就达不到相应的水平，像这种课程就应该重新斟酌，该取消就取消，需要放到选修课里就设为选修课。

古典文献专业的教学与人才培养要有现代眼光，这样才能有持久的生命力与吸引力。在打基础的时候要钻故纸堆，但是在生活里要原则与策略相结合。我就有这个体会，年纪越大，朋友越多，接触面越广，知识就越丰富，取材于生活的例子也越多。很多课程、很多研究都要加入生活的体验才行，历史中有很多有现实意义的事例。把历史与现实准确地联系起来讲，哪怕是点到为止，加进人生的体验、文化的传承关系，这能让古文献丰富起来，有立体感，学生才感到古文献既有文献的基础，也有现实生活的体验。有生命力的学问，不是离我们越来越远的学问，而是应该和现实生活有紧密联系的学问。

海外汉籍整理出版的几个问题^①

2014 - 11 - 28　上海

主讲人：安平秋（教育部全国高校古籍整理研究工作委员
　　　　会主任、北京大学中文系教授）
评议人：葛兆光（复旦大学文史研究院教授）
主持人：陈广宏（复旦大学古籍整理研究所教授）

各位同学，各位老师，今天我们非常荣幸地邀请到安平秋先生来为"章培恒讲座"作一次高端学术演讲。大家都知道，安先生是教育部全国高校古籍整理研究工作委员会的领导人，他和章先生之间有很深的情谊。两年以前，即章先生逝世一周年的时候，在复旦举行的"章培恒学术基金"的成立仪式就是由安先生主持的。很早之前我们就一直想请安先生为"章培恒讲座"作演讲，今天终于得遂所愿。

---

①　原载复旦大学古籍整理研究所、章培恒先生学术基金编《六合观风：从俗文学到域外文献》，上海文艺出版社 2017 年版。由张海伦根据录音整理，徐艳校对。

今年是章先生逝世三周年，在这样的时刻请安先生来复旦演讲，无疑具有特别的意义。安先生今天讲的题目是《海外汉籍整理出版的几个问题》。安先生是国家社科基金重大项目"国外所藏汉籍善本丛刊"的首席专家，其实很早就关注并且领导了古委会及北京大学中国古文献研究中心相关海外汉籍整理出版的工作，如他主持日本宫内厅书陵部所藏宋元版汉籍的复制、出版，并且已经出版的成果还获得了国家图书奖荣誉奖。另外，安先生一直很注重和海外的学术交流，他主编的《北美汉学家辞典》以及《欧美汉学名著译丛》等，在这方面做了很多工作，在海内外学界享有很高的声誉。

今天担任安先生演讲评议人的是文史研究院葛兆光教授。葛先生大家都非常熟悉，他的学术成就大家都了解，我想不用我介绍。葛先生和章先生也有很深的情谊，他已经是第二次担任"章培恒讲座"的高端讲座的评议人，第一次就是在章先生逝世一周年的时候，担任裘锡圭先生演讲的评议人。葛先生一直都很忙，但每一次他都特地调整自己的时间，我们真的非常感激。下面我们就欢迎安先生为我们演讲。

安平秋：谢谢陈广宏先生的介绍，谢谢葛兆光先生和在座的复旦大学的各位老朋友、各位教授。《海外汉籍整理出版的几个问题》简单地说就是关于海外汉籍的几个问题，讲这个题目一是因为海外汉籍的影印、整理和研究，从出版社的角度说，是把它影印出版出来，成为最近几年学术上的热点；二是为了纪念章培恒先生，章先生本人是很重视海外汉籍的利用的。20 世纪 70 年代末 80 年代初，国内出版的"三言""二拍"，尤其是"二拍"（《初刻拍案惊奇》《二刻拍案惊奇》），所用的底本就是章培恒先生从日本影印回来的。从80年代中期到90年代中期，章先生主持《全明诗》的编纂工作，也很重视国外所收藏的明人的诗集、文集，委托他的同事到美国、日本复制了一批关于明人的诗集、文集。今天是纪念他，来讲他所关心的海外汉籍的题目，也表达了我们的一番心意。

今天我想讲三个问题：第一，什么是海外汉籍，或者说海外汉籍的概念和范围；第二，海外汉籍的流传与回归；第三，如何估量海外汉籍的价值。这三个问题都是我和同事一起做关于海外汉籍这方面事情的时候，做相关的调查、复制、整理乃至于进一步做一些探讨研究的时候产生的实际问题，不是简单地从概念出发、从学问本身出发，而是从实际操作过程中，人与人之间、学者与学者之间产生的一些不同看法的实践中，才有的这样三个问题。

我们先来谈第一个问题，什么是海外汉籍，或者说，海外汉籍的概念和范围。第一是概念。首先是"汉籍"。"汉籍"这个词是从日本来的，不是我们自己说我们的古籍叫汉籍，我们一般都叫古书或者古籍，很少称我们自己的古书为"汉籍"。日本人是这样说的，即日本人下的定义是："汉籍是针对'国书'（或称'和书'）而言的，是中国人用汉字写的书籍。"这是在《怀德堂事典》（大阪大学2001年第一版）里日本学者下的定义。显然日本学者认为汉籍是中国人用中文写的书，这是汉籍。那么海外汉籍呢？显然是存藏在海外的这部分古籍，或者说存藏在海外的用中文写的书籍，叫海外汉籍。这就是从中国人的角度或者从中国人的立场上来说了，这是它的一个基本概念。

第二是范围。有几种情况，或者说，逐渐扩大的有三种理解。因为前些年有一套书编辑出版，叫作《域外汉籍珍本文库》，这套书的第一辑数量比较多，都是韩国的，是韩国人用汉字写的，收罗进来，在中国出版了。这就引起一些想法、一些讨论，这些韩国的书籍叫不叫汉籍？大家在讨论的过程中逐渐形成一些看法。刚才说范围中的第一种理解，是中国人用汉字写的书籍，在中国刻印的，流传到了海外，比如说宋刻本、元刻本、明刻本，等等，这也包括写本或者说包括抄本，这是一个范围、一个概念，我们从事古籍整理的人更看重这个概念、这个范围，觉得这个是基本的。第二种理解或第二种范围，是外国根据中国古籍重新刻印的，比如说和刻本，即日本刻的，也就是和刻汉籍，中国有不少书传到日本，无论是经书还是史书，传到日本以后，日本又重新刻印，这叫和刻本。这是外国根据中国古籍重新刻印的，虽然不是在中国本土刻印的。还有韩刻本、高丽刻本、安南刻本，等等。这也可以理解成外刻汉籍，或者说非中国刻的汉籍，这是第二类、第二种理解，或者说第二种范围。第三种理解是外国人用汉字写的书籍，而且是在外国刻印的。刚才说第二种是中国人写的书，外国人翻刻，或者说，在中国人写的书的基础上，外国人又加了一些内容，比如注音、注释。第三种是外国人用汉字写的书，而且是在外国刻印的，比如《韩国文集丛刊》、现在的各种"燕行录"。外国人里还包括后来的一些传教士，传教士或者在中国，或者回去以后用中文写了一些关于中国的文字，后来出版了，也可以理解为外国人汉文书籍。单论这三个范围，三个圈，一圈比一圈大，这个问题其实挺明显的，是客观存在的。

但是前两三年，引起了一个小范围内的分歧，也是从事古籍整理的同行，认为像刚才提到的《域外汉籍珍本文库》第一辑就把韩国那么大量的韩国人用汉字写的东西影印出来了，觉得不伦不类，这到底算不算汉籍，算不算海外汉籍，怎么个定义法？而从事《域外汉籍珍本文库》编纂的朋友认为从事古籍整理的即刚才说的第一个圈里的人是抱残守缺，抱着古代的不放，为什么不从大汉字文化圈或者大中华文化圈的角度来考虑问题呢？为什么不考虑国外的学者对中华文化的影响呢？前两年大家交换了意见，我觉得这些学界同行十分有远见。因为从事海外汉籍工作的人并不很多，通过海外调查来影印、整理汉籍的工作其实挺难的，人本来不多，工作有难度，大家需要互相支持、互相包容，而不是互相指责、互相挑毛病。从事海外汉籍研究的人应该团结起来，应该兼容，这样才能够互相支撑、互相呼应，形成海外汉籍研究这个方向的整体。所以在去年，2013 年 12 月，北京大学古文献中心和《域外汉籍珍本文库》编委会以及参加《域外汉籍珍本文库》编纂的中国社会科学院的一些朋友，中国人民大学的朋友，还有西南师范大学、西南师范大学出版社、人民文学出版社的朋友，一起在重庆开了一次国际汉学学术研讨会，这个会是一个标志，标志着大家共同承认这三个圈，大家在这三个圈里工作的人互相支撑、互相呼应，共同建设海外汉籍学术研究的整体结构。这是跟大家说的第一个问题，即到底什么算是海外汉籍，它的概念和范围是怎样的。这是从我们工作实际中接触到的。

第二个问题是海外汉籍的流传与回归，先谈谈流传。海外汉籍的流传也是碰到一些不同看法。这些年有一种说法，因为过去有丝绸之路，前几年讲到郑和下西洋，又谈到海上之路，这几年做一些海外汉籍，有些在领导岗位的学者和在文化岗位的领导很关心，就提出来有书籍之路。我想这是对的，我们的书传出去，国外的书传进来，叫书籍之路，是各种文化的交流。随着这个，学术界有的同志说书籍之路是屈辱之路，因为我们的书是被外国人掠夺走的，所以是屈辱的。2006 年我在北京见到一个熟人，是纽约一份时报的专栏主笔，从中国台湾去的美籍华人，他也是一位历史学家，写了几部有分量的中国历史研究方面的书。他见了我问：你不是在弄日本和美国的那些古书吗？我说是。他说，日本人侵略时掠夺走的中国书很多吧？他说的时候感情比较强烈，也类似我们前面提到的有学者认为的屈辱之路的味道。我就赶紧跟他说，其实挺复杂的，不完全是掠夺走的。所以从这次交谈之后我就想到了一个问题，就是我们中国的古籍流传到海外到底是什么渠道？或者说有哪些途径？我概括大体有这么几种情况：

第一种情况是清政府赠送给国外的。比如美国国会图书馆里面一部分古籍，那是清同治八年的时候，也就是 1869 年，清政府送给美国国会或者说送给美国的，美国政府把它放在了国会图书馆。那是在 1867 年，美国国会图书馆通过了一项法案，把美国政府的出版物拿出 50 份，作为与各国政府交换的礼物。在 1868 年即同治七年，美国就派专员访华，带来的是图书和植物的种子。清政府总理衙门回赠了 10 种植物的种子和一批图书，这些图书里有《农政全书》《本草纲目》《皇清经解》《针灸大成》，等等，这 10 种大概是 1000 册的样子，现在还在美国国会图书馆。再有，是在耶鲁大学，它的东亚馆收藏有中国政府通过容闳送给他们的一批书。我有一年去正好赶上这批书在陈列，是在东亚馆的厅里一个玻璃柜子里面，其中包括中国政府通过容闳送给他们的书单子，那是 1878 年送的。所以这种情况，至少从美国的两个例子看，是当时的中国政府送给人家的，这应该不算屈辱。

第二种情况是国外图书馆正常购买的。比如美国国会图书馆到中国买过不少中国的古书，也通过别人从中国买书，美国国会图书馆或者收购的，或者是这些人捐赠的。还有芝加哥大学东亚图书馆在 20 世纪 50 年代曾经到香港买了一大批中国的书，其中于 1958 年在香港买了 30 多万册中国的书，以经部书最多。当时钱存训先生在芝加哥大学东亚图书馆工作，这是钱存训先生自己讲的。这是第二种情况，即国外图书馆正常购买，这也不算掠夺。

第三种情况是外国人在中国生活一段时间之后从中国带回去的，有的是中国朋友送给他的，有的是他有兴趣，在中国买的。比如日本的遣唐使，回去的时候都带了一些佛经，还有佛经之外的书。一些美国的传教士，也带了不少书回去，其中最有名的一个人叫恒慕义。恒慕义 1928 年回到美国，做了美国国会图书馆中文部的主任，他把他自己在中国搜罗的书，都捐给了美国的国会图书馆。而恒慕义的儿子叫恒安石，后来做了驻中国的大使。这是第三种情况，外国人在中国生活了一段时间，从中国带回了一批书。

第四种情况是外国人专门到中国来购买、搜求的，这种情况也不一样，比如在日本，有个文求堂，文求堂的主人叫田中庆太郎，田中庆太郎是从 1901 年开的这个店，在东京，这个店逐渐发展，到 20 世纪 50 年代就没有了，今天我们到东京，到神田神保町书店街，找不到原来的田中庆太郎的文求堂了，那是因为在 20 世纪 50 年代它就关门了，但是它在兴盛时期非常发达，日本的很多汉学家，包括长泽规矩也，甚至在京都的内藤湖南，还有当时在日本的郭沫若，都到那里去，而且他管午饭，到他那里的人聊到中午了，可以吃午饭，所以很多学者都愿意到他那去。田中庆太郎是专门到中国买书的，他买的相当多。我看了田中庆太郎自己的一些回忆、他的日记，其中他提到在中国买了不少《永乐大典》零本，其实就是在北京买的，他说义和团之后，《永乐大典》散现于市间，然后他就通过各种关系买《永乐大典》，先是买进了 10 册，是为当时各图书馆作为范本买的，1 册 150 日元左右，当然这是写本，他说的"各图书馆"指的是日本图书馆，他往日本卖。他写道："我到北京去的时候也不断购买，到日本大地震前一共买了二十册，其中有五六册转卖给了美国国会图书馆。"① 请大家注意，我在美国国会图书馆的库里看到了《永乐大典》，但是当时还不知道美国的《永乐大典》是哪儿来的，后来才知道至少有五六册是田中庆太郎的文求堂卖给美国国会图书馆的。他接着说："另外，前后三次，共卖给东洋文库十五册，东洋文库还有得自莫理循（Geoge Ernest Morrison）旧藏的，因此大约一共收藏了近二十几册的《永乐大典》吧。"② 这是讲东洋文库。东京的东洋文库我也到库里看了，看到了《永乐大典》，当

① ② 〔日〕内藤湖南、长泽规矩也等著，钱婉约、宋炎辑译《日本学人中国访书记》，中华书局 2006 年版，第 99 页。

时因为没看到这段记述，并没有留意到底有多少册的《永乐大典》，按照田中庆太郎的说法应该有二十几册，其中有十五册是文求堂卖给东洋文库的。"近年来不断有藏本陆续出现，并且它的价值越来越昂贵，一册大概值五六百日元。"① 他也提到《永乐大典》在英、美、法等国也收藏有数十册，"我国（指日本）则首数东洋文库"②。东洋文库确实是收藏得比较多的。看得出来文求堂的主人田中庆太郎在中国是专门收集各种图书到东京卖，他是做买卖的、赚钱的，这是一种情况，就是到中国来专门购买、搜求古籍。还有一些学者不是卖书、买书的人，也到中国来，这里面最有代表性的比如像内藤湖南、神田喜一郎、长泽规矩也。长泽规矩也有一段自己的记述，我觉得对我们会有些启发，他说在 1929 年，他到北京来买书、来看书，到了 1930 年，他说"我在北京以三百元从个人手里购得了《钦定四库全书》的散本，《三鱼堂四书大全》零本一册卷一及卷首"③。这部《三鱼堂四书大全》其实没有真正地收入《四库全书》里去。后面他又讲"《钦定四库全书》的散本《三鱼堂四书大全》零本一册卷一及卷首"④，他说"三鱼堂"本《四库全书》是残本，本来有 10 册，据说要价 3000 元，上面盖的章是"文渊阁宝"，大家知道文渊阁《四库全书》现在收藏在台北故宫博物院，原来在北京。他说"显然是文渊阁本，

　　①② 〔日〕内藤湖南、长泽规矩也等著，钱婉约、宋炎辑译《日本学人中国访书记》，中华书局 2006 年版，第 99 页。

　　③④ 〔日〕内藤湖南、长泽规矩也等著，钱婉约、宋炎辑译《日本学人中国访书记》，中华书局 2006 年版，第 248 页。

而非赝品"①，"但是《三鱼堂四书大全》并未收进四库，我猜它是存目本，有些书是盖了'文渊阁宝'或者是其他阁的"②。我前不久在日本看到了大仓文库的书，有一部盖的是"文津阁宝"，避暑山庄的东西，但是实际上没有收入《四库全书》，当时在日本看大仓文库的书还引起了一起看书的几位先生之间的争议。所以长泽规矩也猜想是存目本。其实 10 册里面他只买了第一册，他说"作为足以与小型南方四阁本作比较的大型北方四阁本的标本"③，没有买另外的 9 册。他第二年应北平图书馆副馆长袁同礼先生之邀做客的时候，看到袁先生的桌子上摆了另外 9 册，袁先生就向他讨教有关书中的一些疑问，"我当即回答了他，袁先生对第一本的缺失感到不解，对此事我始终保持沉默"④。长泽规矩也这种买法有他的考虑，当然从保存一部书来说你把它拆散并不好。这件事反映了这些人是自己买书回去，这是第四种情况，就是外国学者专门到中国来购买、搜求。这里面还有像美国的葛思德，在中国买了不少医书，买医书的同时也买了不少其他部类的古书。他之所以买医书是因为他得了眼病，后来是用了中国的一种叫马应龙眼药膏的药治好了他的眼病，所以他买医书兼买别的书。这批书买回去了之后放在加拿大麦吉尔大学的地库里，后来以 10 万美元卖给了普林斯顿大学，普林斯顿大学的东亚图书馆到前些年才改名，多年来一直叫葛思德东方图书馆，顾廷龙先生还给他们题写了馆名。当然这里面还涉及日本三菱财团经过岛田翰买走

①②③④ 〔日〕内藤湖南、长泽规矩也等著，钱婉约、宋炎辑译《日本学人中国访书记》，中华书局 2006 年版，第 249 页。

的陆家的藏书即陆心源、陆树藩、陆树声他们的私人藏书，所谓皕宋楼的藏书。今天形成了日本三菱财团的静嘉堂文库的基本藏书。这件事我们国内学者往往有些不同的想法，比如我所尊敬的前辈学者来新夏先生曾经写过一篇文章，就叫《还我皕宋》，很明确地觉得像岛田翰、三菱财团是从中国掠夺走了这批书。但是回过头来说，我们平心静气地来看，这批书还是给了当时陆家愿意接受的日元价格从上海买走的。这一类各种各样的情况都有。

第五种情况是侵略者掠夺去的。像东三省的一部分图书，被"满铁"掠夺收藏。"满铁"这个机构过去曾经在东北干了许多有害中国的事情，其中收集中国的图书资料也是他们所干的一件，有一些书落到日本去了。圆明园文源阁《四库全书》烬余的散本也流失到国外，包括我刚才提到的东洋文库，那里面也有文源阁《四库全书》的散本，还有一部分《永乐大典》也是这样出去的。

第六种情况是中外勾结把它偷盗出去的。其中最典型的是敦煌藏经洞的那批文献，英国的斯坦因、法国的伯希和、俄国的奥登堡，都是连劫带买，通过各种手段。我说中外联手，就是外国人惦记着，中国人不争气。现在谈到近二百年的历史的时候，我们往往义愤填膺，往往对外国的侵略者非常愤恨，但是我们往往不能冷静下来总结，如果我们今后再遇到这样的问题该怎么办。像敦煌藏经洞这批书，从斯坦因的记述中就可以看出王圆箓这个道士的卑劣。《斯坦因西域考古记》（向达先生译）中提到，说王道士很贪财："我（斯坦因）尽我所有的金钱来引诱他同他的寺院"，"到最后他得到很多的马蹄银，在他忠厚的良心以及所爱的寺院的利益上，都觉得十分满足，这也足以见出我们之公平交易了"①。斯坦因的观念是我给了王道士那么多马蹄银来引诱他，他很满足，就公平交易了，这是什么逻辑呢！这样的结果是什么呢？"十六个月以后，所有满装写本的二十四口箱子，另外还有五口内里很仔细的装满了画绣品以及其他同样美术上的遗物，平安的安置于伦敦不列颠博物院，我到那时才真正的如释重负。"②

第七种情况是中国人外流的时候带出去的，比如说在第二次世界大战的过程中，中国抗日战争的时候，有一些中国人出去了，家产也带出去了；日本投降以后，也有一些人出去了。举个例子，前几年上海买到的翁万戈先生的私家藏书，这批书里面有一些是宋元版书，很珍贵，再从美国买回来，也是翁家当时从中国大陆带走的。再比如，中国国家图书馆前几年买到的陈国琅先生家的藏书，也有些宋元版书，那也是从美国买回来的，就是中国人出去的时候带走，现在又买回来了。有的没有回来还在国外。这是第七种情况。

第八种情况是抗日战争时期中国的北平图书馆委托美国国会图书馆代为保存的一批书。本来在"九一八事变"以后，北平图书馆就已经做准备了，觉得包括故宫博物院的有些书籍和文物应该装箱，准备运走，以防不测，到了 1935 年，这个工作就已经启动了，往天津、南京、上海等地运。1937 年"七七事变"以后，这个工作启动的幅度更大。到了 1940 年、

---

① ② 〔英〕斯坦因（Aurel Stein）著，向达译《斯坦因西域考古记》，中华书局 1936 年版，第 142、148 页。

1941年，胡适做驻美国大使，北平图书馆当时的馆长袁同礼先生，还有一些学者，像王重民先生、钱存训先生，钱先生被派到北平图书馆驻上海的办事处当主任，就把平馆书和一些故宫的书，有选择地装了102箱，最后一箱运走是1941年的12月初，据钱存训先生讲，这批书寄走的第二天（或第三天），太平洋战争爆发，"珍珠港事件"出来，当时他心里很不安，觉得这批书可能葬送在太平洋上了，后来发现收到了。当时有个条件，美国国会图书馆保存这批书是要还回来的，同时允许它复制成胶片。后来美国国会图书馆印成胶片卖给各国图书馆，到了1965年还是还回来了，还回了台湾。北平图书馆的书还回台湾，没有还回北京，但无论如何，总说明两岸的同仁，包括美国人，认为台湾也是中国的领土。所以还回北京也好，还回台湾也好，还是还给你了，还给中国了。这是一个特殊情况。

中国古籍流失的渠道或者说流传的渠道，我概括了一下，大概有以上8种情况。

话又说回来，流传出去有多种渠道，我们可以看到，正常的流传和不正常的流失是并存的，不要以偏概全，正常的交流和强行的掠夺都存在。关键是我们自己对它要有个准确的了解，不要一听说书籍之路就是屈辱之路，或者说书籍之路不是屈辱之路，要有一个正常的心态。这是我讲的海外汉籍的流传与回归的第一个问题——流传。

接下来谈谈回归。大家从我刚才提到的流传的渠道能看出来，我们应该有一个基本的想法，基本的态度，就是存藏在海外的中国的古籍，不管他们当年是通过什么渠道、怎么流传到海外的，今天都已经成为国外众多图书馆收藏的书了，甚至是这些图书馆的重要的存藏。各国的人，只要他能看得懂，他到图书馆就可以借中国的古书来看，这是中国文化在世界上的影响，我想这是好事。这使得中国的文化财富也成为世界的文化宝藏。我觉得发展到了今天不必笼统地、简单地强调古籍必须回归，不必牵强地把古籍回归和爱国、和政治、和民族尊严联系起来。这个事我是有另外的启示，就是圆明园的铜兽首。铜兽首是文物，不是古籍，媒体说它是被英法联军掠夺走的，前几年拍卖，要买回一部分，媒体炒得比较热闹。但是客观地说，这个铜兽首到底是怎么出去的，目前并没有明确的记载。我的曾祖父、祖父、父亲，世代在圆明园附近居住，他们亲眼看到了遭侵略者洗劫和劫掠之后的圆明园逐渐走向破败凋零的情况。我也看了一批当初英法联军的士兵、官员的日记和回忆录，英法联军烧了圆明园之后，也有很多国人跟着抢人家抢剩了的东西，所以这里面情况很复杂。

从 20 世纪 50 年代初期，也就是新中国成立后不久，就有原书的回归，比如说《永乐大典》，当时苏联存藏的《永乐大典》有一大批都赠送给北京图书馆（今天的国家图书馆），这是赠送回来的。其实这些书当初大部分是被掠走的，和刚才提到的文求堂主人买走的还不一样。这是原书的回归。刚才提到的翁万戈先生的私藏、陈国琅先生的私藏也是一种原书的回归。最近比较突出的一件事是日本大仓文库的整文库的书的回归。九百多种古籍回来了，这批书是花了一亿六千万人民币买回来的。这批书里面有 23 种宋元刻本。这批书和前面的书不一样的地方在于，它是整个文库的全部的回归。20 世纪前半叶，在日本投降之前，一些日本学者的日记里面记录，他们到北京来住在大仓公司，就是大仓集古馆的那个总公司在北京的办事处。据说大仓是以经营军火为主的，二战以后才转为注重文化教育事业，它有一个机构叫大仓集古馆，以文物和古籍为主，存藏古籍的馆叫大仓文库。它这次把大仓文库的书全部卖给了北京大学。这是一种情况，这是原书的回归，所以有些珍稀的古籍能够回归也是好的。

把古籍弄回来，更多的还是借助于复制。我们这些年采取的方式是复制更多些，因为这些书在国外收藏，在人家图书馆里，人们都在用，你说你别用，我得拿回来，我有钱了我买回来，当初是你抢我的。这也不好，我需要的话可以复制一部分。所以这些年我们在做这项工作，比如说日本宫内厅书陵部藏的宋元版汉籍，它一共有 144 种宋元版汉籍，我们复制了143 种，有一种佛经，量很大，我们国内也有，就不再花钱去复制了。我们从中做了选择在国内影印出版，这个选择很严格，既看了日本 144 种宋元版书，也了解中国国内包括台湾收藏的同一种书的情况，弄清哪些地方有哪种书，并做了比对，甚至做了进一步的比勘，来判断版本的情况。在判断的基础上，我们选择了 69 种（合并为 66 种）在上海古籍出版社出版（2012 年）。像这样的一种工作是复制。我们觉得这能够为学术研究提供一些基础的资料帮助。再如我们还做了日本国会图书馆藏的宋元版汉籍选刊、日本国立公文书馆（内阁文库）收藏的宋元版汉籍选刊。这样，日本皇宫（宫内厅）的、内阁的、国会的，这三家国家级官方图书馆所藏的宋元版汉籍，我们都有针对性地复制回来了，并且有选择地在国内出版。这是回归的另一种情况，比较多的是做复制工作。以上是我跟大家说的第二个问题，海外汉籍的流传与回归。

第三个问题是如何估量海外汉籍的价值。因为前面两个问题，第一个是讲海外汉籍的概念和范围，这是我们在实践中碰到的，第二个是讲海外汉籍的流传与回归，也是我们在工作实践中碰到的，但是大家的认识不一样，情绪也不一样，很影响我们和别人正常的交往、谈论这些问题。这第三个问题，也是我们在工作中遇到的。我自己感觉，这些年海外汉籍热起来了，作为一个关注点，我们的一些同行，包括出版单位，对它估计太高了，一提到海外汉籍就觉得了不得，似乎海外的汉籍就比国内的汉籍要好，都到人家图书馆去复制、复印或者拍胶片，这个过滥，有钱也不能这么花。这样做有些盲目。我是碰到几个具体问题才有这个想法。第一个例子，2007年，一位在领导岗位的学者，他给国家领导人写信，要几个亿人民币，要把美国国会图书馆的所有的古籍全部复制回来。后来相关部门召集了一些学者征求意见，也问了我。我是觉得，美国国会图书馆那么多种古籍哪至于都复制回来？花几个亿人民币，其实不需要，得看美国国会图书馆有多少值得复制的，我们要有一个估量。我们必须把我们的工作建立在很实在的调查研究的基础上，你对美国国会图书馆的古籍的收藏心里有数才能提出对策。第二个例子，2004年，我们一个学界老前辈在一次会上和另外一位学者发生一点争论，争论中，这位老一辈学者提出美国存藏的宋元版古籍比中国多，而与他争论的这位学者认为中国国家图书馆收藏的宋元版古籍比美国多。这位老前辈不高兴地说："你不能这么看问题，北京图书馆多，你有美国多吗？美国图书馆有几千部宋元版书，那你怎么说？"这位学者看前辈学者急了，没好回答。我在旁边只好说，美国所藏宋元版汉籍没有那么多，现在调查只有 124 部宋元版书，最多 200 部，包括私人藏的。那位老先生还不服气，我只好进一步说美国国会图书馆有 33 部，哈佛燕京图书馆有 28 部，普林斯顿葛思德东方图书馆有 9 部，哥伦比亚大学有 4 部，芝加哥大学有 1 部，伯克利东亚馆有 43 部，等等，给他背下来，结果老前辈才不说话。所以我们在没有调查之前，对国外的汉籍收藏情况若明若暗，不要过于主观，不要妄下判断，你只有调查、了解之后，才能够比较准确地说我要做什么。我们对国外的汉籍不要盲目。

首先是数量上的估量，就是全部的汉籍有多少，我们到现在没有一个准确的把握，也得不出准确的数字，但是对宋元版书心里有一点数，工作开展了这么些年，做了一点调查，大概全世界范围内宋元版书有 6000 部左右。日本的阿部隆一先生曾经说，他的调查是 3500 部，他认为他调查出这个数字是对学术界的重大贡献。我们是在他的基础上再做工作、再做调查，大概是 6000 部左右。这 6000 部左右的数字，简单地说，中国大陆大概有 3500 部，台湾大概有 800 部，加起来是 4300 部左右；国外的大概有 1700 部左右，其中日本有 1000 部左右，这都有具体数字，就是哪一家收藏多少，宋本多少，元本多少，金本多少，都有具体数字的；美国有将近 200 部，其中美国的图书馆收有 124 部；其他的国家与地区约有 500 部。宋元版大概是这样一个数量。对数量上有个估计，不至于盲目。

数量之后是质量。海外汉籍到底质量情况如何，要看它的整体综合质量，看他的版本价值，看我们国内有没有，等等。一个综合性的指标，应该是真正珍稀的、有价值的。比如说同一个本子，《史记》的元刻本，即彭寅翁本，在世界范围内有9部，我们中国大陆有3部，台湾有2部。中国大陆的3部是中国国家图书馆1部，但它缺了8卷；北京大学有1部，只有16卷（应该130卷）；上海图书馆有1部，也是个残本，记得只有8卷，这是中国大陆的3部。台湾有两部，这两部都在"中央图书馆"，其中有一部相对地全，差了8页。这样中国就有5部了。日本有4部，一共有9部嘛，日本的4部有两部就在宫内厅书陵部，其中有1部是非常完整的，另外1部差6页，这是狩谷棭斋的藏书，第3部是在奈良的天理图书馆，那是一部全的，第4部在庆应大学的斯道文库。这9部我都看过，9部之中的日本这3部确实比我们中国大陆和台湾的要珍贵、要齐全完整，它的价值就大，要复制就复制这种。再进一步看它的版本是不是一样，比勘过之后，它的版本什么地方是裂的，某一卷某一页它裂的地方，有的是一样的，那么显然是一个版，不是初印本，是后刷印的，因为版已经裂了，而且裂的地方都是一样的，这样来斟酌取舍，我要不要，我是复制它还是复制国内的，等等，这些方面都应该斟酌，看它的质量考虑一个综合指数。根据我们工作的情况看，像宋元版书，值得复制回国的有多少，大体比例是10％到20％，也就是说在国外1700部左右的宋元版书大概有170部到340部值得我们复制回来。缘由在于我们国内可能这部书没有，或者虽然有但是我们的版没有它完整，或者说书品没它好，或者我们是残的，它是完整的。对日本收藏的汉籍，我们复制比例最高的是日本宫内厅书陵部，144种我们复制了143种，从中选了69种出版面世。静嘉堂文库现在是253部，实际上静嘉堂文库还不止

253 部，因为皕宋楼的书之外，日本的不少学者，包括刚才提到的长泽规矩也等，都帮助静嘉堂文库收罗了一些书，静嘉堂文库近年说它有 300 多部。我们仔细看它的目录，看静嘉堂文库的书，和国内的藏书情况进行了对比，其实皕宋楼也好，静嘉堂文库也好，不必看得太重，大概 20％左右需要我们复制。从我们做学术工作来考虑，要了解皕宋楼或者静嘉堂文库的藏书有多少可以复制，不必全部复制，只复制一部分就够了。这是关于数量和质量，要有一个估计。

另外，我对一件事情不太赞同，就是国内有些出版社，甚至有些学者喜欢把国外图书馆整馆的古籍全部复制回国，然后影印出版。我知道有些出版社挺愿意这样做的，我理解，比如日本宫内厅书陵部的书，你把它的全部宋元版书一下子复制了影印出版，标明"供日本历代天皇看的日本宫内厅书陵部的全部宋元版中国古籍"之类的名目，很吸引人，商业价值很大。但我觉得其实不必，所以我们还是坚持选了 69 种宫内厅的宋元版书请上海古籍出版社出版。我是不太赞成动不动就整库地复印，美国国会图书馆的一些书其实国内绝大多数都有，10％、20％的比例可以复制，80％甚至 90％不需要。总而言之，我不太赞同复制、出版国外图书馆整馆的古籍。目前，已经影印出版的海外汉籍，大多数编印的质量也不高。

今天就海外汉籍整理与出版中出现的问题跟大家说一下我的想法，希望能够得到大家的指点。

葛兆光：奉古籍所之命，让我来做评议人。其实安先生是我读大学时候的老师，所以我也不敢做什么评议，当年我曾经上过安先生的课，安先生是研究《史记》的专家，我至今还保存着当年上课时候的笔记，所以我今天只是讲一点感想。

第一点就是，在海外寻找中国的古籍，或者说中国的文物，是一个很长很长的传统。从宋代以后，总是听说东瀛有好东西，这已经成了一个神秘的故事，我最近整理朝鲜通信使的文献，发现朝鲜人也受中国影响，一到日本就寻找看有没有这儿烧完了还留在那儿的《尚书》，日本人其实明明没有，但是他也要故作神秘说：某个地方可能有。搞得朝鲜人欲望被勾起来。中国人真正的大规模的到海外去访书，晚清大概是一个阶段，也就是以杨守敬和罗振玉为代表的一批到东瀛去访书的这些人，大家都知道杨守敬当年做《日本访书志》，罗振玉也看了很多东西，后来《古逸丛书》大多是从日本来的。这是第一个阶段。第二个阶段，也就是 20 世纪 20 到 30 年代的时候，中国当时处于相对平稳的状态，像胡适、王重民，他们都在法国、英国寻找敦煌古籍，这是一个阶段。第三个阶段大概要算现在了，以安先生为代表的在近十几年来一直大规模地去海外访求宋元版本古籍，然后进行复制、影印、出版。这里面肯定有方式和手段的不一样。比如说，当年最早是把书能买就买回来，像罗振玉、杨守敬这些人。到了胡适、王重民去查找敦煌文书的时候，主要是作为资料抄回来，当然也影印出版。现在像安先生他们做的事情，实际上是专家经过鉴定比较之后把有价值的东西挑回来，然后影印出版，作为补充我们国家古籍收藏不足的手段。所以这是一个很重要的事情，今天安先生讲的我很有感慨，就是说这是一个很长时间的传统，这个传统到了现在有新的手段，新的目的，新的价值，这是我要讲的第一点。

第二点，刚才安先生的讲演分三个部分，第一个是海外汉籍概念的确定，第二个是海外汉籍的流传，第三个是怎样估价海外汉籍的意义，我都非常赞同。第一个问题，我也觉得有些人把海外汉籍的概念弄得有点不太好办，我听到一些日本朋友讲："我们日本人刻的书或者我们日本人用汉字写的书怎么能叫汉籍呢？都成汉籍了，那我们都变成汉人了。"所以安先生分成三类，第一类是中国人刻印的古籍，第二类是外国人翻刻的东西，第三类是外国人用汉文写的古籍，最后那个好像不大能算海外汉籍，那只是用汉字书写的外国人的著作。但是概念区分清楚了以后，大家才能够明白。第二是流传，我也赞成安先生的意见，就是说，不要爱国主义大发扬，总是去讲人家是怎么抢了我们的，我们就要把它拿回来。书在外面，让它在外面，我们把它复制回来、影印回来，就可以了，不需要把什么东西都收回来。所以有关流传的情况我也赞成安先生的意见。我最赞成的就是第三点，去海外影印、复制、收购，要有专家做鉴定，否则买回来的东西就跟我们国内的有些书是一样的。现在古籍的价钱翻了不知道多少倍，刚才安先生说书不贵，我还是不太赞成这个书不贵的说法。我们的古书有三种不同的意义：一种是作为版本，一种是作为资料，还有一种是作为文物。这些事情要真正的专家去做，像安先生他们做的那个就是专家在做，这个我非常赞同。这是第二个问题。安先生今天讲的我基本赞同，所以我今天不是评议，只是呼应。第三个问题我要提一个想法，也是一种感慨，除了海外汉籍以外，还有一些文献其实也是值得做的，我不知道古委会能不能把自己的工作范围扩大，管点儿别的事情，比如说，除了书以外，还有物，还有画。这两天我在看一本有关甲骨文的书，这里面提到了陈梦家，陈梦家当年得到资助去美国，花的最大的精力是调查流失在美国的青铜器，当然后来因为他当了右派，这书就没署他的名字，而且书名给改了，叫《美帝国主义劫掠的我国殷周铜器集录》，但是不管怎么说，由于他花了那么多时间去访求美国的青铜器，给我们摸清了家底，就是说中国到底有多少青铜器流失在美国，虽然他统计的也不是最完整，但基本上有了一个大体的目录。记得我在清华大学的时候，李学勤先生曾经也想做这个事情，所以他后来出了一本书叫《四海寻珍》。就是这种事情是不是值得做，除了书，还有物，有没有人做这样的事情。我觉得海外汉籍的整理和出版，和海外文物的清理和著录，都是一样值得做的。但是我最大的感慨是画，要讲爱国心发扬应该在这个地方，我们中国的绘画作品流失在海外的，不是中国人搞清楚的，是日本人搞清楚的，日本东京大学东洋文化研究所花了很长时间，甚至不是一代学者，是两三代学者去做调查，出版了 7 册世界各地的中国绘画目录。我之前在美国待的时候去看了几个博物馆，一个是大都会，一个是波士顿，还有一个是堪萨斯，这 3 个博物馆同时收藏了一幅巨大的壁画，就是山西永宁寺的水陆画，分到了 3 个地方，还有没有？还有，可是这些东西没人去做。我是建议高校古委会主任把权限放大，管得更宽一点，除了古籍以外，还可以做一些别的东西，这些东西是我们值得做的。所以觉得安先生今天讲这个非常重要，安先生讲得也非常清楚，该怎么做。我唯一的问题就是，海外汉籍的这种整理出版的方法，能不能推广到物和画这两个领域。这就是我的感想。

古籍整理工作和国外所藏汉籍^①

2016　广州

　　谢谢程焕文先生的邀请，谢谢沈津先生的安排。来参会之前，沈津先生吩咐我讲两个问题，一是古籍整理，一是国外所藏汉籍。今天，我讲的题目是把两个问题连在一起，即"古籍整理工作和国外所藏汉籍"。第一个是讲当前古籍工作的构成和人才培养，重点是人才培养；第二个是讲对国外所藏汉籍认识上的两个问题。

　　第一个问题，当前古籍工作的构成和人才培养。在我国，古籍工作由三个部分构成：一是古籍的收藏与保护，二是古籍的整理与研究，三是古籍的出版与规划。

　　古籍的收藏与保护，以图书馆为主。近年成立了两个领导和协调机构，一是 2007 年成立的国家古籍保护中心，一是 2015 年成立的中国古籍保护协会。这两个机构建立之前，在

---

　　①　在中山大学"中文古籍整理与版本目录学国际学术研讨会"上的主旨演讲，收入《2016 年中文古籍整理与版本目录学国际学术研讨会论文集》，广西师范大学出版社 2018 年版。

中国国家图书馆的协调之下，在文化部和各省市相关部门的领导之下，全国图书馆的古籍收藏和保护工作已经进行多年，做出了许多成绩。国家古籍保护中心和中国古籍保护协会建立之后，就做得更有声有色。图书馆隶属国家文化部，这些年，在古籍的收藏和保护方面，图书馆对国内的古籍做了全国性普查工作，并且公布了五批珍贵古籍名录，举办了一些培训班，建立了国家古籍保护人才培训基地。复旦大学还专门成立了古籍保护研究院。国家图书馆还和复旦大学、中山大学合作，进行相关研究项目。在古籍的保护和收藏工作方面，相关单位做得风生水起。

古籍的整理与研究，以高校为主。1983 年，教育部建立了全国高等院校古籍整理研究工作委员会。之后，全国各个大学相继建立了研究所、研究室；另外设立了 5 家培养古典文献学本科生的专业，培养出相当一部分有才学的研究生，当然也有文史哲其他专业培养的本科生去读古典文献或相关学科的硕士、博士。这 5 家专业是北京大学中文系古典文献学专业；浙江大学中文系古典文献学专业；南京师范大学古典文献学专业，现在改名叫古文献学系；上海师范大学古典文献学专业，多年前已经扩展成系；再有就是陕西师范大学的古典文献学专业。这 5 家专业每年培养的本科生一百五六十人。同时全国有82 家古籍整理研究所或古文献研究所，像中山大学的古文献研究所，是王季思先生首创发起的。在高校系统，这些研究所和古典文献学专业重点培养硕士生、博士生。高校隶属于教育部，图书馆隶属于文化部，彼此互相呼应。这些年高校系统培养了相当一批人才，无论是本科生，还是硕士生、博士生，其中有些今天已成为相当知名的学者；同时也产生几千项科研成果，其中有一些是有分量的。

古籍的出版与规划，以出版系统、出版社为主，目前，是由全国古籍整理出版规划领导小组主持。它的前身是 1958 年成立的国务院古籍整理出版规划小组，在"文化大革命"时曾停顿一段，1981 年恢复工作，1993 年被撤销，改名叫国家古籍整理出版规划小组，隶属于当时的新闻出版署，1999 年又加"领导"二字，即全国古籍整理出版规划领导小组，领导全国古籍整理工作，特别是古籍整理出版工作。这个机构现在隶属于国家新闻出版广电总局，主要负责出版。前两个部分即古籍的收藏保护、古籍的整理研究成果，是要由古籍的出版规划来体现，由出版社出版。（现在全国有二十几家古籍专业出版社，还有非专业出版社出版古籍整理和研究的书。）因为它的前身是国务院古籍整理出版规划小组，从 1958 年开始做规划，多年延续下来，起到一个指挥棒的作用。他们既做前期规划，起到指导作用，又为出版社出版大家整理研究的成果，起一个导向和集大成的作用。所以这一部分很关键，很重要。同时，由于实际工作的需要，全国古籍整理出版规划领导小组，这些年办了不少培训班，培训在职的编辑，不止是专业古籍出版社，非专业古籍出版社的编辑也参加。这个班已经办了多年，原来办的有中级班、高级班，今年是统起来办一个班。今天参会在座的有几位先生都在培训班上讲过课，如严佐之先生、杜泽逊先生。这些年这个机构在国家新闻出版广电总局领导下做得也是有声有色。

这些年，特别是 2007 年国家古籍保护中心成立后的最近

10 年时间，这三个系统的工作互相呼应，互相协作，形成了我国一个完整的关于古籍整理的工作体系。

论及上述三个部分，是为讨论人才培养作铺垫。三个部分都涉及人才培养，都需要古籍整理研究的人才。例如古籍的收藏与保护，需要目录学、版本学的功力。在这个领域工作，首先要有目录方面的基本功、基础知识，能够实战，在实践中能够做出至少符合标准的成果。版本学也是这样，古籍版本鉴定，看上去很简单，实际学问很大，包括版本的纸张、刻工情况和印章。前不久我在耶鲁大学看到一部古籍上的印章，无法识别，连夜请教我的一位书法界朋友。这次国际会议也有很多此类论文，指出国家几批书目在判断书中印章上的错误，这也是个基本功。一个印章的辨别都容易出现错误，可见版本鉴定之难，而且还有古籍修复技能，甚至包括纸张的鉴别，等等。古籍的收藏与保护需要培养这方面的人才，培养这方面的基本功。古籍的整理与研究也是这样，它首先需要阅读古籍的能力，需要标点断句的能力，需要校勘和写校勘记的能力，在这个基础上进一步研究古籍内容和古籍作品的能力。古籍的出版规划系统近年举办了各类培训班，就是因为专业出版社和非专业出版社要出版古籍整理和研究的书，编辑的水平、能力需要提高。作为一个合格的古籍整理编辑，相当不容易，需要多年努力。比如古籍的选题、审稿，甚至包括校对方面，都要求有过硬的专业功底。

这三个部分的人才都需要进一步的提高、培养，但是这三部分对人才培养的要求有共性也有差异，侧重点不同。这里很重要的要求是要在原来学习基础上的实践。所以我有一个建议，就是上文提到大学中有 5 家培养古籍整理、古文献学本科生的院系，每年有毕业生一百五六十人，在现在古典文献本科生的基础上，向古籍的收藏保护系统、古籍的出版规划系统，也包括古籍的整理研究系统，输送研究生。以这些古典文献的本科生为主要的来源，同时也吸收古代文史哲专业的本科生，甚至在这个基础上进一步培养博士生。这是培养古籍整理三个部分人才的省力办法。然后，在攻读硕士、博士的过程中，甚至在今后工作中，学生们一边实践，一边深造，一边提高，逐渐被培养成为核心人才。这样就产生了另外一个更进一步需要解决的问题，即建议国家相关部门能够考虑建立古文献学一级学科。现在古文献或者古籍整理没有一级学科，而是在一级学科文学之下有二级学科古典文献学，在一级学科历史学之下有二级学科历史文献学。可否将古文献学超脱出来，组成一级学科？这个一级学科实际上是我们研究中国古代文史哲的基础，因为这是中国古代的文献，研究中国古代文史哲，甚至打通到现当代，离不开中国的文献，特别是古文献，它应该是一个基础。所以我希望古文献学能够作为一级学科，下面再分若干二级学科。二级学科的分法，可以按照我们说的三个部分来划分，比如说古籍的保护方向、古籍的出版方向、古籍的整理方向，也可以按照其他的办法来划分。这成为研究中国古代文化、传统文化、古代文史哲的一个基础的学科，能够正视古文献学这样一个存在，提高它的位置，为中国文化的新发展打下一个根基。这是我跟大家说的第一个问题，即当前古籍工作的体系构成和人才培养。

第二个问题，国外所藏汉籍认识上的两个问题。今天在座的有从美国、日本来的朋友，都在东亚馆或亚洲馆工作，比我更了解美国、日本所藏汉籍的情况。今天到会的中国国家图书馆的张志清先生这几年也在负责这件事，对此非常熟悉。我从1992年开始到现在，也做了一些海外汉籍的了解和调查工作。在座的北京大学卢伟先生，他做了20年的调查工作，对美国的图书馆收藏的宋元版汉籍，进行了全面调查，相当熟悉。具体的问题我就不再多谈，我只就两个我接触到的问题谈谈看法，首先什么是海外汉籍，其次海外汉籍的流传和回归。这都是在工作中碰到的。

首先，什么是海外汉籍。前几年国内出版了一套书，叫《域外汉籍珍本文库》，由西南师范大学出版社等几家出版社出版。这套书里包含相当多韩国人用汉字写的书，第一批影印出版后，引起一些争论，即韩国人用汉字写的书算不算汉籍？所以需要搞清楚什么是汉籍。其实"汉籍"这个概念是从日本而来，日本人说："汉籍是针对'国书'（或称'和书'）而言的，是中国人用汉字写的书。"这是日本学者下的定义。什么叫汉籍，就是说中国人用中文写的书。我们沿袭这样一个名词来研究汉籍，那么存藏在海外的就叫海外汉籍。那么《域外汉籍珍本文库》中，韩国人用汉字写的算不算？因此实际工作中有三种理解。第一种理解是中国人用汉字写的书籍，在中国刻印的，流传到了海外，叫海外汉籍，或者叫国外所藏汉籍。这个名字，还有一些争论，是叫域外汉籍、海外汉籍，还是叫国外所藏汉籍，有不同看法。为了不引起分歧，我把它简称为国外所藏汉籍，这个大家没有什么异议。这样我国的宋刻本、元刻本流传到国外，都叫国外所藏汉籍或者海外汉籍，这是第一个概念。我们从事古籍整理的人，更看重这个概念，认为这是最基本的。第二种理解是外国根据中国古籍重新刻印的书籍，比如和刻本、朝鲜刻本等。第三种理解是外国人用汉字写的书籍，且是在外国刻印的。比如《韩国文集丛刊》，韩国人用汉字写的，韩国人编著，汇成一个韩国文集的丛刊。现在有些学者在做的《燕行录》整理与研究，包括越南的、韩国的，也是属于这一类。这些外国人用汉字写的，还是在外国刻的书籍，包括一些传教士或在中国或回国后用中文写的关于中国的文字，可以理解为外国人的汉文书籍。这样逐渐扩大到三个圈，三种理解，三个范围，这是一个客观存在。我觉得要把海外汉籍研究作为一个整体来看，不要太拘泥。从事海外汉籍或是国外所藏汉籍研究工作的人，前些年很少，这些年这一研究成为热点，才逐渐增多，我们需要互相支持。20世纪90年代和这个世纪初期，这项研究工作刚起步不久，内部有过争论，互相指责，这不是兴旺发达之道。我们应该包容、兼容并蓄，避免互相指责。

在一系列协商之后，2013年12月，北京大学古文献中心和《域外汉籍珍本文库》的编委会，以及其他一些从事海外汉籍工作的朋友，在重庆召开了一次国际汉学学术研讨会。这是一个标志，标志着大家共同承认这三个圈，大家在这三个圈里工作，互相支撑，互相呼应，共同建设海外汉籍学术研究的整体结构。

其次，海外汉籍的流传和回归。前些年的学术会议，有一些比较权威的学者和参与学术工作的领导发表了一些讲话。大意是说我们有丝绸之路，有海上丝绸之路，还有书籍之路，而书籍之路是屈辱之路，就是这些书都是被抢去的，还讲了一些例子。我觉得这个观点一方面是对的，我们有一些书确实是被侵略者掠夺去的，另一方面又是不全面的，因为有些书不是被掠夺去的。不光一些领导和学者持有屈辱之路这样的观点，也还有一些域外朋友有类似的看法，和国内观点相呼应。我认识一位美国纽约一份时报的专栏主笔，华人，从中国台湾到美国多年，出版了五六本关于中国历史的书，是位有学问的美籍华人。他2006年到北京，我们见面，他关切地问我："你是不是在做日本、美国那些古书？"我说是的。他以友好迎合的姿度说："日本和美国抢了我们不少东西吧！"我就和他解释不都是抢的，具体是怎么回事。我想这么一位见多识广的朋友，他也是这种看法，难怪我们有些部门领导说那是屈辱之路。我们应该抱一种平和的心态来看待目前海外的汉籍是如何流传出去，才能考虑它回归的问题，是把它全买回来，还是复制回来，还是怎么对待。所以我就做了一些分析，分析我们的书籍到底是怎么出去的，大概有8种情况：

一是清政府赠送给国外的。比如美国国会图书馆里有一批古籍，是清同治八年（1869），美国送给清政府10种书、10种农作物种子，清政府回赠美国的一批书，也是10种书，约1000册。美国政府将其存放在美国国会图书馆。再有耶鲁大学东亚图书馆收藏有中国政府1878年通过容闳送去的一批书及其书单。有一年我曾在东亚图书馆进门大厅的玻璃柜看到展出的书单，是用毛笔字书写的。这是中国政府赠送的，不算屈辱。

二是国外图书馆正常购买。如芝加哥大学远东图书馆，在

20 世纪 50 年代，曾到香港购买了一大批中国书。1958 年在香港买了 30 多万册中国书，以经部书最多。这是钱存训先生亲口说的。国外图书馆到中国购书，也不算屈辱，应该是正常的。

三是外国人在中国生活一段时间之后，从中国带回去的。有的是自己买了带回去，有的是中国朋友送给他，然后他带回去的。早期的像日本遣唐使，不少佛经就是他们带回去的。晚一点如美国一些传教士，也带回去不少。有一位叫恒慕义的传教士，有的翻译成韩慕义，1928 年回到美国，做了美国国会图书馆中文部主任，他把自己的书捐给美国国会图书馆。他的儿子叫恒安石，后来做了驻中国大使。我想这也不屈辱，等于他买回去的书培养了一位任驻中国大使的儿子。

四是外国人专门到中国来购买、搜求，这个情况比较复杂。有的是国外书店，日本东京有个文求堂，1901 年开张，20 世纪 50 年代停业。它的堂主叫田中庆太郎。这个店专门经营中国图书，先到北京收罗，又到江南，特别是到上海去搜寻，购买大批中国书。如在北京就先买了 10 册《永乐大典》，150 日元一册，后来又买了 10 册，共 20 册。其中五六册卖给了美国国会图书馆，今天在美国国会图书馆看到的《永乐大典》，有几册是田中庆太郎的文求堂卖给他们的，这是正常的买卖。还有些学者，如长泽规矩也曾在中国北京为静嘉堂文库购买《三鱼堂四书大全》零本，他当时是为学校教学使用购买的样书，后来捐给静嘉堂文库；但 10 册只买 1 册，那 9 册就跟这 1 册分开了。购书第二年，时任北平图书馆副馆长的袁同礼先生桌子上放着那 9 册书，长泽规矩也去拜访他，袁先生问长泽这是怎么回事，他是否知情。长泽并没有如实回答。再有就是日本三菱财团静嘉堂文库买的那批皕宋楼的藏书，我们国内学者耿耿于怀。同样，美国葛思德，因为他患眼疾，非常信任中国医药，着重购买中国的医书，同时扩大买了一些。买回去后，存放在加拿大麦吉尔大学的地库里，后以10万美元卖给普林斯顿，才有了普林斯顿的葛思德东方图书馆。这是买书的各种各样的情况，总而言之是在中国购买的。

五是真是侵略者掠夺走的。东三省的部分藏书，包括"满铁"。圆明园文源阁《四库全书》，烧了以后的残存部分也是被抢夺出去的。我曾在东京东洋文库看到《永乐大典》，还有文源阁《四库全书》的残本，那显然是从圆明园流出去的。

六是中外勾结盗窃出去的。最典型的是敦煌藏经洞那批文献，英国的斯坦因、法国的伯希和、俄国的奥登堡，通过各种手段连劫带买。《斯坦因西域考古记》里面有详细记述，斯坦因说："我尽我所有的金钱来引诱他（王道士）同他的寺院……到最后他得到很多的马蹄银……觉得十分满足"，而斯坦因掠夺走的是"所有满装写本的二十四口箱子，另外还有五口内里很仔细的装满了画绣品以及其他同样美术上的遗物，平安的安置于伦敦不列颠博物院"。

七是中国人外流时带走的。大约是二战期间比较集中，包括日本投降以后，二战胜利以后，1949年以后，有些人到了中国香港，又辗转到其他国家。他们带出一些家产，有些是藏书家，就将藏书带出去了。近一二十年，有几位很有名的藏书家的书，回到了上海图书馆、上海博物馆或中国国家图书馆。

八是抗日战争时期，北平图书馆委托美国国会图书馆代为保存的书。1941 年的 12 月 6 号，导致太平洋战争爆发的"珍珠港事件"发生前一天，钱存训先生才把最后一箱寄出去，共102 箱（箱数说法不一，此处据钱先生说法）。最初以为会书沉大海，最终美国国会图书馆还是收到了。1965 年还给了中国台湾。虽然不是完全物归原主还给北京图书馆，但美国认为台湾是中国的，还是还给了中国。

　　因为书籍流传出去的情况复杂多样，那么我们分析如何回归，就要有一个基本的态度，就是存藏在海外的中国古籍，无论当年是通过何种渠道流传到海外的，今天都已经成为国外众多图书馆收藏的书，甚至是这些图书馆的重要存藏。世界各国的人，只要能看得懂，到图书馆就可以借中国的古书来看，这是中国文化在世界上的影响，这使得中国文化财富也成为世界文化的宝藏。我觉得不必笼统简单地强调古籍必须回归，不回归就是屈辱，不必牵强地把古籍回归和爱国、政治、民族尊严联系起来。近年，北京大学做得漂亮的一件事就是大仓文库整库中国古籍的回归，这是原书的回归，是可以载入北京大学史册、中国图书馆史册的盛事。但是不可能所有的古籍都这样，所以，我觉得更多的应该还是复制。这些年，我们团队在做的事就是复制日本官方机构所藏的中国古籍宋元版，并选择性地出版。日本宫内厅的 144 种宋元版古籍，目前我们已经复制了143 种，出版了 69 种（合并为 66 种）；还有日本国会图书馆藏宋元版汉籍，日本国立公文书馆，即内阁文库所藏宋元版汉籍。

　　还有第三个问题，就是海外汉籍的价值怎么估量，数量上和质量上怎么看。由于时间关系，有机会再谈。

　　谢谢。

谈当前古籍工作体系及人才培养

2017 - 01 - 16《藏书报》

一、古籍工作由收藏、整理、出版构成

《藏书报》：近年来，古籍工作得到前所未有的关注和重视，从整体上看，古籍工作包括哪些内容？

安平秋：我觉得古籍工作应该是由三个部分构成的，即古籍的收藏与保护、古籍的整理与研究、古籍的出版与规划。

现在看来，古籍的收藏与保护工作主要集中在图书馆，主管部门是文化部。近些年来，古籍保护越来越受到重视，2007年，文化部建立了国家古籍保护中心，2015年又成立了中国古籍保护协会。这是古籍工作的源头，是一条大河的上游。

古籍不仅仅要收藏，还要使用。使用最重要的体现就是方便公众借阅，但因古籍固有的珍稀性，不可能被大量读者接触阅读，也不是所有人都方便去图书馆借阅，因此古籍的整理与出版就显得非常重要了。当然，古籍整理并不是单纯的复制，还要在整理的基础上进行研究，包括标点、校勘、注释、翻译

等，这个工作过去主要集中在高校，当然高校之外也有不少专家学者在做，比如说社会科学院系统、中学老师，以及社会上对古籍感兴趣的收藏者、研究者，但是从系统上看，基本上还是属于教育部系统。1983年，教育部还成立了全国高等院校古籍整理研究工作委员会，负责全国高等院校古籍整理研究与人才培养工作。这一部分属于整个古籍工作系统的中游，连接着古籍收藏与出版两部分。

古籍的出版和规划是古籍工作系统的下游，但却是一个归总，一个集大成者。1958年，国务院古籍整理出版规划小组在北京成立，确定了古籍整理出版的方针，起草了新中国第一部古籍整理出版重点规划《整理和出版古籍计划草案》。"文革"中，规划小组工作陷于停顿，1981年得以恢复，并主持制订《古籍整理出版规划（1982—1990）》。1992年6月，规划小组主持制订的《中国古籍整理出版十年规划和"八五"计划》（1991—1995—2000）颁布实施。1993年，撤销国务院古籍整理出版规划小组，更名为国家古籍整理出版规划小组。1996年8月，颁布实施《中国古籍整理出版"九五"重点规划》。到1999年，这个小组又改名为全国古籍整理出版规划领导小组，加了"领导"二字。这个时候，该机构已经隶属于国家新闻出版署。

该领导小组主要负责联络全国古籍整理出版单位，包括20多家专业古籍出版社，比如中华书局、上海古籍出版社、中州古籍出版社、三秦出版社、三晋出版社、齐鲁书社、凤凰出版社等，还有一些出版社虽然不是专业的古籍出版社，但是也出版有关古籍的书，比如北京大学出版社、人民文学出版社。这些出版社形成的合力，把高校的整理成果体现出来。同时，该领导小组还会主持制订出版规划，各家出版社就是照着这个规划来选择确定选题，反过来也指导了中间的整理研究者，所以起到了指挥棒的作用。这个领导小组，既管出版又管规划，在规划的基础上每年还要进行一到两次评审，保证承担这些书稿出版工作的出版社，从组稿到正式出版，都会有相应的指导和补贴，最后还要评奖。这样就形成了我国古籍工作流水作业的三个部分。

二、人才培养要走"基础＋特色"的路子

《藏书报》：请您谈一下古籍工作人才培养的现状，什么样的人才是古籍保护所需要的？

安平秋：上述所谈古籍工作系统的三部分都会涉及人才培养的问题。从高校方面说，需要培养古籍整理和研究人才，所以在全国设立了5家古典文献方向的本科培养单位，即北京大学、浙江大学、南京师范大学、陕西师范大学、上海师范大学，希望学生能够在本科阶段就接触到一些古籍整理和研究的基础课，包括文字、音韵、训诂、版本、目录、校勘。现在大学里的中文、历史、哲学等科系也会涉及相关古代文史知识的学习。此外，高校系统联系了80多家研究机构，来培养古典文献方面的硕士生与博士生，这样就形成了一个体系，主要培养的是古籍阅读与古籍整理人才，比如为古籍标点、校勘、注释、翻译等。

我认为，现在所说的古籍保护学科建设应该重点培养的是

古籍收藏与保护人才，这方面的人才与古籍整理、出版方面的人才有相同之处，也存在不同之处。相同之处是必须都具备阅读古籍的基础，不同之处是更侧重于对古籍的鉴定、识别和修复。所以我觉得对古籍保护来说，一方面要培养具有古文献学基本功、能够阅读古籍的人，另一方面还要培养他们鉴定古籍的能力和修复技能。

总体来说，我认为古籍保护从 2007 年到 2015 年做得有声有色，已经相当有成就。比如进行了全国范围的古籍普查工作，并且公布了五批珍贵古籍名录，还办了一些培训班和基地。就我所知，复旦大学还专门成立了古籍保护研究院，由原校长杨玉良先生亲任院长，做了很多工作。

《藏书报》：要达到上面所说的人才培养目标，您认为古籍保护学科建设应该怎么做？

安平秋：我有一个建议，就是把古籍工作三个部分的人才培养联系起来，可以考虑建立中国古文献学的学科，下面再划分出古籍保护方向、古籍出版方向、古籍整理方向等，这样就能形成一个完整的学科体系。目前，就古籍收藏与保护来说，有一个相对省力的办法，就是把古典文献专业毕业的学生吸收一部分到古籍保护学科领域里进行深造，一边实践一边读硕士。

但是古籍鉴定确实是真功夫，不是在大学课堂学几年就可以的，要有充分的实践。事实上，我们在学校教学，就往往不如在图书馆工作的同行有鉴定的本事。比如我和中国国家图书馆的李致忠先生曾是大学的同班同学，我毕业以后在北京大学任教，他则在国家图书馆工作，几十年下来，他在版本鉴定上要比我高明得多。有一个小例子最能说明问题：前些年，我们把日本宫内厅书陵部的宋元版书复制回来，由线装书局出版。样书出来，正好李致忠先生到北大来，我们便请他阅览。李致忠先生拿来一看，先说不错，一会儿又问"这是宋刻本原来的样子吗"，听到我们说"是"，就说了一句"怎么有点儿别扭"，当时大家也没太在意和深究。后来我们考虑，还是要留意一下，毕竟李致忠先生比我们接触宋元刻本多。最后经了解，样书果然与原书有些出入，原因在于出版社把版框按比例放大了一些，导致有些走样。不得不说，李致忠先生非常敏锐，一下子就看出了问题。

培养古籍保护人才也是一样，掌握古文献知识是基础，但更多的还是在实践中培养，从这个角度上来说，古籍保护学科建设中培养专业硕士是比较合理的。

《藏书报》：古籍工作三部分的人才结构分别是怎样的？我们应该怎么认识古籍保护人才培养问题？

安平秋：20 世纪 70 年代末 80 年代初，就古籍整理和研究领域来说，可谓青黄不接、后继乏人。1981 年 9 月，中共中央发出《关于整理我国古籍的指示》，为古籍整理工作指明了方向，提出了明确的目标。1983 年 9 月，全国高等院校古籍整理研究工作委员会成立，并开始组织协调高校古籍整理的科研和人才培养工作。此后，全国部分省份及农业部、卫生部和国家民委陆续组建古籍整理规划机构，各省市地方古籍出版社陆续成立，部分高校也相继建立了 80 多家古籍整理研究机构，还有 5 所高校设立古典文献专业培养本科生，全国古籍整理出版工作在组织规划、人才培养和出版等方面都得到了进一步加强。所以我觉得，从 20 世纪 90 年代后期到现在已经不能说是青黄不接、后继乏人了。

现在很多人说的人才匮乏，其实应该是人才质量与层次的问题。现在每年都有很多本科生从古典文献专业毕业，像上海师范大学每年大概有 80 人，南京师范大学有三四十人，浙江大学和北京大学相对较少，在 10 人左右。此外还有不少相近专业的毕业生，他们都具备一定的古文献专业基础，如果再有像李致忠先生一样在图书馆长期实践的机会，就能达到一定的高度。我一直认为，古籍保护人才培养要走"基础＋特色"的路子，即共同性的基础与特色方向相结合，这样是最省力的。

北京大学目前虽然没有设立国家古籍保护中心提出的古籍保护学科方向，但与国家图书馆合作，在古典文献专业开了一门课程，就涉及古籍保护与收藏，也是一种人才培养的方法。

三、古籍整理存在参差不齐的问题

《藏书报》：古籍整理工作近些年来开展得如火如荼，是不是也存在质量问题？

安平秋：现在古籍整理总体上是很不错的，但是也存在几个方面的问题，主要是出版质量，其原因一方面在于学术风气浮躁，还有就是参与整理的人才质量参差不齐，等等。

举两个例子吧。去年全国高等院校古籍整理研究工作委员会抓了两个典型，其中一个典型《光明日报》有报道，是一位安徽师范大学的老师整理了一部书，里面存在很多错误，还大量抄袭了两个年轻人的成果。这事不光说明当前学术界存在浮躁现象，也说明这位老师的基本功不扎实，导致整理出版问题颇多。

还有一个规模较大的古籍整理工程，主持项目的老先生在国内影响很大，全国有 20 多家单位参与了这个项目，但后来发现有一个大问题，分配下去的书稿反馈回来参差不齐，有古籍整理经验的学者的书稿质量较高，而缺乏古籍标点、校勘经验又掉以轻心的人所整理的书稿，问题就很多。一开始，这位项目主持人也忽略了这个问题。这时候，前期的资金投入进去了，时间也耗费了不少。所以说，有些整理工程拖了十年八年一定是有原因的。

儒家经典与《儒藏》编纂[①]

2018－01－10　北京

我今天讲的题目是"儒家经典与《儒藏》编纂"，主要讲三个问题：第一是儒家、儒学及其历史；第二是历代儒家要籍，也就是主要的典籍；第三是《儒藏》编纂。

一、儒家、儒学及其历史

先谈第一个小问题，儒家与儒学。

我们今天讲儒家和儒学，常把它列为历史上影响中国思想文化的儒、释、道这三家重要的古代思想意识里面的一家，甚至在这三家里面，认为儒家的影响更大、更深，也更广。但是在先秦时期，儒家仅仅是诸子百家里面的一家。我前一段听人

---

① 本文是 2018 年 1 月 10 日在中国国家图书馆、北京大学《儒藏》编纂与研究中心共同举办的"孔子·儒学·儒藏——儒家思想与儒家经典名家系列讲座"中一讲的录音记录稿。原文字稿由沙志利、王丰先和我讨论后，沙志利、王丰先完成初稿，经征求古委会秘书处几位专家意见后，由我统稿完成。

414　二　演讲与访谈

在谈，说哪有诸子百家，有那么多？其实还是有的。我们从考古发现，先秦时期特别是春秋时期，国家就有很多，说八百诸侯，还不止，所以诸子百家也是存在的。在先秦时期，儒家仅仅是诸子百家里的一家。

到了汉代初年，《史记》的作者司马迁的父亲司马谈写了一篇《论六家要旨》，把儒家列为这六家里面的一家。这六家是：阴阳家、儒家、墨家、名家、法家、道德家。司马谈在《论六家要旨》里对儒家有个评价，他说："夫儒者以六艺为法。六艺经传以千万数，累世不能通其学，当年不能究其礼。"也就是说，儒家的内容是六艺。六艺的经传有千万数，数量非常大，成千上万，一辈子也不能把它的内容搞清楚。"故曰'博而寡要，劳而少功'。"它的特点是广博但是缺少要点，去学它，去做它，很辛苦但是很少见功效。后面接着说，"若夫列君臣父子之礼，序夫妇长幼之别，虽百家弗能易也"（以上引文见《史记·太史公自序》）。这后两句，已经显示出儒家对社会秩序、对家庭伦理所起的千古不能改易的作用，那就是稳定社会和家庭的秩序。所以，到了汉武帝中后期才要"独尊儒术"，那是社会和政治的需要。

到了西汉宣帝的时候，宣帝提出了一个不同的看法，他说："汉家自有制度，本以霸王道杂之，奈何纯任德教、用周政乎！"（《汉书·元帝纪》）为什么非要只用德教、周政呢？我们本来是以霸王道杂之的。这是到了宣帝的时候，宣帝是这个看法。这就是说，在汉代初年汉高帝刘邦的时候，并不纯用儒学。大家看《史记》《汉书》，都知道，郦食其要去见刘邦，别人劝他，说你别见他，他不喜欢儒生。传说他见了儒生，把人家帽子摘下来往里尿尿，这看出刘邦本身的流氓气，但是也看出刘邦对儒家、儒生并不尊重。从汉宣帝这句话能够看出，他指的是汉代初年汉高帝刘邦并不纯用儒学，而汉宣帝本人也不纯信儒学。也就是说，尽管在汉武帝的时候独尊儒术了，在后来也还有一个过程。随着历史的发展，儒家和儒家学说才越来越为统治阶级所重视。这个发展过程，我们下面会有一个简略的梳理。

我们今天讲的儒家，就是指由孔子所开创的这个学派。后来的许多儒家代表人物和各家各个学派的代表人物都公认孔子的作用。像韩非子，他说，"儒之所至，孔丘也"（《显学》）。最大的儒，到了极点的，就是孔丘。东汉高诱在《淮南子·俶真》篇的注释里面也说："儒，孔子道也。"这是孔子的学问。刘歆的《七略》更是说："儒家者流……游文于六经之中，留意于仁义之际，祖述尧舜，宪章文武，宗师仲尼，以重其言。"宗师仲尼，就是尊崇、效法孔子。这个话里还有一个地方值得我们留意，就是"宪章文武"。刚才我们提到汉宣帝说，"奈何纯任德教、用周政乎"，这里的"宪章文武"，指周文王、周武王。儒家的主张里面吸收了很多周朝的政教，所以这里说的"宪章文武"和"奈何纯任德教、用周政乎"是相呼应的。这些表述都反映出来，儒家的代表人物是孔丘。所以我们可以说，所谓儒家，就是信仰、尊崇并且继承发扬孔子之道的学术流派。儒学就是专门阐发解释孔子之道的学术思想。这是我要说的第一个小问题，儒家与儒学。

第二个小问题是儒学的特征。

儒学的第一个特征，最主要的特征，是伦理本位，对社会伦理关系的界定。儒家所提倡的，是涵盖了家庭、社会、政治三个方面的伦理思想，它提倡的是关于君臣、父子、夫妻、长幼、朋友这五伦的顺序，提倡仁义忠孝信这些道德规范，以及践履道德所经由的途径（通过礼来做）和方法（智）。儒家的这种伦理思想和道德规范，正好适应了中国的社会需要，适应了中国这种农业社会的家庭、家族的需要，也适应了皇权政治制度的需要。所以儒家思想就变成了是自下而上从家庭到中央，又是自上而下从中央到家庭，这样一种全社会的认同和信奉，这是儒家思想被人称道的地方，也是儒家思想流传下来的根本原因。也就是说，它既具有国家的意识形态的性质，又具有全民公约的特征，对于整合传统社会、稳定社会秩序发挥了它的推动的、积极的作用。这是它的第一个特征。

第二个特征是它重视文献。刚才说，儒家的出现和孔子有关。孔子本人熟悉古代的典籍，在后世儒家眼里，孔子是整理文献的一位大师。所以儒家的人，后来顺着孔子一代一代传下来的儒家，都有一个特点，就是重视文献、重视知识。在历史上最有代表性的一些儒家学者，往往是最重视文献并且最博学的。像我们后面要提到的，汉代的郑玄，宋代的朱熹，清代的顾炎武、戴震都是。这是第二个特征，重视文献。

第三个特征是重视教育。孔子之前，中国社会是学在官府。到了孔子，化官学为私学，有教无类，因材施教，弟子有3000人之多，而他最喜欢的有名的弟子有72人。也就是说，儒家和儒家的创始人孔子，他把官学扩大到私学。不止有官学，私人也办学，而且办得很红火。孔子去世以后，他的学生子夏教于西河，给魏文侯做老师。孔子所提倡的六艺，也由他的弟子传习下来，一直到孟子、荀子，也都有很多弟子。到了汉代，传经的人就更多了。儒家思想，一方面是出于对人类传统的一种保护，重视教育；另一方面也是出于它自身学术发展的需要。我想儒家在历史上长盛不衰，也和它重视教育、重视一代一代的传承有关系。有的学派不是这样。

第四个特征是入世的精神，尤其是关心民间的疾苦，积极地参与政治。说它有入世的精神，是相对佛、道而言。儒家思想，在儒释道三家里，相比而言，它更有入世的精神。从本质上说，儒家是积极入世的，还不是一般的入世，它主张积极参与社会的思想、活动，所以儒家提倡的是修齐治平，也就是修身、齐家、治国、平天下这样的一种理念，这是它入世精神的一个集中的概括。而且儒家也不追求来世，也不相信神灵，为学由己，成德由己，就是你做学问要靠自己，学习靠自己，提高人品道德也要靠自己努力。而且儒家强调人能弘道，非道弘人；主张修己安人，修己安百姓，所以后来范仲淹讲的"先天下之忧而忧，后天下之乐而乐"，正是儒家入世精神的一种反映。这是第四个特征，入世的精神。

以上是我要说的第二个小问题，儒家、儒学的特征。

第三个小问题是儒学的分期。

儒学的分期，学术界有些不同看法。我们今天把它分成四个阶段来做一个简单的叙述，也就是开头讲到儒家与儒学的时候，我说"有个发展过程，这个过程我们后面有个简单的梳理"，现在就来谈一谈。

第一阶段是先秦汉初的儒学。

司马迁在《史记·儒林列传》里面讲到儒学兴起的一个简

单的发展历史，主要的意思是说：西周末期，礼崩乐坏，周王室衰微，权力由强国来把持。所以这时候孔子兴起，叹息"王路废而邪道兴"，于是就"论次《诗》《书》，修起礼乐"，游说各国。但是，各国全不听这套。那个时候是春秋战国时期，谁听你的，孔子这套不管用。于是孔子又根据鲁国史记而作《春秋》，以当一王之法。孔子的用意，就是你不听我的，我作《春秋》，来当一王之法。孔子死了以后，他的学生散在各国，有的做了诸侯的老师，有的做了卿相，或者和士大夫为友，或者也有些是隐居了的。战国时期，天下纷争，儒术废而不用，但是在齐鲁之间（孔子是今天说的山东曲阜人）仍然是讲习儒学，甚至出现了孟子、荀子这样的大儒。

秦末陈涉起义，那个时候还有鲁国人拿着孔子的礼器去投奔陈涉，意思是反对秦始皇焚书坑儒，用今天的话说，我们山东人拥护你陈涉起来反秦始皇。到了汉高帝刘邦打败了项羽，兵围鲁国的时候，鲁国的儒生仍然是诵读儒家经典。司马迁就表彰齐鲁这个地方的人、这个地域的文化，他认为齐鲁之人对于文化的热爱是发自天性的。其后到了汉兴，汉代初年，齐鲁的儒生就更是讲经习礼。所以司马迁讲他到齐鲁（今天的山东）去见到的情况，很有感触。那个时候叔孙通给朝廷制作了礼仪，他的弟子们逐渐地兴起。但是在汉高祖的时候，因为是汉代初年，天下刚刚平定，到了汉惠帝刘盈、吕后主政时期也还没有缓过劲儿来。文景时期也不喜欢儒术，到了武帝即位，这才开始了召贤良方正文学之士，这时候六艺的学者在齐鲁一带纷纷兴起。

所以在汉代初年，从汉高帝刘邦不信儒，到汉惠帝刘盈、吕后，再到汉文帝、汉景帝，对儒家思想都不是那么抬举，直到武帝时期才开始重视。但是这中间因为窦太后爱好黄老之学，不爱好儒学，有一段时间，儒学的兴起就受到一些阻碍。窦太后死了以后，武安侯田蚡做了丞相，延揽文学儒者几百人，开始重视儒学。公孙弘因为是习《春秋》官至三公，封为平津侯（《史记》里面有《平津侯主父列传》）。在公孙弘的建议下，建立起一套通过学习儒学来给国家培养官吏的制度。由此，儒学才大兴。这已经是汉武帝中后期了。这是跟大家报告的儒学分期的第一阶段，就是先秦汉初的儒学。

第二阶段是汉武帝独尊儒术以后一直到唐代的儒学。

汉武帝时期，儒学发生了一个重大的转变。建元元年（前140）的时候，诏举贤良方正，不用法家、纵横家之言。建元五年（前136），立了五经博士。元光元年（前134），董仲舒对策，所以武帝就根据董仲舒的建议，罢黜百家，独尊儒术。从此，儒家由诸子之一上升到官方的意识形态，从而确立了儒学和儒家经典的权威地位。这是到了元光元年（前134）之后出现的情况。

从汉武帝到东汉末年，这个时期关于经书的争论出现3个新问题，就是今古文之争。汉代初年，这些博士们用来教授的经书是用当时通行的文字（也就是隶书）来写的。后来从孔子家的墙壁里发现了一批书，民间也流传出一批书，这些书是用另外一种文字写的，就是所谓"古文"。据王国维的考证，就是战国时期东方六国的文字。它和隶书不同，这样就分出今文和古文的不同。虽然都是经书，古文经的内容往往多于今文经，这样对古文经进行系统解说的经师逐渐就在民间兴起。今古文这种差异一开始只是文字上的，后来随着古文经说的逐渐系统化（因为一开始出来是一部分，后来逐渐地增多，再后来又把它系统化了），不可避免地古文经和今文经就变成了两个对立面，再进一步就是古文经要争夺今文经的正统地位。刘歆有一篇《移让太常博士书》是这场斗争的一个凸显点。

尽管我们说有这样一场争论，但是在整个汉朝，只有西汉平帝和东汉光武帝时期有些古文经短暂地立于学官，都属于昙花一现。但是古文经学在东汉已经呈现出一种上升的趋势。接着，因为这种趋势，很多经师（研究儒学经典的人）就兼习今古，既研究今文又研究古文，所以博通多经，出现了不少通儒，像贾逵、马融、许慎、郑玄，都是这时候出现的。到了东汉末年，郑玄遍注群经，调和今古，把今古文、各经书系统化成了一个整体。今文经学在东汉有何休给《公羊》作的注，这个成为后来清代常州学派兴起的一个伏笔。这是从汉武帝到东汉末年。

魏晋时期，战乱频仍，加上玄谈的兴起，贯通群经的大儒就比较少见。这个时期出现了几部著名的经注（给经作注的），像我们今天能够看到的何晏的《论语集解》，选择了汉儒的说法，算是对《论语》汉代注释的一个总结；而王弼、韩康伯的《周易注》，杜预的《春秋经传集解》则是一扫先儒旧说，且都另作了《释例》，这也标志着学风的一种转变。也就是说在魏晋时期虽然没有明显的大儒出现，但是学风上已经酝酿着转变。

到了南北朝时期，由于战乱的原因，经学衰微了。但从北魏太和年间，盛修文教，朝廷里的博学大儒越来越多了，算是普遍衰落中的一个亮点。因为是南北朝，南北治学有些不同，《隋书》里面《儒林列传》讲，"南人约简"，"约简"就是简约，"得其英华"，就是得其精华，而"北学深芜，穷其枝叶"，北方学术比较深奥繁琐，重视细节。这南北的不同，我觉得还是很有些道理。这一时期的经学著作又多了一个"义疏体"，就是取某一经某一家的注本，对经、注进行疏解，形成一个比较完善的经学学说体系。

到了隋朝，隋文帝、隋炀帝都曾经奖掖儒学，尤其是隋炀帝的时候，刘焯、刘炫作群经义疏，为海内所宗仰。到了唐代初年，就有了《五经正义》之作。《五经正义》作为官方科举取士的教科书，对唐以前驳杂的经说进行评说，定经于一尊。《五经正义》和贾公彦的《周礼疏》《仪礼疏》、杨士勋的《穀梁疏》、徐彦的《公羊疏》，合称为"九经疏义"。大家留意，就是这个时候，从唐代初年有《五经正义》，这个五经就是《书》《诗》《春秋》《易》《礼记》，从这五经，接着刚才说的，增加了贾公彦的两种、杨士勋的一种、徐彦的一种，这样合称"九经疏义"。从《五经正义》到"九经疏义"，这有一个过程。这是对南北朝义疏学的一次大总结，可以和汉代经学合称为"汉唐经注之学"。

和后来兴起的宋明理学相比，汉唐的经学注重的是文字训诂、名物制度，也就是对文字的解释，对句意的疏通，对名物制度的疏通解释。特别是尊郑学，以礼制解经的特点比较明显。这是第二个阶段，从汉武帝独尊儒术以后到唐代。

第三阶段是宋明新儒学。

唐代中期，儒学悄悄地出现了转型。原因一方面是出于对外来佛教的排斥和对抗，所以就提倡复兴儒学，并尝试构建了道统。文化上的、学术上的许多需要都和社会有关系，历朝历代都是这样。其实发展到近现代，我们仔细想，仍然是这样的问题。刚才讲到唐代中期，就是排斥外来的佛教，需要拿出我们自己的东西来，儒学就拿出来了。后世又何尝不是如此？所以有许多事要看透。儒学内部由此开始寻求建立自己的义理的体系，就不仅仅是解释文字、训诂、制度，且要讲求儒学的义理，所以当时韩愈的《原道》，首倡要复兴儒学，并且尝试构建了道统。李翱的《复性书》试图重建儒家的心性理论。这是在唐代。

延续到宋代，周敦颐、二程、张载、朱熹出现，一般把他们称作是"濂洛关闽"。所谓"濂"，是指北宋周敦颐这个学派，叫濂溪学派。周敦颐是今天湖南道县濂溪那里的人，所以他被称为濂溪先生，他这个学派叫濂溪学派。"洛"是指二程（程颢、程颐）兄弟创立的洛学，他们在洛阳讲学，所以被称作洛学。张载是关内人，陕西人，陕西在函谷关以西，过去曾以长安为中心，陕西就称为关内，所以称为关学。朱熹后来讲学于福建，他这个学派被称作闽学。到了宋代，周敦颐、二程、张载、朱熹合称的"濂洛关闽"诸学派就着力于发掘、阐释儒家经典里面的本体论、心性论、功夫论。所以这个宋明理学的产生有它的时代背景，有它的社会基础。

这时候主要做了两方面的工作：一方面是对经典里面的义理色彩较重的部分进行重点解说，阐明并构建了儒家本有的但是并未彰显的哲学体系。本来有，但并不是它最突出的特色，现在因为需要给它发掘出来、彰显出来。像《周易》的《系辞》,《礼记》里面的《大学》《中庸》《乐记》这些篇,《论语》《孟子》这两种书,都做了重点解说,目的就是发掘它的义理内容。这是一项工作。

另一方面是以这个义理体系为指导原则,遍注群经。也就是光这个义理体系还不行,还要发展,要扩大,把群经都注了。怎么注呢?就是用这个义理之学、义理观点来注,因此这可称为是"经典的理学化"的一个过程。这两项工作,到朱熹是集大成,建立起了理学的体系。所以说是"濂洛关闽",因为到闽,到朱熹,集大成,形成了理学的基本框架。

这个体系最核心的观念就是"天理",天理既有本体论的意义,更重要的是包含了价值判断,并且发展出一套可以逐渐用功的修持的方法,就是所谓功夫论。朱熹把《礼记》里面的《大学》《中庸》两篇和《论语》《孟子》合在一起称为"四书"。我们说的四书五经的"四书",就是从这里开始的。朱熹梳理、拣择了历代的注释,主要是北宋以来诸儒的阐释,加以注解,这样就形成了《四书章句集注》,这是体现了宋代理学特点的新经典。

另外必须说一下的是和朱熹同时的陆九渊所创立的心学体系。"心理"的"心"。心学体系的根本概念是"本心",根本命题是"宇宙便是吾心,吾心即是宇宙""心即理",重点讲的是心体无限,包容万物,又包含着理。为学,做学问,只在于"发明本心",自信坚笃,"先立乎其大者"。陆九渊的心学体系和朱熹的理学体系,主要差别就集中在为学的方法上,两个人曾有一次著名的辩论,这次辩论被称作"鹅湖之会",或者"鹅湖之辩",谁都没有说服谁。一般认为双方重要的分歧是在所谓的功夫论上。这是在宋代。

到了明代，以朱熹为代表的理学体系地位上升了，被确认为官方的意识形态。明代初年官方编纂的《四书大全》，你从名字就看出来是对朱熹的肯定。《四书大全》《五经大全》《性理大全书》汇编了宋元学者对经典所进行的各种理学化的阐释，"四书"和经书大多数用的是朱熹及其弟子们的注，这样尊朱的倾向就比较明显。明代初年的学者像曹端、胡居仁也都是这样一批尊朱的学者。从陈献章开始，朱子学开始向心学转折，到王阳明心学就兴盛了。王阳明的心学主要表现在"心外无理、心外无物、知行合一、致良知"这样几个命题里。阳明学在明代的兴盛，导致了崇尚虚谈，不重实证，传统的经学就逐渐地衰微下来。这是第三阶段，宋明的新儒学，很突出的代表人物就是朱熹、王阳明。

第四阶段是清代的考据学。

清代初年，因为宋明理学发展到王阳明的心学，崇尚空谈，刚才我们提到的"空谈性理"这样一种学风，所以学界就出现了回归朱子学的潮流。从王阳明再回到朱熹。因为从朱熹到王阳明有个过渡，从理学到心学这样一个变化，所以清初不满于这种状态，在朝野共同推动下，以朱熹为代表的宋代理学又成为当时的显学。朱子一系的经书经康、雍、乾三朝官方的编纂，取代了明代修的《四书五经大全》，成为新的科举考试用书。当时武英殿刊刻的"十三经注疏""二十一史"，逐渐地拓宽了当时读书人的视野。于是就开始出现了一股复古之风，崇尚前代，越来越靠前。学者逐渐地不满意四书五经的宋元阐释系统，进而就探寻汉唐注疏之学的真相，往前追溯，于是就兴起了所谓的汉学。汉学的核心，起初是反宋，反对宋朝的学问，认为宋人建构的经学解释存在着重大问题，背离了两汉经师所阐释的经典原义。

而乾嘉时期的学者，当时又运用了一种新的方法，或者说过去没有注意的方法，那就是我们今天说的汉语音韵学（用古音，因声求义），用这种工具和治学方法来研究经学。因为不满宋人，就要返回到唐宋的注疏。再后来，发现唐宋的注疏也存在缺陷，又进展到不满魏晋六朝的注，就要以贾逵、服虔取代杜预的《左传》注，要以郑玄几个人来取代王弼的《周易注》，就纷纷给汉注作新的疏。再往上复古，又发现东汉的古文经学，像郑玄、马融、贾逵和西汉的今文经学也有很大差别。西汉流行的《公羊》、《穀梁》，《尚书大传》，欧阳、大小夏侯《尚书》，三家《诗》，又成为学术的热点。可以说，清代的学术几乎是倒演了中国古代的经学史，往上翻，往上推，往上推崇。

这是我讲的儒学分期的第四个阶段。我的分段就到清代。这是我讲的第三个小问题，儒学的分期。

第四个小问题是儒学与经学的关系。

我前面提到，孔子是儒家学派的创始人，经典教育的平民化也是从孔子开始的；而且是在变官学为私学的过程中，自觉地以文化传承为己任，所谓"信而好古，述而不作"，孔子是通过传统的经典教育来对弟子进行规范和塑造的，为儒家的发展奠定了坚实的基础。六经是夏商周三代文明的精华，孔子自觉以传承六经为己任，在对传统经典阐释的基础上，创立了儒家学派。可以说，经学是儒学的学术基础。

儒学的发展，反过来又影响着经学的阐释理路与方法，进而对经学研究的内容产生了系统的影响。历代的儒家对儒家经典不同层次、不同方面的诠释，既深化了经学研究的内容，促成了研究方法的自觉，形成各个时代独具风貌的经学特征，同时也为儒学的发展提供了新的生长点，影响了这一代儒学的发展。比如宋代对"四书"的阐释和研究，从儒家道统传承的角度，从《礼记》里面单独提出了《大学》《中庸》这两篇，和《论语》《孟子》并称为"四书"，从中建构出了从孔子、曾子、子思子、孟子这样的道统传授的谱系，并且进行全面的系统的阐释，变成地位更凌驾在五经之上了。因此，我们今天所讲的"儒家经典"，应该包括一般意义上的"经学文献"和"儒学文献"里面比较核心的这一部分。

这是我跟大家说的第一个大问题，儒家、儒学及其历史。

二、历代儒家要籍

儒家要籍太多，儒家的著作更多，因为今天要跟大家介绍，尽量把它说得扼要一点，重点突出一些。我们把它分了四个部分。第一部分讲"十三经注疏"系统，第二部分讲"四书五经"系统。这是一般认为两套常见的、被大家所公认的、读得最多的、用得也最多的儒家经典。第三部分是谈一下儒家义理的创造性发挥，就是用儒家义理解决具体问题，同时又对儒家义理作出了创造性发挥的一些代表性的要籍。第四部分是儒家对自身历史的建构，这涉及《儒林传》，涉及年谱，涉及学派的渊源录，也涉及学案，等等。

有这么四个类别，大概儒家的经典，儒家的要籍，基本上能涵盖住。如果想知道儒家经典包括哪些方面，再进而在这些方面里面求得儒家经典哪些书是应该读的，哪些是必读的，哪些是最基本的阐述，哪些是从学派上、学理上再进一步的论述，这四个部分也大致能够区分开，供大家有选择地去读。所以我们分四个部分来介绍。

先来讲第一个部分，所谓"经部之一"，"十三经注疏"系统。

经部文献是儒家典籍的核心部分，而这一类文献的数量相当庞大。《汉书·艺文志》六艺略收 103 家。《隋书·经籍志》收六艺经纬 627 部，5371 卷，再加上当时已经亡逸的书，合计 950 部，7290 卷。清代《四库全书总目》著录的经部书籍，包括存目，达到了 1773 部，20427 卷。在这个数量庞大的经部文献里面，最基础最重要的文献就是"十三经注疏"系统和"四书五经"系统这两个系统里面的著作。

"十三经"是在汉代"五经"基础上逐渐扩大而形成的儒家核心典籍。西汉所谓"五经"，是指《周易》《尚书》《诗》《春秋》《仪礼》这五部经典。因为西汉的官学是今文经学，我们前面提到了，所以这五经，也有人把它称作"今文五经"。

后来，《孝经》和《论语》由于和孔子有关系，在刘歆《七略》和《汉书·艺文志》里面，也把它附于《六艺略》之后。这样到了东汉，逐渐就有"七经"的说法。

唐代修《五经正义》，《周易》用的是魏王弼、晋韩康伯的注，《尚书》是孔安国的传（后来有人认为是假的，所以称伪孔安国传），《春秋》是用的《左传》杜预的注，《诗经》用的是毛亨的《毛诗故训传》和郑玄的笺，《礼》用的是《小戴礼记》郑玄的注。这样一来，唐代初年官修的《五经正义》已经打破了汉代五经的传统，以《小戴礼记》取代了《仪礼》成为《五经》之一，而《小戴礼记》在汉代原来只是附属于《仪礼》的传记。唐代的《五经正义》的出现，意味着两汉以来今古文经学之争的彻底结束，同时也标志着统一的经义的出现。

在这之后，贾公彦、杨士勋分别完成了《周礼疏》《仪礼疏》和《穀梁疏》，连同旧题为徐彦的《公羊疏》，这是四种了，这样就从唐初的《五经正义》变成了"九经疏义"。"九经"的说法本来在此之前就已经有了，而形成"九经疏义"是在这个时候。

之后，唐玄宗两次注《孝经》，并且让元行冲作疏，后来成为宋代邢昺疏的来源。宋代初年，朝廷命邢昺等人续作《孝经》《论语》《尔雅》等疏，其中《孝经疏》用了李隆基的注，主要取材于元行冲作的疏；《论语》用了何晏的集解，而取材自皇侃的《论语义疏》；《尔雅》用了晋郭璞的注，取材自孙炎、高琏的疏。其实早在唐文宗开成二年（837）刻开成石经的时候，已经有了"十二经"的说法，这"十二经"是除去刚才提到的"九经疏义"的"九经"之外，加上了《论语》《孝经》《尔雅》。现在"十二经"的疏也写成了。

在宋代，《孟子》升格为经，这样就有"十三经"的称号。南宋时期，题为孙奭撰写的《孟子注疏》出现了，"十三经注疏"也就凑齐了。从南宋开始刊刻诸经义疏，就是把经、注、疏合在一起，直到明代嘉靖年间的李元阳才正式刊印了整套的"十三经注疏"（在李元阳本之前，我们还能看到元刻明修本的

"十三经注疏"，像中国国家博物馆就有一套，其中《仪礼》用的是南宋杨复的《仪礼图》，并不是《仪礼注疏》）。我不知道刚才这样梳理一下是不是讲清楚了，这是"十三经"形成的简单脉络。

"十三经注疏"的情况，我列了一个表格。

经	注	疏
《周易》	［魏］王弼 ［东晋］韩康伯	［唐］孔颖达
《尚书》	（题）［西汉］孔安国	［唐］孔颖达
《诗经》	［西汉］毛亨、［东汉］郑玄	［唐］孔颖达
《周礼》	［东汉］郑玄	［唐］贾公彦
《仪礼》	［东汉］郑玄	［唐］贾公彦
《礼记》	［东汉］郑玄	［唐］孔颖达
《春秋左氏传》	［西晋］杜预	［唐］孔颖达
《春秋公羊传》	［东汉］何休	（题）［唐］徐彦
《春秋穀梁传》	［东晋］范宁	［唐］杨士勋
《论语》	［魏］何晏	［北宋］邢昺
《孝经》	［唐］（玄宗）李隆基	［北宋］邢昺
《尔雅》	［晋］郭璞	［北宋］邢昺
《孟子》	［东汉］赵岐	（题）［北宋］孙奭

这是今天我们谈到儒家经典要读的一个基本内容。我们讲"十三经"离不开"注疏"，你读"十三经"，指的就是这个内容。只读"十三经"本身，不读注，不读疏，很难读懂。

唐宋时期形成的"十三经注疏",一直到明代才作为一套完整的丛书刻出来,可以看作是对唐以前经学研究的集成。首先,唐宋疏是在六朝以后义疏学的基础上作的。其次,疏文除了申释所宗的注,对其他的古注也有所引用,或者赞成或者反对。现在许多古注都消亡了,我们往往要从"十三经"的疏里面去看到一些消亡的古注,所以也有它的价值。这是"十三经注疏"的形成和它的内容。

　　宋明时期,用力于"十三经注疏"的学者不多。到了清代,经学复兴。清人不满于唐宋的旧疏,刚才提到了,清人做学问是逐渐地往上推,越来越复古的味道,逐渐地不满意于唐宋的旧疏,自己来作新疏。或者是重疏通行的汉注,或者是重新辑录汉代的注,并进行新的疏证。这样做并不是简单地复古,清人往往超越了旧疏旧注,有自己的见解。所以有人说它是重光汉代经学,因此清代考据学又称为"汉学",和"宋学"有所区别。清代学者对"十三经"又有新的解释、新的诠释,有一批在今天看来也是经典性的著作。我们也列了一个表。

《易》	辑旧注	惠栋《易汉学》(简明扼要叙述汉《易》各家)、孙堂(辑)《汉魏二十一家易注》、孙星衍《周易集解》。
	新疏	张惠言《周易虞氏义》《周易郑氏义》《周易荀氏九家义》、姚配中《周易姚氏学》、马其昶《周易费氏学》,以上专明一家。惠栋《周易述》(自注自疏,未完,有江藩《周易述补》、李林松《周易述补》)、李道平《周易集解纂疏》(专疏《集解》)。
《书》	今古文	江声《尚书集注音疏》、孙星衍《尚书今古文注疏》、王鸣盛《尚书后案》、王先谦《尚书孔传参正》。

《书》	今文	陈乔枞《今文尚书经说考》《尚书欧阳夏侯遗说考》、魏源《书古微》、皮锡瑞《今文尚书考证》。
	辨伪	阎若璩《尚书古文疏证》、惠栋《古文尚书考》。
《诗》	《毛诗》	陈启源《毛诗稽古编》、胡承珙《毛诗后笺》、陈奂《诗毛氏传疏》、马瑞辰《毛诗传笺通释》。
	三家《诗》	陈寿祺、陈乔枞《三家诗遗说考》,陈乔枞《诗纬集证》,魏源《诗古微》,王先谦《诗三家义集疏》,迮鹤寿《齐诗翼氏学》。
礼	《周礼》	孙诒让《周礼正义》(熔铸百家,详密精赡,远驾旧疏而上之)。
	《仪礼》	张尔岐《仪礼郑注句读》(清代《仪礼》学开创之作)、凌廷堪《礼经释例》(专释礼例,为读礼管键)、胡培翚《仪礼正义》(清代《仪礼》学集大成的著作)。
	《礼记》	杭世骏《续礼记集说》(继承宋卫湜)、朱彬《礼记训纂》、孙希旦《礼记集解》(孔疏质量较好,故《礼记》中清人新疏无法超越孔疏)。【附】孔广森《大戴礼记补注》、王聘珍《大戴礼记解诂》。
	通礼	金榜《礼笺》、金鹗《求古录礼说》、黄以周《礼书通故》(此书体大思精,足为清代礼学殿军)。
《春秋》	《左传》	洪亮吉《春秋左传诂》(长于地理)、李贻德《春秋左氏传贾服注辑述》、刘文淇《春秋左氏传旧注疏证》(此两种宗贾逵、服虔,专申两汉《左氏》旧义。刘书为未完稿,有今人吴静安续补)、章炳麟《春秋左传读》(此书著于清末,为新疏草稿,章太炎要把杜预以前的《左氏》古学结撰为一个体系,后观点改变,放弃了新疏的写作)。

《春秋》	《公羊》	孔广森《公羊春秋经传通义》(不主何休,对"三科九旨"另创一家之言)、刘逢禄《公羊何氏释例》(专主何休,明何氏之例)、凌曙《公羊礼疏》(因何休以来明于例而略于礼,故作是书)、凌氏弟子陈立《公羊义疏》(集大成)。【附】苏舆《春秋繁露义证》(解董仲舒的权威著作)。
	《穀梁》	钟文烝《春秋穀梁经传补注》、侯康《穀梁礼证》、柳兴恩《穀梁大义述》、许桂林《穀梁释例》、廖平《穀梁古义疏》。
《论语》		刘宝楠《论语正义》(以何晏《集解》为主,博观约取,成就在邢疏之上)、程树德《论语集释》(1942年成书,资料丰富,条理清晰,立论公允)。
《孟子》		焦循《孟子正义》(远超旧疏,不守"疏不破注"旧习,实事求是,对其他清代新疏有示范作用)。
《孝经》		严可均(辑)《孝经郑氏注》、皮锡瑞《孝经郑注疏》。
《尔雅》		邵晋涵《尔雅正义》、郝懿行《尔雅义疏》(清代《雅》学双峰)。【附】段玉裁《说文解字注》、王念孙《广雅疏证》。
群经		惠栋《九经古义》、余萧客《古经解钩沉》、陈寿祺《五经异义疏证》、王引之《经义述闻》《经传释词》、陈立《白虎通疏证》、俞樾《群经平议》。

　　大家可以拿这个表自己去按图索骥。比如《论语》,在前面讲的"十三经注疏"的何晏的注、邢昺的疏之外,我们列了这么两家。像刘宝楠的《论语正义》,是在何晏《集解》的基础上,博观约取,广泛地收集资料,很简约地取了一些精华来作正义。刘宝楠《论语正义》的成就,可以说是在邢昺的《论语疏》的成就之上,相当的细致。像程树德的《论语集释》,

资料丰富，条理清晰，立论也公允，但是它 1942 年才成书的，时间比较晚，我们把它放在这里了，作为一种参考。

再比如《孟子》，"十三经注疏"里面用的是东汉赵岐的注，据说是北宋孙奭的疏。清儒新疏要属焦循的《孟子正义》，这本书超过了旧疏，他没有去遵守过去的一个死的规定，叫作"疏不破注"，就是说我后面给你前面的注作疏，不破你的注。焦循没有，他是实事求是，对清代其他的新疏也有一种启示作用。

我们这个表就列了这么几家，每一经里面就列了一部分，没有列得非常繁琐，目的是把代表性的清人研究成果推荐给大家。我们在"十三经"之外，还列了一项"群经"，这些著作讨论问题的范围比较广泛，跨越几种经书，也推荐给大家。这是跟大家报告的历代儒家要籍的第一部分，"十三经注疏"系统。

第二个部分，是"经部之二"，"四书五经"系统。

随着理学的兴起，儒家学者对儒家经典进行了新的解释和发挥，逐渐形成了以程朱理学为核心内涵的经典阐释系统，就是"四书五经"的系统。我们也列了一个表格。

		核心典籍	衍生典籍		
			宋元	明	清
四书	《学》《庸》《论》《孟》	朱熹《四书章句集注》（《四书或问》《论孟精义》附）。	［宋］赵顺孙《四书纂疏》、［元］胡炳文《四书通》。	［明］胡广等《四书大全》。	

		核心典籍	衍生典籍		
			宋元	明	清
五经	《易》	程颐《易传》、朱熹《易学启蒙》《周易本义》。	［宋］董楷《周易传义附录》、［宋］胡方平《周易启蒙通释》、［元］胡一桂《易本义附录纂疏》、《易学启蒙翼传》、［元］胡炳文《周易本义通释》、［元］董真卿《周易会通》。	［明］胡广等《周易传义大全》。	［清］李光地《周易折中》。
	《书》	蔡沈（朱熹弟子）《书集传》。	［元］陈栎《尚书集传纂疏》、［元］董鼎《书传辑录纂注》、［元］陈师凯《书蔡传旁通》。	［明］胡广等《书传大全》。	［清］王顼龄等《书经传说汇纂》。
	《诗》	朱熹《诗集传》。	［元］刘瑾《诗传通释》、［元］梁益《诗传旁通》、［元］朱公迁《诗经疏义》。	［明］胡广等《诗传大全》。	［清］王鸿绪等《诗经传说汇纂》。
	《礼记》	［元］陈澔（朱熹四传弟子）《礼记集说》。		［明］胡广等《礼记集说大全》。	［清］鄂尔泰等《礼记义疏》（《三礼义疏》之一）。

		核心典籍	衍生典籍		
			宋元	明	清
五经	《春秋》	胡安国（程颐后学）《春秋传》，张洽（朱熹弟子）《春秋集传》（明洪武初，取士兼用张传）。	[元]李廉《春秋诸传会通》、[元]汪克宽《春秋胡传附录纂疏》。	[明]胡广等《春秋大全》。	[清]王掞等《春秋传说汇纂》。

先讲这个系统中的核心典籍。

"四书"的名字，刚才提到了，到朱熹的时候才开始出现，但是从唐代韩愈、李翱以降，直至北宋二程（程颢、程颐）及后来的学者就重视它们，有些阐发。到朱熹是总其大成，才写成了《四书章句集注》，所谓"集注"，主要是集宋朝的那些老先生的说法。

"五经"里面的第一部《周易》，因为程氏的《周易》理学化色彩更强，所以和朱熹的《易学启蒙》《周易本义》放在一起并行。《书集传》是朱熹授意他的学生蔡沈作的。《诗集传》是朱熹本人作的。我们学习《诗经》，往往推荐学生来读《诗集传》，就是朱熹的这个本子。第四个是《礼记集说》的著者陈澔，是朱熹的四传弟子。还有就是《春秋胡传》，作者是胡安国，程颐的再传弟子。朱熹对胡安国很看重，评价说他"所说尽是正理"（《朱子语类》卷六七）。《春秋集传》的作者是张洽，是朱熹的弟子。上面说的，就是表格中所列的"四书五经"系统的核心典籍，是程朱理学对经书进行理学化的成果。

如果说"十三经注疏"代表了从汉到唐的经学研究成果，是两汉以来传注体和义疏体的结合，是治经学、儒学的必读的基本典籍，那么，宋元人的"四书五经"注释系统，则是以理学治经的成果。用理学来治经，和前面的不太一样，与"十三经注疏"系统明显不同是："十三经注疏"系统注重从训诂、名物、礼制等入手阐发经书中的史实和制度，而"四书五经"系统则注重在经注里面贯彻作者的天理、心性等哲学思想。这是两个系统的区别与差异。这是我们讲的"四书五经"系统里面的核心典籍。

第二个小问题是"四书五经"系统的经典化与官学化。

"四书五经"不完全是民间的，它成了系统之后，不仅经典化了，还官学化了。这些典籍问世后，逐渐取代古代的注疏，成为士子读书问学的首要选择。从南宋末年开始，出现了不少围绕这些典籍进行证明、阐发的汇编体著作，或者说衍生著作。到了元代延祐二年（1315），朝廷下诏，科举考试的用书是什么呢？是"四书五经"。"四书"用的是朱熹的《四书章句集注》，而"五经"，《诗经》用朱氏的，《尚书》用蔡氏的，《周易》用程氏和朱氏两家的，《春秋》用三传和胡氏传，《礼记》用古注疏。这是在元代。这样"四书五经"系统的官学地位在元代就确立了，因为它成为科举考试的用书了。

到了明代，明成祖敕修《四书五经大全》，作为明代的科举用书。那么也是"四书"用朱熹的，《周易》用朱熹和程颐的，《尚书》用蔡沈，《诗经》用朱熹，《礼记》用陈澔，《春秋》用胡安国和张洽，但以胡安国为主。这是在明代。

科举制度实行以来出现过许多作弊现象。在美国的普林斯顿大学图书馆存了一件衣服，是非常薄的丝制品，半长的袍子，那上面写了据统计说有多少万字，我记不准了。就是把这些"四书五经"抄上去，这就是作弊用的。答卷的时候，背不下来或者忘了，就在穿在里面的这件薄薄的衣服上找。

因为"四书五经"作为科举考试用书了，它的官学地位在元代确立了，被奉为经典了，又进一步促进了学者对这些核心典籍的关注，元明以来出现了一大批汇编体的著作，包括《四书五经大全》就是这种著作。

到了清代，康、雍、乾三朝官修的《御纂七经》，是清代科举考试的用书，也是汇编体的著作。其中《周易》《诗经》《尚书》《春秋》的宗尚、体例和《五经大全》是一致的，取材范围扩展到明代末年，时代下延了。而《三礼义疏》因为是修于乾隆初年，参与的人多是礼学的名家，这样就不用前面陈氏的《集说》了，就用新的。所以从明到清，《四书五经大全》和《御纂七经》这样两次编纂活动，进一步巩固了"四书五经"系统的经典地位。

为了清晰起见，我们在前面把"四书五经"系统的核心典籍和衍生典籍列了一个表。这是"四书五经"系统基本的经典。因为今天是讲儒家经典，"四书五经"系统里这些是主要的，大家如果有兴趣钻研阅读，可以利用这个表来按图索骥。这是历代儒家要籍的第二部分，"四书五经"系统。

第三个部分，儒家义理的创造性发挥。

历代儒家学者在传承儒家经典的时候，他们自己也根据时代的不同，对儒家经典作了些各自的创造性的解释。到了宋明，有些儒者更是绅绎了传统儒家思想里特别具有哲理的部分，发展出了性理之学，这些作品往往被历代的目录学著作归入到子部儒家类里。我们下面是参考了张之洞的《书目答问》的分类，把这些著作简单地分三个部分，做一下介绍。

第一部分是周秦诸子里面的儒家类。儒家从孔子开创，不过是诸子之一。孔子的弟子、后学撰写了不少著作，但是大都没有传下来。现在可以介绍给大家的较为完整地流传下来的有《孟子》和《荀子》。刚才已经说过，《孟子》在宋代升经了，介绍经部的时候说过了，完整流传下来的就只有《荀子》。此外，大概有《子思子》《曾子》两种通过后人辑佚流传下来了，起初的很多内容也没有了。此外还有《孔子家语》。下面按照时间先后来介绍。

《子思子》和《曾子》两种，宋代人汪晫开始辑佚，到了清代，有了比较好的辑注本。阮元有《曾子注释》，黄以周有《子思子辑解》，可以参考。

《荀子》一直隶属于子部儒家类。唐代的杨倞给《荀子》作过注，清代的王先谦也有《荀子集解》，是比较完善的校释著作。

《孔子家语》在《汉书·艺文志》里是列入了《六艺略》，它记载了孔子及其弟子的很多言行，但今天我们见到的《孔子家语》，长时期以来就被怀疑是伪书，所以列在最后介绍。这是第一部分，周秦诸子中的儒家类。

第二部分是儒家类的议论、经济（经世济民）之属。汉代的儒学，不少儒者是运用儒家思想对历史经验进行总结的，后来就把它归入到子部儒家类了。比较重要的著作有这样一些，大家听一下了解一下就可以了。

陆贾的《新语》、贾谊的《新书》，这两部书系统地总结了秦朝灭亡、汉代兴起的原因，算是总结历史经验，并且对汉初的国家政治提出自己的建议。

桓宽的《盐铁论》。这是汉昭帝始元六年（前81）的时候，根据桑弘羊就盐铁问题和一些持儒家思想的人所作的辩论记录下来的。

还有刘向的《说苑》《新序》、扬雄的《法言》、王充的《论衡》、王符的《潜夫论》、荀悦的《申鉴》、仲长统的《昌言》、崔寔的《政论》。这是汉代的相关著作。

汉代以后属于议论经济之属的重要著作，有南宋真德秀的《大学衍义》，明代丘濬的《大学衍义补》。《大学衍义》是以《大学》为纲，分了八个条目来论述，把经史诸子里的相关内容附在后面，附在它下面，旁采先儒的议论，并且加进了真德秀自己的看法。这本书意在给统治者提供一个治国的借鉴。真德秀这部书没写完，缺了两个条目，就是"治国""平天下"这两个条目，后来明代的丘濬把它补齐，所以叫《大学衍义补》。之后有清代黄宗羲的《明夷待访录》、唐甄的《潜书》、颜元的《四存编》，等等，也是这一类中比较重要的著作。这是第二部分，儒家类的议论、经济之属。

第三部分是儒家类的性理之属，也就是宋明理学的重要著作。性理之学是宋明学者对传统儒学的新发展，也是宋明理学的核心部分，是儒家思想的重要组成部分。前面提到了宋明理学的基本脉络，或者说主干的内容就是宋代的"濂洛关闽"所构建的理学体系和宋代的陆九渊、明代王阳明所建构的心学体系。关于这一部分的基本典籍，我们也列了一个表，推荐给大家。

		代表人物	要籍	全集
理学	濂	周敦颐	《太极图说》《通书》	《元公周先生濂溪集》
	洛	程颢、程颐	除《易传》已入经部，经说、语录	《二程全书》
	关	张载	《张子正蒙》、语录	《张子全书》
	闽	朱熹	《近思录》《朱子语类》	《朱子全书》
心学	陆	陆九渊	《语录》、书信	《象山先生全集》
	王	王阳明	《传习录》	《王文成公全书》

稍加说明一下。刚才说过了，周敦颐是濂溪学派的开创者，他的《太极图说》和《通书》提出了无极、太极、阴阳、五行、动静、主静、至诚、无欲、顺化等理学的基本概念，被后世的理学家们反复讨论和发挥，构成了理学体系中的重要内容。周氏的这两本书，朱熹都作了注。周敦颐的著作，后人汇集成《元公周先生濂溪集》。

《张子正蒙》是张载关学的代表作。其中讲到"为天地立心，为生民立命，为往圣继绝学，为万世开太平"，这是所谓的"横渠四句教"，流传到今天，大家很重视它的内容。这集中概括和彰显了张载的精神追求和价值取向，也反映出了宋明理学的一个基本观点。他的主要著作，后人汇编成了《张子全书》。

二程洛学，两个人的著作后来汇编成了《二程全书》。北宋覆灭以后，程颐的学生杨时、游酢到了南方，所以洛学就传到了东南，而福建成为理学的中心。由杨时、游酢经罗从彦、李侗传到了朱熹，形成了理学史上的闽学一脉。

朱子就发展了北宋程颐这些人的思想，集理学的大成，建立了理本论的哲学体系。朱熹编了《伊洛渊源录》，很有名的一部著作，伊是伊水，洛是洛水，伊洛学派的渊源录，就建构了程朱理学的一个道统的谱系。朱熹又和吕祖谦一起选了北宋以来重要的理学家的观点言论，编了一部《近思录》，这是宋明心性之学所尊奉的核心典籍之一。该书全面地阐述了理学思想的主要内容，囊括了北宋五子和朱、吕的思想精要，一共是14卷。后来《近思录》有一些注本，像清代江永的《近思录集注》是为人们所充分肯定的。朱熹的著作，后人汇编为《朱子全书》。前几年，上海古籍出版社和安徽教育出版社两家联合出版了重新点校的《朱子全书》。

明成祖在敕编《四书五经大全》的同时还汇编了《性理大全》，作为科举用书。这部书采辑了宋儒理学的说法，一共有120家，分门类纂为13类，内容很丰富。后来到清代康熙的时候，嫌《性理大全》太多太复杂，就让李光地删编成了《性理精义》。这就像前面讲的"四书五经"系统在明清出现了很多汇编体著作一样，《性理大全》和《性理精义》也体现了程朱理学的性理著作在明清时期的经典化和官学化的过程。

再回来说，南宋时期几乎和朱熹同时，江西的陆九渊因为读《孟子》而悟道，提出了心本论，自成一派。陆九渊的著作有《象山语录》，后来和他的其他著作一起汇编为《象山先生全集》。到了明代，在陈献章、王阳明出现以前，朱熹的后学是学术界的主流。而王阳明却继承了陆九渊的心学传统，他的学说和陆九渊的学说合称为"陆王心学"。王阳明最重要的著作是《传习录》，记载了他的语录和论学的书信。后人又把他的著作汇集为《王文成公全书》。这是历代儒家要籍的第三部分，儒家类的性理之属。

最后讲一讲第四部分，儒学对自身历史的建构。

简单地说一下这一部分。儒家重视文献，也重视对自身发展历史的梳理和建构。从司马迁《史记》的传记开始，逐渐发展出一系列的记载儒家人物、学派的著作，其中比较重要、比较系统的著作可以归纳为四类。

第一类就是正史的传记，包括《儒林传》，还有一些大儒有本传，有的是单传或者叫专传，有的是几个人合传。比如有《孔子世家》，《史记》只有30世家，孔子身为世家，很特殊，地位很高，等于专传。还有《仲尼弟子列传》，就是孔子的弟子们一批人的传，这是合传。《孟荀列传》，孟子和荀卿两个人的合传。《儒林列传》，一批儒家学者的合传。类似情况，其他的正史里面也有，其中《宋史》中还有《道学传》。这是第一类，正史的传记。

第二类是年谱，详细地排列大儒一生的学问、事功。宋代以后，很多大儒都有年谱，一般都比较简略，往往会附在文集卷首或卷末，像朱熹就作了《程子年谱》，程颢、程颐两个人的年谱；朱熹的弟子李方子就作了《朱文公年谱》，朱熹的年谱。

到了后来，年谱就越来越详细，做得比较繁琐，但是有用，繁琐有繁琐的用处，对一个人的生平能够梳理得很清晰。像池生春、诸星杓就重作了《程子年谱》；顾栋高作了《温公年谱》，司马光的年谱；王懋竑重作了《朱子年谱》等。清代学者为本朝学者撰写的年谱一般也比较详细，如张穆的《顾亭林年谱》，段玉裁的《戴东原先生年谱》。这是第二类，年谱。

第三类，学派渊源录，前面我们提到了朱熹的《伊洛渊源录》，从这儿开始，就有了学派渊源录这一类著作。《伊洛渊源录》总结了程子洛学一派的学术谱系，然后明朝人谢铎、清朝人张伯行都接续编了《伊洛渊源续录》，还有清朝人汤斌编了《洛学编》，这本书的地域性更强一些，有点以洛阳一地为中心梳理它的学术谱系的意思了。其他重在梳理张载关学的有明朝冯从吾的《关学编》，梳理朱熹闽学一派的有明朝宋端仪的《考亭渊源录》，梳理明代王阳明一派的有明代周汝登的《圣学宗传》，梳理清代前中期儒学思想的则有清代江藩的《国朝汉学师承记》《国朝宋学渊源记》等等。这是第三类，学派渊源录。

第四类，学案，反映一段历史时期的学派发展状况的著作。比如像黄宗羲的《明儒学案》，从这开始。后来又有黄宗羲的《宋元学案》，但是他生前没有完稿，后来是他儿子黄百家和后学全祖望（全祖望自称是黄宗羲的私淑弟子）最后定稿。徐世昌编了一个《清儒学案》，等等。这是第四类，学案类。

这是我讲的儒家对自身历史进行建构的一些重要的著作。

我们讲了第二个大问题历代儒家要籍。就像我们开头讲的，其中可能包含了儒家经典的主要部分，既顾及到面（全面性），也顾及到点（重点）。

三、《儒藏》的编纂

先说第一个小问题，历史上关于《儒藏》的思考以及《儒藏》立项的情况。

《儒藏》，顾名思义是把儒家经典都汇总起来成为"藏"。

有《佛藏》，有《道藏》，像《中华大藏经》《中华道藏》，所以现在编《儒藏》。

在中国历史上，一直有这种把儒家经典汇编到一起的传统。从刚才我们讲"十三经注疏"系统发展的脉络就可以看出来，几代传下来，慢慢汇编到一起。中国有这个传统，这样一种惯性。而《儒藏》呢，在明朝万历年间，有个孙羽侯，他希望能够"櫽括十三经疏义，订核收采，号曰儒藏"（明汤显祖《玉茗堂文集》卷四《孙鹏初遂初堂集序》）。所以，首先提出"儒藏"这个名字的，是明万历年间的孙羽侯。

到了明末，曹学佺提出，"释、道有藏，独吾儒无藏，可乎？仆欲合古今经史子集大部刻为《儒藏》"（清平步青《霞外捃屑》卷五"儒藏"条）。"吾儒无藏，可乎？"这是一种观念，一种传统性观念。当然有的人不太吃这套，说这很可笑，释、道有藏，儒就必须有藏？

到清代还有一个周永年，撰写了《儒藏说》。据学者们考证，后来乾隆皇帝编《四库全书》，可能是受到了《儒藏说》的影响。当然，没有他们提出的这一些，《四库全书》的编纂可能也还会进行，但是我想至少是提了醒，给皇帝提了醒。这样有明代的人，也有清代的学者提出，最后乾隆皇帝没有完全采纳编《儒藏》，而是编《四库全书》，这中间既有他（乾隆皇帝）认为的提出编《儒藏》的启发性，肯定编《儒藏》这个观念，也有他决定不编《儒藏》而编《四库全书》的一些思考。

到了20世纪80年代，我们国内在陈云同志的关怀下，在中共中央1981年37号文件的号召下，深入开展了古籍整理工作。《佛藏》有《中华大藏经》的初编和续编，而《道藏》也有好几家出版社找人整理，最后由华夏出版社出版了《中华道藏》。

相形之下，儒家的经典怎么办？其实儒家经典多年来一直在整理，我们刚才介绍的是比较窄一点的儒家经典，比如"十三经注疏"系统、"四书五经"系统，等等。其实儒家的经典涵盖在各个部类中，不仅仅是这样一些窄的部类。甚至许多文章、别集类里面某一家的文集，都包含有不少儒家的东西，有时候甚至很难区分。有些诗也体现了儒家思想，当然你说有些诗人，比如苏轼，他的诗反映的到底是儒家思想，还是道家思想，还是佛家思想？有的说得清，有的说不清。但是儒家思想在中国是无孔而不入的。所以从80年代，佛、道两藏开始整理，也给了从事儒学研究的人一种压力。

到了90年代，北京大学的汤一介先生提出来要编《儒藏》。到了2002年，北京大学接受汤先生的建议，组织了一个班子来着手编纂《儒藏》。2003年，教育部批准《儒藏》作为教育部的哲学社会科学研究重大课题攻关项目。这是一个简单的发展过程和认识过程。

目前《儒藏》的分类体系，采取的是传统的四部分类法，就是《四库全书》的经史子集。同时《儒藏》的编纂团队对四部的经典、典籍又有所取舍，着重选择的是经部、子部的儒家类的著作，刚才介绍的其他部类的著作也有所选择，但是选择的标准更严格一些。这是我跟大家说的关于《儒藏》的思考以及《儒藏》立项的情况。

再说第二个小问题，关于目前《儒藏》的进展，实际上是"精华编"的编纂。

因为《儒藏》启动以后，先编精华编，再做《儒藏》的全编，或者叫所谓"大全本"。精华编包括了中国部分和域外部分。中国部分收传世典籍和出土文献，传世典籍的下限定在了清朝结束，也就是1911年以前，出土文献是包括了简帛文献与敦煌纸质的文献，这样加起来有500多种，编为282册，这是中国部分。域外部分，所谓域外，是包括韩、日、越南三国，他们在历史上以汉文著述的儒学文献我们选了160多种，分编为57册。这样加起来是339册，约2.3亿字。这是《儒藏》的精华编，不是全部的《儒藏》。目前说的这个数字，因为它还没有最后全部出版，所以最后可能会有一点调整。

《儒藏》精华编，是由北京大学的学者牵头，联合了国内外50多家合作单位400多位学者共同进行的，是一个跨学科、跨学校、跨部门、跨地区的联合合作项目。目前的进展，《儒藏》精华编的稿件已经全部交稿了，就是点校完成了。精华编采取的整理方式是，选择一个好的底本，有校本，有参校本，然后在底本的基础上标点、校勘。目前全部交稿的稿件绝大多数完成了通审工作，也就是初稿完成以后，校点者点校完了，要送到《儒藏》的编纂团队来，这个团队要审稿。审稿非常费力，反反复复，有时候稿件不合格的，再退给点校者来修改。这项工作的工作量很大，很费时间，非常繁琐。目前绝大多数完成了通审的工作，已经出版见书的是160册。刚才前面讲了339册，是目前《儒藏》精华编估计的全部，目前出的是160册，另外还有80册，计划是在2019年出版，剩余部分也会尽快完成。可以说，《儒藏》精华编的编纂目前已经到了收官的阶段。

刚才提到，《儒藏》精华编采用的是加标点、校勘、竖排、繁体的形式出版。之所以这样做，也是经过反复讨论，商量多次，最后才确定下来的。既要考虑到将来方便读者的阅读使用，也要考虑到和文献的数字化接轨，做成电子版。这就是目前《儒藏》编纂的具体情况。

关键是，在这些年编纂《儒藏》的过程中，我们感觉到《儒藏》的编纂点校质量是第一位的，因为有许多《儒藏》精华编收的书此前一些出版社已经出版过。比如在2003年《儒藏》立项之初，计划收传世文献是450种，当时里面就有120种是别的出版社出版了整理本的。这120种怎么办，是用原来的已经出版的，还是另起炉灶？这个问题，从指导思想上讲，当然不一定另起炉灶，可以用原来的，但是首先要和作者商量。这里面的情况非常复杂，有的原作者不在了，连家属都找不到了；有的是原作者在，不愿意给你《儒藏》去出版；有的态度非常友好，跟你合作出版，再修订一下。各种各样的情况都有。但是不管怎么样，有120种是人家出版过的，我们请原校点者也好，另起炉灶也好，都要力争超过原来的点校本。

还有一种情况，就是我们在做的过程中，发现别的出版社也在做。比如皇侃的《论语义疏》，《儒藏》这个本子出版好几年以后，中华书局又新出了一个整理本。这就给我们提出一个问题，中华书局后出的，是不是后出转精呢？还是我们原来的更好呢？要有个比较。所以在校点之初，就力争做到最好。

还有一些例子，像孙诒让的《周礼正义》，中华书局出版过一个整理本，我们是后出的，是在原来的中华书局整理本的基础上又加工的，应该说是在吸收了中华书局原来点校者成果的基础上，有所进步，有所提高。但是中华书局又推出了新整理本，正好我们《儒藏》的这部孙诒让的《周礼正义》现在还在出版的最后阶段，我们也准备吸收新整理本的内容。这种情况就促使我们不断地提高，不断地吸收别人的长处。

我具体举几个例子来说明《儒藏》是怎么抓质量的。像阮元的《揅经室集》，中华书局有个整理本，是以《四部丛刊》所收的 54 卷本作底本，这个点校人可能没发现还有另外一个底本更好，是 63 卷本，不是 54 卷本。63 卷本是收录了阮元一直到 83 岁时候的作品，离阮元去世只差 3 年。《儒藏》就是以 63 卷本作为底本，就比用《四部丛刊》54 卷本在底本上更好。

再比如，明代曹端的《曹月川先生遗书》，中华书局有整理本《曹端集》，校点的人大概没有注意到有个明代的刻本。我们发现，《中国古籍善本书目》著录了一种明刻本，但是它收在了丛书部而不是在集部，原来点校的人没有用它可能是失察，没有看丛书部，以为它在集部。那我们找到了，用了这个，这也是《儒藏》在底本使用上的一个长处。这些例子，是目前《儒藏》进展过程中还比较注意的问题。

最后说第三个小问题，关于"全本《儒藏》"的思考。

现在做的精华编已经到了收官阶段了，近年在筹划《儒藏》的全本，在精华编基础上扩大。这个怎么做？我们有一点想法，或者说编法，提供出来。

就收书范围而言，按照精华编确立的分类体系，如果"全本"把这一体系的著作全部收齐，我想大概不可能，也没必要。当年乾隆朝编《四库全书》，它收的书是 3461 种，而《四库存目》是 6793 种（据黄爱平《四库全书纂修研究》），而且编《四库全书》的时候，它每本书的工作量，比目前的《儒藏》要小，因为它不校勘各本，不标点，还没有出版社编的各个环节，它抄了七部，北四阁南三阁。即使这样，它只收了能见到的书的三分之一，三分之二作为存目。它是有选择的，主要就是看书籍的重要性。

我想编《儒藏》"全本"所面临的选择基数，首先是《四库全书》3400 多种，《四库全书存目丛书》4500 多种，明代以前的典籍大略齐备（当然其中也有少量的清人著作）；再加上清人的著述，清人著述的总量在 22 万种以上，经部的比较少，也有 20404 种，其中传世的多达 11729 种。我们现在精华编只收了 500 多种，现在光是清代的传世的就有 1 万多种，这么多的传世经学著作，再加上经部之外的，量更大。清代的，再加上清代以前的，我想，如果把这么大体量的著作都整理进"全本《儒藏》"，既很难完成，也没有必要。我想"全本《儒藏》"虽然名字叫"全本"，但一定还是一部在内容上经过精心遴选的丛书。具体选多少种书，达到多少字数规模，还需要从实际情况出发，进行认真细致的讨论和甄别。因为我们做事情要从实际出发，从我们的可能性出发，量力而行。这是就收书范围而言。

就整理方式而言，"全本"也可以有多种选择。一个是像精华编一样，慎选底本，再选定两三个有代表性的校本、参校本，经过校勘，以繁体竖排加标点、校勘的形式出版。这样做的好处是一次性地把一本书整理得比较到位，也方便读者利用。缺点就是这个活儿很细，一定要花费比较长的时间。如果全本的规模又比较大，那这个工程就旷日持久，结项也遥遥无期。这是一种做法。

另外一种整理方式可能会节省一点时间和精力，就是选择清晰的底本进行影印，在影印件上再加简单的句读，不是详细的那种现代标点。这样做的好处是减少了校点环节的工作量，不需要查找原文。因为它是在原书，也就是线装书影印的基础上加句读，不用再校。当然，你一定要校，选主要的校本和参校本，在后面单出校记，也不是不可以。总之，这种整理方式会大大提高出版速度。多少年前，北大刚启动《儒藏》精华编不久，四川大学也在做《儒藏》。我的一个朋友，山东大学的一位老教授见了我说："老安，四川大学做《儒藏》，比你们北大做得聪明。人家就在原来的基础上、原书基础上影印加标点，还不是句读，是加标点。你们是自己排版加标点。人家出得肯定快，抢在你们前面。"我就赶紧跟汤一介先生报告，说某位教授有这么个意见。我们说的这种办法就类似四川大学那种。但是这种整理方式的缺点也很明显，书的内容会受制于一个版本，读者利用起来毕竟不如排版本方便，也更不容易和电子版接轨。所以"全本《儒藏》"的做法还需要再进一步的思考论证。

北京大学现在是下定决心来做"全本《儒藏》"，怎么做法，还需要思路更清晰，还需要从实际出发，真正地能够出成果。

这是我跟大家说的第三个问题，关于《儒藏》的编纂。

中国古代文人与酒①

2019 - 10 密歇根

在中国的饮食文化里，有两种饮料很具有魅力，那就是茶和酒。茶与酒都有几千年的历史。它们在中国人的生活里，在中国的几千年文明史上，都起了独特的作用。但是二者的特性却截然不同。茶，清静、文雅、含蕴，令人清心宁静；酒，则豪爽、猛烈，令人宣泄发散。茶贵新，尤其是绿茶，越新越香，所以人们讲究饮当年新茶，尤其是春茶，而不愿喝隔年陈茶——味道差远了；而酒，则贵陈，越陈越醇，所以人们饮酒要饮陈年老窖——那味道要比新酿出的酒醇厚得多。

茶的原产地在中国，其后才传到世界各地；酒在中国也有几千年的悠久历史。中国是世界上最早的酿酒国家。早在甲骨文里就有"酒"字。在商纣王的时候，饮酒已经很普遍了，以至于"以酒为池，悬肉为林"（《史记·殷本纪》）。《诗经·豳风·七月》里有"八月剥（扑，打）枣，十月获稻。为此春

---

① 这一专题，自 1995 年后，曾在国内外一些大学讲过。这次是 2019 年 10 月先后在密歇根州立大学和特拉华大学讲演的文字稿。

酒，以介眉寿"，"九月肃霜，十月涤场。朋酒（两樽酒）斯飨，曰杀羔羊。跻彼公堂，称彼兕觥（gōng，兕觥，用兕角做的觥），万寿无疆"。在那个时候，在中国的乡村，在老百姓那里，一年劳动之后，欢庆丰收，要聚会饮酒，不仅普遍，而且成为一种风俗，一种喜庆、欢乐的风俗。

其后，随着社会文明的发展，酒逐渐造就出一种精神文化，并且逐步深入人心。而在中国历史上，无论是上层的官宦，还是下层的平民，都饮酒。它构成了中国酒文化的广泛与深厚的社会基础。使我们能够通过酒和酒文化来窥视中国传统文化的精神风格与内涵。而使酒文化更加规范，推向高峰的，却是中国的文人。

中国文人饮酒，起于魏晋，盛于唐宋。

魏晋时期（公元 220 年至 420 年之间），一是佛教盛行，一是社会动荡，国家分裂，统治集团相互倾轧，致使文人消极避世，沉湎于酒，发泄为文。有名的"建安七子"和"竹林七贤"都嗜酒[①]。"竹林七贤"中的刘伶，纵酒放达，喝醉酒，"脱衣裸形在屋中"——在房间里赤身裸体，不是休息，而是继续饮酒。客人来了，讥笑他这种举动，他却说："我以天地为房屋，以房屋为衣裤，你们为什么跑到我的裤子里来了！"他的妻子见他如此嗜酒，哭着劝他断掉。他说，我只有向鬼神祷告才能戒掉酒，你赶快准备敬鬼神的酒肉吧。他妻子听了很

---

① 建安七子，汉末建安时期七位著名作家：孔融、陈琳、王粲、徐幹、阮瑀、应场、刘桢。竹林七贤，魏晋时期七位著名文人：嵇康、阮籍、山涛、向秀、阮咸、王戎、刘伶。

高兴，在神前供了酒肉，等到他妻子再来看他的时候，他已把供鬼神的酒肉吃光、喝光了，醉倒在供桌旁边。阮籍，也是"竹林七贤"里嗜酒的文人，他是"建安七子"里阮瑀的儿子。司马昭希望娶阮籍的女儿做儿媳妇，阮籍却不愿巴结这个野心勃勃的高官，他竟然用酒做盾牌，"沉醉六十日"，使司马昭"不得言而止"，终于躲过了司马昭的求婚。所以，宋代叶梦得在《石林诗话》里讲："晋人多言饮酒，有至于沉醉者，此未必意真在于酒。盖时方艰难，人各惧祸，惟托于醉，可以疏远世故。"

　　魏晋文人饮酒，纵情放达，但并非所有的文人都如此。而到了唐代（公元 618 年至 907 年），文人饮酒成风，几乎没有一个人不饮酒，要饮酒作诗，饮酒为文。酒成了文人不可少的创作条件。今天看，在历史上，名气越大、作品越多的文人，饮酒越厉害。李白、杜甫就是代表。

　　李白的诗文，至少有六分之一谈到酒。他是得意时饮酒，失意时也饮酒；宾朋聚会时饮酒，一个人时也饮酒；有钱时饮酒，没钱时典当东西也要饮酒。他给妻子的诗里说："三百六十日，日日醉如泥。虽为李白妇，何异太常妻。"（太常，本是主管宗庙祭祀的官名，这里指东汉的周泽。周清洁循行，恪尽职守，时人嘲笑他妻子说："生世不谐，作太常妻，一岁三百六十日，三百五十九日斋，一日不斋醉如泥。"李白即用此典。这里说的"三三六十日"，是约略的说法，实际一年一般是365 天。见《赠内》诗，《李太白全集》，中华书局 1977 年版，第 1192 页。）杜甫说"李白斗酒诗百篇"，李白确实是诗不离酒，酒不离诗。李白饮酒，乐观而豪迈，与魏晋人不同，不是逃避政治，而是掀开心灵的帷幕，纵情表露内心的想法，如："李白一斗诗百篇，长安市上酒家眠。天子呼来不上船，自称臣是酒中仙。"（杜甫《饮中八仙歌》）在天子面前也无拘无束，看去是借酒撒疯，实际是一种个性的解放，是争取短暂的摆脱现实的束缚。

杜甫饮酒的名气不如李白大，但他的嗜酒却不在李白之下。杜甫从十四五岁就能豪饮，以后则是"得钱即相觅，沽酒不复疑"，"朝回日日典春衣，每日江头尽醉归"。

唐代嗜酒的文人很多，如书法家张旭，要在大醉之后呼叫狂走，而后落笔，醒后自己看了都觉得这字写得"神"，他的草书称作"狂草"。《饮中八仙歌》中的焦遂，本是口吃，但醉酒之后，高谈阔论，声音响亮。另外，如王维、杜牧、李商隐、皮日休、白居易等人的酒量都很大。

唐代文人饮酒的一个特点是"借酒抒怀"。这种"心怀"，有的是对自由的追求，对现实社会束缚的解脱，有的是对个人人生价值的思考，如白居易的《劝酒诗》：

> 劝君一杯君莫辞，劝君两杯君莫疑（迟疑），劝君三杯君始知：
> 面上今日老昨日，心中醉时胜醒时；
> 天地迢迢自长久，白兔赤乌（wū）相趁走；
> 身后堆金拄北斗，不如生前一樽酒！

人的寿命有限，一天天苍老，身后名利，不如生前酒。这就是白居易对酒与人生的思考。这是在唐代。

到了宋代（公元960年至1279年），朝廷推行酒类专卖政策，取得了大量财政收入。这不仅未能抑制文人饮酒，反而使人把酒看得更重，饮酒成为一种追求。如果说，魏晋文人是"借酒浇愁"，唐代文人是"借酒抒怀"，那么，宋代文人则是"使酒享乐"。歌台舞榭之中，有红颜就有酒："彩袖殷勤捧玉盅。当年拚却醉颜红。舞低杨柳楼心月，歌尽桃花扇底风。"这首词下阕为："从别后，忆相逢。几回魂梦与君同。今宵剩把银釭照，犹恐相逢是梦中。"（晏几道《鹧鸪天》）小晏还有一首词，也是《鹧鸪天》，仍然是写歌，写酒，写歌女，写酒宴："小令尊前见玉箫。银灯一曲太妖娆。歌中醉倒谁能恨，唱罢归来酒未消。　　春悄悄，夜迢迢。碧云天共楚宫遥。梦魂惯得无拘检，又踏杨花过谢桥。"

宋代文人晏殊说："一曲新词酒一杯。"（《浣溪沙》）苏东坡说："人生如梦，一尊还酹江月。"（《念奴娇·赤壁怀古》）宋代词人张元幹说："谁伴我，醉中舞？"（《贺新郎·寄李伯纪丞相》）辛弃疾说："醉里且贪欢笑，要愁那得工夫！"（《西江月·遣兴》）柳永说："今宵酒醒何处？杨柳岸晓风残月。"（《雨霖铃》）

可见，宋代诗人、词人的诗词里到处都是酒，把酒与诗意融合起来了。诗里有酒，酒里有诗意。这真是歌舞升平，有酒；起居坐卧，还有酒。酒与歌，酒与舞，酒与醉，酒与欢笑，不可分了！是享乐的生活离不开酒，还是酒离不开生活的享乐，谁也说不清了！就连理学家朱熹、程颢都不例外。苏轼酒量不大，却十分喜欢饮酒，他说："夜饮东坡醒复醉，归来仿佛三更。家童鼻息已雷鸣，敲门都不应，倚杖听江声。"

（《临江仙·夜归临皋》）又说："明月几时有，把酒问青天。"
（《水调歌头》）"酒酣胸胆尚开张，鬓微霜，又何妨!"（《江城
子·密州出猎》）苏轼之所以如此，在于他认为"身后名轻，
但觉一杯之重"（《浊醪有妙理赋》），喜欢在家中招待朋友饮
酒，感到"酣适之味，乃过于客"（《书东皋子传后》）。宋代
文人，友朋相聚，饮酒作乐，成为一种乐趣和时尚，陈与义在
《临江仙·夜登小阁忆洛中旧游》里说："忆昔午桥桥上饮，坐
中多是豪英。长沟流月去无声。杏花疏影里，吹笛到天明。"
这不是一个人喝闷酒，也不是"月下独酌"，而是一批名士相
聚，在"桥上饮"，而且"吹笛到天明"，真是一派名士气派!

　　男性文人饮酒，女性文人也饮酒，看来宋代对女性的限制
在饮酒上还没有反映出来，如女词人李清照，是出身名门的小
姐，结婚以后是贵妇人，但她也仍然是"常记溪亭日暮，沉醉
不知归路"（《如梦令》），"昨夜雨疏风骤，浓睡不消残酒"
（《如梦令》），"东篱把酒黄昏后，有暗香盈袖。莫道不消魂，
帘卷西风，人比黄花瘦"（《醉花阴》），是幽闲、慵懒的生活
情调。到了南渡以后，颠沛流离，丈夫也病死了，这时饮酒的
情趣也变了，是"三杯两盏淡酒，怎敌他晚来风急"（《声声
慢》），"故乡何处是，忘了除非醉"（《菩萨蛮》）。

　　宋代文人几乎没有不饮酒的。宋代文人饮酒，正如欧阳修
在《醉翁亭记》里所说，"醉翁之意不在酒"，而在于一种情趣。

　　到了明清时期，饮酒就更加社会化，成为文人生活中的日
常必需品。而同时，在文人之中，也产生了主张禁酒和节制饮
酒的人，这不仅和社会现实的束缚有关，大概也和人们饮酒过
度有关。

中华民族的祖先创造了酒文化，成为中华民族文明的一个组成部分。但酒性烈，元人忽思慧在《饮膳正要》中说："少饮尤佳，多饮伤神损寿，易人本性，其毒甚也。醉饮过度，丧生之源。"顾炎武在《日知录》（卷二十八）中说："水为地险，酒为人险"，"酒之祸烈于火"。《史记》里讲："酒极则乱，乐极则悲。"（《史记·滑稽列传》淳于髡对齐宣王语）所以酒以三杯为限，不必一醉方休。

那么，人们又何必热衷于饮酒呢？那就是饮酒蕴涵着一种情趣，一种人与人之间的沟通与情意，任何名贵的酒都是有价的，只有人的情意才是无价的，如《儒林外史》写杜少卿与韦四太爷饮酒。杜少卿的父亲生前与韦四太爷是酒友。在杜少卿父亲去世多年以后，韦四太爷找上门来讨当年专为他酿造的那坛酒喝。杜少卿从地下挖出这坛埋了九年零七个月的酒，"舀出一杯来，那酒和曲糊一般，堆在杯子里，闻着喷鼻香"，又兑上新酒，烧热来喝，"吃一杯，赞一杯"，连说："好酒！"

这里，一坛老酒，写出了杜少卿父子两代人对友情的看重，对朋友的真情。酒浓与情浓达到了和谐的统一。袁枚讲过："绍兴酒，如清官廉吏，不参一毫假，而其味方真。"（《随园食单》，关锡霖注释本，广东科技出版社，1983年，第161页）酒，尤其是陈年老酒，所以引起人们那么浓厚的兴味，就在于它的醇和真。这醇和真，象征着历尽沧桑、屡经世变而不曾变化的真情。我们今天对酒和酒文化的理解，在本质上正是对人生和历史的理解。任何一个人，在饮酒过程中，都会展露出他个人的特殊性格与本色。但有一点却是我们共同追求的，那就是人们称赏酒的真和醇，正反映了人们渴望和珍惜生活中的真和醇！

古籍工作开新局　秋分时节忆故人

——在中华书局成立 110 周年座谈会上的发言

2022-09-23　北京

今天是中华书局成立 110 周年的纪念会，祝贺中华书局创建 110 周年！

向中华书局的创办人、中国近代著名的教育家、出版家陆费逵先生致敬！

向自 1958 年中华书局成为古籍专业出版社之后，在党的领导下，指导、带领中华书局走向发展、兴盛的齐燕铭先生、金灿然先生和中华书局的历届领导致敬！

向 110 年来，为中华书局奋斗的中华书局全体员工致敬！

我同中华书局结缘是从 1960 年我考入北京大学中文系古典文献专业开始，至今已有 62 年。而我同中华书局关系更密切、工作往来更多的时期是 20 世纪 60 年代中期到 90 年代中期这 30 年。这一时期，中华书局的领导、编辑，乃至司机师傅，有的是比我大一二十岁的师长，有的是比我小 20 岁左右的忘年交，他们都给予我多方面的教导、帮助和支持。今天，我已经 81 岁，在中华书局 110 周年局庆的时候想到中华书局的两位老同志对我个人的教导、对国家的古籍整理事业、对国家文化事业的杰出贡献。

一位是赵守俨先生。

按照当时国家科学发展规划的意见，为解决古籍整理的后继人才问题，在北京大学设立古典文献专业。从 1959 年招收第一批学生，学制五年。这个专业的教学接受国务院古籍整理出版规划小组的指导。但是"文革"之中招生停顿，到了 70 年代特别是 1977 级学生入学之后，重新开课，一些年轻教师担起教学重任，北大古典文献教研室安排我上《史记》课。我就去请教守俨先生。他说，这课过去是宋云彬先生给北大开的，最近你又听了北大、北师大中文系、历史系四位老师讲的《史记》课，你再讲，谈何容易！况且现在北大历史系是王利器同志在讲《史记》！守俨先生还说，你讲《史记》是给古典文献专业开的，除基本东西要讲、不能省之外，要偏重于古文献学，讲《史记》的注家（特别是三家注）、版本等问题，要讲得深入，坚实。我照守俨先生说的列出提纲请他审定，后来我写出的所有讲稿都请守俨先生看过。他是全部都看了，用铅笔加了旁注，最后还写了三页纸的类似审稿意见的文字。守俨先生这么关注我的《史记》课，不仅仅因为我个人同他关系比较好，还有很重要的原因是他希望北大要为中华书局培养合用的古籍整理人才。

守俨先生还有一件事对我有指点和教育。中央 1981 年 37 号文件下达之后，教育部要建立全国高校古籍整理研究工作委员会，办公地点在北大，由北大出人担任主持日常工作的副秘书长，当时北大要我担任。我因不想做行政工作，想搞业务，不愿担任，曾同守俨先生谈起。他当时直截了当说："安平秋，这个事你做它干什么！有一个国务院的古籍整理规划小组，教育部又再建一个机构，两个机构的职责是什么，分不清的话将来打架，矛盾多了，不要去。"所以在 1982 年时我没有接受这一工作。这既有我本人的意愿，也有守俨先生给我的指点在起作用。到了 1983 年，北大已任命的副秘书长因故不能担任而校党委再次决定要我担任的情况下，我不好意思再找守俨先生说，就请我爱人于世明（在中华书局工作）上班时跟他说了一声，守俨先生没有表示任何态度。时隔两年半之后的 1985 年下半年，守俨先生一次在中华见到我爱人，跟她说："回家告诉安平秋，口碑极好！""口碑极好"这四个字，我至今记得。（人总是愿意听别人的肯定，我知道原来守俨先生对我不满意，到 1985 年即两年多以后，说了这么一句话，我至今记得。）我想这是守俨先生觉得安平秋这小子拉不回来了，鼓励鼓励吧。我从这件事想到，守俨先生是真正爱护我的，也是真诚希望全国的古籍整理工作能够顺畅发展的。

另一位是王春同志。

他在 20 世纪 60 年代就是中华书局的党支部书记，后来做到党委书记、总经理。在 1981 年中共中央 37 号文件产生之前、之后，他对中华书局、对全国的古籍事业发展起到了重要的作用。

在 1978 年教育部决定撤销北大古典文献专业之后，不仅北大的老师不赞同，中华书局的王春、李侃、赵守俨等同志也不赞同，我们有时在一起议论这事。是王春同志向当时的出版局反映了不同意见，并通过关系转告了相关领导部门。到

1981年春，又是王春同志主动找我，转告陈云同志在杭州听了汇报提到古籍整理人才培养不能中断。我把这一信息带回教研室，才有北大古典文献专业教师联名给陈云同志写信（不然为什么要给陈云同志写信呢？）。也才有陈云同志派人到北大开座谈会，并下达1981年37号文件。所以，中共中央1981年37号文件的下达，王春同志功不可没！

这一文件下达，才有国务院古籍整理出版规划小组的恢复和李一氓同志担任组长，才有古籍工作的春天。小组恢复后，王春同志是小组成员。他在中华书局一直兢兢业业地做党的工作和行政组织工作。

我们今天回忆中华书局的过往与成就，往往提到出了哪些重点的书，同哪些著名学者有往来，但容易忽略像王春同志这样的党委的领导者和行政的总经理所起的作用。他贯彻上面的精神，贯彻党的意图，而又团结中华书局的人一起做好这项工作，承上启下，这是事业成功的根本性保证。

我们今天纪念中华书局110周年的时候，不能忘记王春同志的贡献。

讲一件小事。这个稿子写完后，我给老伴看了一下，因为她是老中华人。她提到了王春同志的一件小事。她说，王春同志退休后到她办公室去，问："能给我一个中华书局的大信封吗？"我老伴给了他一叠，大概有五六个，结果王春同志站在那里发愣，不敢接，说："你给我这么多呀！"这就是做了多年中华书局总经理兼党委书记的王春同志。他是这样的清廉。

中华书局在110年的路程上能够长盛不衰，是中华书局全体员工共同努力的结果，也是中华书局历任领导苦心经营的结果，更是党和国家大力支持的结果，因为古籍整理工作是党和国家文化事业的重要组成部分。

祝愿中华书局更加兴盛发达！

《儒藏》工程的回顾与前瞻

——总编纂安平秋教授访谈

2023-03-21（采访人：沙志利、王丰先）

采访人：安先生您好！非常感谢您抽出宝贵的时间来接受我们的采访。《儒藏》工程是 2003 年 12 月份立项的，到 2022 年 5 月份，《儒藏》精华编的主体部分，也就是中国部分，全部出版了，用了不到 19 年。从立项开始算，到现在正好是 20 年，全本《儒藏》也要启动了。正好有这么个时机，适于我们总结过去，展望未来。我是 2005 年到《儒藏》的，王丰先是 2009 年，《儒藏》启动时候的一些工作，我们两个不太清楚。您是《儒藏》精华编四位总编纂之一，所以第一个问题，我们想请您谈一谈：您是什么时间参与到《儒藏》工作中来的？《儒藏》前期的一些筹备工作、论证过程、项目的最初设计和申报，有哪些内容值得分享？

安平秋：刚才说是 2003 年 12 月教育部立项，2002 年就已经组成了编纂委员会？

采访人：是的，立项在 2003 年 12 月。我看《儒藏工程大事记》说，2002 年 10 月份成立了一个《儒藏》编纂筹备委员会，当时学校就决定要做《儒藏》了。但是后来中心有一次开会，李中华老师说，他记得筹备委员会是 2003 年上半年成立的，但那个决定做《儒藏》的会应该是 2002 年的秋天 9、10 月份开的，当时与会的有张岱年先生、季羡林先生、李中华老师、魏常海老师、陈来老师，他们当时有一个合影。

安平秋：我问这个是来印证我的记忆。我的印象，可能是在 2002 年的天气不是很冷的时候，秋天的可能性大。当时汤一介先生打电话，通知我到临湖轩开会，是关于《儒藏》的一个筹备的会议，并且说是季羡林先生希望我去参加，那我就不敢不去了。到那里，看到有不少人已经先到了，好像有张岱年先生、汤一介先生，季羡林先生有没有在我不记得了。还有学校的一些领导，好像是有吴志攀副校长，是不是也有何芳川副校长，还有教育部社科司的人参加，当时还有楼宇烈老师。这个会上就讲了要编《儒藏》的一些想法。

我当时有些保留意见，这是因为：我觉得，儒释道三家都影响了中国文化，而更多地还是受儒家思想的影响。佛教有《佛藏》；道教有《道藏》；所以在明清两代，有些大臣，像曹学佺、周永年，都提出来要编《儒藏》。我记得汤先生也说，既然有《佛藏》、有《道藏》，那么儒家的思想著作文献应该汇编成一个《儒藏》。但我觉得可以有《佛藏》，可以有《道藏》，都汇编成大部头，这个是有用且可行的。但儒家的经典汇编成《儒藏》，工作规模与难度都太大。十三经、四书五经，这是儒家的经典；有些则很难说清楚是不是儒家，像苏轼的、陆游的作品算是儒家思想作品，还是属于里面也有道家思想、其他思想的？一定要分辨说它就是《儒藏》的，或它不是《儒藏》的，不好弄。也正因此，无论是明代还是清代的大臣提出来，都没有被采纳。到清代乾隆的时候，没有采纳编《儒藏》，而是编了包含诸子多家的、反映多面中华文化的《四库全书》。这表现了中华文化的包容性和博大的思想来源，表明儒家思想是全面融汇在中华文化之中的。所以从思想脉络上来看，我想我们今天也不必单独编《儒藏》。这是一个原因。第二，我觉得这些年，中国的古籍整理已经做了大量的工作，许许多多的集子，像李白的集子有《李白全集校注》，还有苏轼的集子、韩愈的集子、杜甫的集子都已经出版，或已经有人在整理。今天如果再把它收入进来，放到《儒藏》里，那就会重复整理、重复出版得太厉害。包括像十三经、四书五经，已经有点校等整理本出版了，再点校我觉得重复太多。从实际操作来看，我觉得必要性也不大，且有浪费学术与出版资源之虞。所以那次，我在会上表达了自己的疑虑。

因为当时有这么多老前辈在，我不敢妄自说，压到最后才表示一点意见。我不是说不做，我是说这个工作有意义，很重要，但是要慎重。

大概在那之后，我想学校领导，还有一些老先生，就知道我不是太积极。当时主管文科的副校长是吴志攀先生，志攀就到我办公室去，跟我谈了大概有两三次，劝我："别这么看，支持一下北大。"因为北大要上大项目，而且别的学校也都在争取这个项目。这样，我也觉得要顾全学校的大局，我的看法总是我个人的。既然项目要上马，我就提个建议，是不是搞个"精华编"？把《儒藏》精华做出来，只做精华，拿网"捞"那些主要的代表儒家思想的。有些很难说这一个人的作品就是代表儒家思想的，或者说主要不是代表儒家思想的，内容比较多、比较杂的，先放一放；就做精华编。后来我听说建议做精华编的还有几位先生，所以精华编的产生是充分吸收大家意见的结果。这是我经历的一件事。

再有一件事，就是在申报的时候，除去北大申报，人大也申报。北大是以汤一介先生的名义申报，做总编纂，大概是季羡林先生是首席总编纂或者什么，然后报上去的是汤一介先生、庞朴先生和我三个人是所谓的总编纂，那时候总编纂里还没有孙钦善先生。人民大学是张立文先生是主编或者总编纂，还有谁我不知道，我没看到他们的材料。报上去后，因为主要是由教育部来支持，所以教育部找了据说五位专家做评审。整个评审过程我原来一点也不知道，事隔大概一两年以后，才知道我一位相熟的朋友是评委之一。一次他跟我闲谈时说："你知道吗，当初为什么批准北大而没有同意人大，但还是照顾到人民大学，又让人大做海外部分，北大做国内部分？"他说："这是因为当时我们议论的时候，一些评委说汤先生和张立文先生（张立文先生，到现在我也不认识），好像是声望、地位、成果都差不多，不相上下，怎么评？有人就说他们两位都不是真正做古籍整理的。后来有的评委就说，因为北大这边还有一个安平秋，他是做古籍整理的。一个是北大的牌子，一个是这边有做古籍整理的人，是不是考虑北大？所以后来才把项目弄到北大。"这是那位朋友跟我说的。这次我才知道，我说："我一点也不了解这个情况。"当然，后来做起来，我们北大汤先生这里不仅仅做了国内的，把日本的、韩国的、越南的也都涵盖进来了。这个关系后来是怎么处理的，人民大学有什么反应，我就不知道了。这应该是由教育部（主要是教育部的社科司）来协调的。这是我知道的第二件事。当然这个当时评审专家组的内部讨论，也只是那位朋友的一家之言，而且他也已经去世多年了。我今天说这件事，是想说明当初教育部的专家评审组考虑问题时，对北大、人大两个编委会（工作班子）的组成，既考虑到对儒家思想研究的深入度和权威性，又考虑到要有从事古籍整理的实践经验，想法是全面而实在的。至于教育部在通知北大项目立项时是否说明了这种考虑，我就不知道了。

采访人：谢谢安老师！您分享的一些内容，我们都是第一次听说。尤其是您当时说只编精华编，现在我们正好处在编全本的坎儿上，可以回到当时的设想，再掂量一下要不要编以及怎么编的问题。第二个问题是，您一生都致力于古籍事业，应该说是新时期从 80 年代以来古籍工作的一位重要的组织者和见证人，曾经设计、推动乃至亲自参加了一批重大的古籍整理项目。我们想问的是：与其他的古籍整理项目相比，您觉得《儒藏》的编纂有哪些独特之处呢？您觉得《儒藏》编纂的意义在哪里？

安平秋：《儒藏》的编纂是专题性的，专门是关于儒家的文献，有儒家的经典或者说经典性的文献，也有关于儒家的一般的文献。因为叫《儒藏》，尽管"藏"字本身带有一点值得收藏的经典性，但是现在在精华编之外，如果再做的话，显然有些也不一定都是经典。它是专题性比较强，就是围绕着儒家思想，跟其他的项目是不同的。这是一个明显的地方。

过去我们做的其他项目都有各自的特点。比如古委会做的，像我们叫"七全一海"、"九全一海"，那就是一大批断代的诗文总汇：《两汉全书》，山东大学的；《魏晋全书》，东北师大的；《全唐五代诗》，南京大学周勋初先生牵头，和几个学校合作的；再有就是《全宋诗》，北大的；《全宋文》，四川大学的；《全明诗》，复旦大学的；《全明文》，是上海古籍出版社的几位先生原来牵头做，现在搁浅了；另外还有《全元戏曲》，是中山大学的王季思先生主编的，早已经完成了；还有清代的，《清文海》，是南开大学做的。这些都是按照时代划分的断代的诗文总汇，相当于过去目录学上所说的"总集"。

再有就是一些"大作家集"，刚才前面提到过，像《李白全集校注》、《韩愈集校注》、《杜甫集校注》等等，包括苏轼的。苏轼的集子整理的人就更多。这些大的，我们把它叫做"大作家集"，或者叫"大家集"。这是一类。

第一类是断代诗文总汇，第二类是大家集。

第三类是其他的，特别是语言文字类的，像武汉大学做的《故训汇纂》，是从语言的角度、从训诂的角度、从字的角度来看的；后来又做《古音汇纂》。这都是和研究所的建设结合起来——也就是说一边进行大项目，一边加强研究所的建设，使这两者结合起来。

当然我们也还做了一些普及性的，比如《古代文史名著选译丛书》，选了 134 种，关于古代的精华、突出的作品，介绍给广大读者。选了正文，也有注释，并且有翻译，便于普及。

这些都是我们过去做的。说这个过程就能够看出来，《儒藏》和一般项目有显著不同。首先，《儒藏》是一个关于儒家思想的文献集成。而其它项目不是从思想的角度看，而是或者从时代（断代的），或者从作家（一个人的）的角度看。包括后面的《古代文史名著选译丛书》的普及，也不完全是从思想史的角度来选，当然要注意到它的思想性，但是和思想史还是不一样的。所以《儒藏》的一个特点是专题，而且是从儒家思想的专题来探讨的，我觉得这个是它的一个突出的意义所在。

第二个《儒藏》和其它项目的不同的地方，是它在时间上，后编纂、后出版的和前面的项目有许多重复。这个重复，原来我认为并不好，何必要重复呢？但是从现在《儒藏》精华编做下来看，这个重复也有它好的地方。这不是因为我参加了《儒藏》精华编的工作，现在做出来了，我就说它有好的地方。刚才提到的苏轼的集子，前面的人整理的很多，《儒藏》精华编也有苏轼的集子，它是在前面这些人整理的基础上来做的，而且《儒藏》精华编苏轼集子就是请孔凡礼先生来继续做的。也就是说，北京的孔凡礼先生，在中华书局出版的苏轼的文集这部整理本的基础上，他又重新加工、重新做，自己在这个基础上又升华，形成了《儒藏》的本子。这就比原来的质量高了，更精细了。我觉得这样做也有它的好处。这就是《儒藏》的第二个特点，体现出了"后出转精"这样一个面貌。

采访人：您刚从编纂的内容上、形式上，谈到了《儒藏》的独特之处和意义。您刚才谈立项的时候，我想到一个词叫"不忘初心"。到现在 20 年过去了，精华编也出来了，您翻阅的话，它是不是达到了最初设计的目标？还有哪些成就和不足？

安平秋：精华编没有仔细看，因为量太大，也不是一次推出的。加上它们都是精装，比较厚，必须放在桌子上看。你想在床头或者沙发上看，拿起来挺重的。但也多多少少还是翻看了一些，加上跟《儒藏》的编纂人员经常接触，听到他们讲的一些情况。我想《儒藏》精华编可能比我们原来预想的要好。我原来想，《儒藏》精华编做出来，别人已经出版过的那些东西，我们重复出，可能一部分会好一些，一部分会打架。就是说，张三已经在某出版社出版了，我们找李四再整理，人家会提出许多意见，说你什么地方跟我的是一样的，哪个是抄袭我的，甚至是剽窃我的，这种情况会发生。但是现在实际上没有发生。另外，我原来也很担心《儒藏》精华编做起来，我们可能还不如人家，那是我们的水平问题。人家先出的，我们不是"后出转精"，而是"后出转劣"，这就麻烦了。但是实际上出来以后，看书本身的情况，看学术界的反应，第一，比较平稳，就是说没有什么纠纷，没有什么问题出现；第二，翻看一部分，由我们《儒藏》编委、工作人员自己检查，由出版社来检查，再看看学术界的反应，口碑不错。也就是说，我们确实大部分是有质量的，甚至是"后出转精"的。是不是有个别的还需要加工，需要提高质量？我想这也是正常的。这是我对《儒藏》精华编现在状态的一个估计。

采访人： 等到《儒藏》精华编单行本出来以后，就有一些可以不用摊在桌上看了，它会比较薄，二三百页的，可能是软精装，压膜的，可以躺在床上随便翻，可以更舒服地读。然后第四个问题，前段时间《儒藏》中心的责任编委，在这个会议室开了一天半的会议，就在总结《儒藏》精华编编纂的经验。当然我们主要是从一些编纂的细节上，比如审稿啊、整个流程怎么做啊，这些操作细节来展开的。我们的问题是：从总编纂的角度看，您觉得《儒藏》精华编的编纂工作有哪些成功的经验和需要汲取的教训，可以供编全本《儒藏》的时候作为借鉴呢？

安平秋：《儒藏》精华编一开始虽然经过一个拐弯（就是原来想编"大儒藏"，后来落实到精华编），但是适应得比较快，工作启动得比较及时。加上教育部的支持、汤一介先生的认真负责、编委会的各位的努力，所以才使得这个工作能够纳入正轨，比想象的进入工作状态更快。这是它的一个长处。并且在实际工作里面，集中了许多在这方面有真才实学的人，不少还是大家。所以，总体上看，进展比较顺利。尽管现在说经过 19 年、20 年的时间才见书，但是终究完成了一个这么大的项目——339 册、670 种的样子，这么一个规模，工程量不算小了，尽管只是精华编。所以，做这么大项目的编纂工作，没有十几年也是不好完成的，这是非常费力的。汤一介先生的晚年完全扑到这个上面了，从他来说也是值得的，随着《儒藏》而流传千古。应该感谢汤一介先生在晚年做了这样一件好事，留下一部《儒藏》，特别是《儒藏》精华编。

如果说还可以改进的话，在《儒藏》的编纂上，组织工作有待加强。因为你做《儒藏》，不是只靠了解儒家思想就可以标点校勘的。它需要从古文献学的角度，懂得版本，能读懂文献本身，做一些技术性比较强的工作、基础性比较强的工作，然后在这基础上再做研究，再升华，再提高。所以参加《儒藏》的整理工作或者点校工作初期，从事古籍整理的人员相对弱一些、少一点。这是工作前期如此。后来我发现汤先生比较敏锐，他很快发现这个问题，之后慢慢把它缓转过来，既有从事哲学思想史、研究儒家思想的人员参加，又有从事古籍整理的人员参加。特别是《儒藏》的工作班子，既有我们学校哲学系的老师参加，又留了一批懂古文献的或者古文献专业毕业的年轻人参加。今天在《儒藏》的编纂组里面，有不少都是这两方面的人。他们结合得很好，能够融合起来，各发挥所长，既有一个战略性的眼光，又有能够实干的精神。这也是很难得的。但初期有时候没有意识到，后面逐渐做得越来越好。我觉得这既是它开始的不足，又是它后来的优点。

再有就是，《儒藏》的组织工作，特别是审稿，我感觉初期有所忽略，或者说重视不够。把任务分给大家了，大家分别承担（有的都是外地的，不便当面商议），落实到个人（有部类主编，部类主编再找个人承担），有些个人其实没有整理过，没有点校过，他们是第一次从事古籍整理。这样完成的书稿质量并不高，就加大了编委会或者说《儒藏》编纂组工作人员的负担。我们初期对这个工作看上去很重视，成立了一个负责审定的审稿组吧。请了中华书局的一批老编辑，包括退休的老编辑；也请了其他出版社，比如人民文学出版社、北大出版社的老编辑，都是有经验的，帮助把关，帮助审稿。我们是注意到这个事，但事实上我们注意得很不够，我们落实得不够。光有这么一个组是不管用的，或者说用处不大。这些有经验的编辑拿来稿子审稿，他是从出版社的角度工作了多年，他可以指出这儿不对、那儿不对，但更多地偏重于出版格式上的问题。从我们《儒藏》的编纂组来说，从我们的具体落实工作来说，审稿组的组长是第一关键，这个人必须是一个一个地盯。"张三，你审看的这部书情况如何？"隔一个月我给审稿的专家打个电话，"您看的这部稿子有什么问题，说一下就行，必要的时候您给我提供两张纸，拿俩例子就行"。李四审的这部稿子有什么问题，也是这样过问。我只要汇集三个人的意见，我就可以把这些人都请来专门讨论一次。这就是抓典型，就拿这些，来统，来落实。我看，这项工作我们大概基本上没做，或者说做得不够。这事不能"脸热"，就是说我请的都是老编辑，都是专家，我不好意思，我相信你。你相信他是一回事，但是你相信他不管用。这是《儒藏》精华编呀，你有一套体例，也有一套要求。而且还有和你要求、体例也没有关系的，就是它本身的质量，就是标点和校勘做得对不对，这个情况你必须铁面无私地从这里面"捞"这个典型。我不捞好的，表扬只能是给你奖励的时候说。我现在只是审稿，我审稿就是审问题。必须要这么做。我觉得因为偷懒，或者说不懂、不在行，这个工作是大大地出了问题。有的书稿要返工几次，拖延了时间，影响总体进度。今后要继续编《儒藏》（当然今天的组织法跟过去不一样：过去是人来点校，今天据说是要依靠数字化先点校一遍。那么也可以，但是可能会发生新的问题），它那个精神是一样的。我感觉，如果说前面有什么经验教训的话，这是一个基本的。如果这个问题当初就解决好，抓得紧，比方说是我负责审稿，我就豁出去了，我拿出我人生后半段一半的时间，我得干这个。要不你别干，你干就要拿出一半时间来。我就花半年，或者我就干脆这几年都扔进去。你得这样。你不这样，你太惜力，只管自己，这个不行。如果说我们要吸取经验教训的话，这个审稿工作是重点。

采访人：接着您的话题，事实上后来审稿的情况是：我们请了一些专家之后，稿子返回来是返到责任编委手里，责任编委事实上承担起来了。如果是审稿专家不过关怎么办？我们经常像您说的那样"脸热"，就是面对老专家我们也不敢说什么话，一般就换一个人再审一遍，就是时间上可能会长一些。反正没把住关的稿子，返工的次数比较多。然后发现出了问题的话，就换一个校点者，这种情况也比较多。后期出现好多这样的问题，都是换一个校点者。

安平秋： 发现问题比较多，换一个人再审一遍稿子，也是个办法。因为不光是"脸热"的问题，有时候我们也没把握。比如丰先看了以后，他说有问题。我也不知道他说的问题，我判断不了。我即使学问再大，也可能顾不过来。这么多稿子，几十部呢。况且我的学问也有限，有些我可以判断，他这个意见可能是对的，但是有些我一下子也判断不了，我要查一些东西才能验证。那我就再找一个人再看一遍，这也是可以的，这是正常的。关键问题是，得有人管这个事儿，必须有一个人在那扒拉这个，就像这个拨电话圆盘，他得拨，才能通。

采访人： 事实上，中心是从08年之后才开始组建的审稿组。您说得对，前期没有意识到这个问题，交上来的稿子达到了近80％的退改率。最后急了，没办法，才组织了审稿组，才做了一些工作。将来做全本的时候，这是一个要记取的重大教训。我们总结过这个教训（就是说为什么编得这么慢），魏（常海）老师说这是"原罪"，就是说最初的校点质量不行，来这儿审稿的时候才发现，推不动。

安平秋： 现在精华编编完了，有些话不好再提。当初找校点者，我是给汤先生提供了一批单位和负责人的名单，请他找这些单位的负责人去组织校点者。那些都是我们古委会联系了多少年的业务上比较可靠、为人也比较可靠的一些人。汤先生没有完全听进去。你比如××大学吧，我提供的是×××先生和他的古籍所，汤先生找的是其他系的别的先生，是吧？这就不一样了。这就是思路差别，不一样。汤先生可能认为他自己是对的。但是20年后的今天，回过头来，从工作的实际情况来看，当然我这个是对的，结果应该是不一样的，出来的质量应该是不一样的，省了大劲儿。但是没办法。这里有好多问题，包括刚才说的审稿。

采访人：最后一个问题，就是目前全本《儒藏》已经启动了，选目工作已经开始进行了，上次的选目会议您也参加了。今年4月底要开一个精华编的总结发布以及全本《儒藏》的启动会议。我们的问题是：编纂全本《儒藏》的工作环境，和当年编纂精华编相比，有哪些新的特点？您对全本《儒藏》的编纂有哪些期望？在实际工作中有哪些需要特别注意的问题（当然，刚才您已经谈了编纂团队的学术背景、审稿团队的管理运行以及校点者的选择等方面）？

安平秋：因为精华编已经完成，或者说基本上完成了，所以下一步就是要不要再进一步。根据现在的情况，在精华编的基础上再扩大，也是可以的。名称，大家都认为不要叫"大全"，也不叫"大成"，就是个扩大编、扩展编。前面是《儒藏》精华编，现在就是个扩展编，不叫"全"啊、"成"啊的，从实际情况和思维逻辑上考虑，可能更主动一点。因为"大全"、"大成"的说法不科学，不像学术的名字。还是就叫"儒藏"，又名正言顺，又主动。这是在名称上的考虑，我觉得也反映了我们的指导思想。

下一步，我也还是赞成不必求全，就是说还是在精华编的基础上扩大，不要说是儒家的都收。为什么这么说呢？回过头来看，历史地看，有些东西不算什么。我觉得古籍整理界有一种想法，有一种风气，就是：你没整理的，我发现了，没人整理过的，那么我来弄，我就抓了个冷门，我就有所创新了，我就容易做出成绩。而且有的人甚至说，那么多古籍，放在图书馆书架上，有多少多少种还没有整理，认为这就是工作没做好，没做到位。我觉得这种看法不对。我们为什么要整理古籍？第一，它本身是宝藏，它里面含有我们中华文化的要素。第二，因为它有用，对我们今天有用。我们不是是一本书就要整理，是一本古籍就要整理。我们过去讲，毛泽东主席讲，中国文化有精华、有糟粕。古籍也是这样，有精华，有糟粕。精华要整理，糟粕也不是不整理，整理出来要你来批判、要你来研究，况且精华和糟粕往往是杂糅在一起的。但是，有些书是不需要整理的，是没有必要整理的。你一定要整理它，做什么呢？所以我觉得，不要形而上地看问题，说我有多少万种，每一种必须整理。它和你藏书不一样。图书馆平常要搬出来晒晒书，不晒吧，它长虫了，它潮湿了，要全部的都晒。但是整理不一定全部整理，即不是每一部都要标点校勘，不能以是不是全部都整理了作为一个衡量办事的标准。我已经看到有人写文章来唱这个调子，说有多少书都还没整理，说古籍整理还远远没有怎么样、还没做到位。不是这样的，这不是权衡的标准。所以我想《儒藏》也是这样，《儒藏》不必所有的都必须收，还是要有所选择，选择在历史上有影响的和对我们今天有用的。这是我们编纂者的职责，不然要我们编委会做什么？

我是提倡"镕古利今"——融汇古代的东西，在此基础上镕铸古代的精华，使之有利于今天。不仅仅是创新，不仅仅是要创新的问题，它是有利于今天的问题。你创新是为什么？创新就是为了今天的发展和进步。所以我们做古代的文献，研究古代的文化，对古代文献进行整理，目的是为了今天。我觉得目的要明确。所以，《儒藏》的下一步的编纂，我倾向于还是要有个选择，在原来精华编的基础上扩大。扩大到一定的程度，形成我们新一批的、下一步的《儒藏》的选目和内容。

现在的编纂环境比以前好多了，至少这一个办公楼都是《儒藏》的，那时候哪有啊？而且有一批人。你们这一批人多齐整啊！不仅年龄段、学术水平齐整，心也齐。《儒藏》如果说过去有什么成绩的话，除去汤先生的领导，《儒藏》有一批人才在协助汤先生支撑起来。像我们看到的在我们这个组里面的魏常海老师、李中华老师，都是栋梁之材。没有他们，《儒藏》延续不下来，汤先生的意见落实不下去。还有像陈来老师、陈苏镇老师、孙钦善老师，这都是撑起《儒藏》工作的。没有他们，《儒藏》的正常进展也就成问题。再加上他们带出来一批年轻人。在座的沙志利、王丰先、杨韶蓉、张丽娟、马月华、谷建、李峻岫、甘祥满、李畅然，这样一批人，都是汤先生，特别还有魏常海老师、李中华老师、陈来老师等人，带动起来的。杨韶蓉老师起的作用也非常关键，她在这儿实际上主持日常《儒藏》工作的运转，非常不容易。这是《儒藏》的一个很好的条件。有这么一个班子在这里，又有一个专门的办公楼，现在可能差的就是经费，希望能够再落实。

应该说，汤先生虽然走了，但是王博先生在这里。王博先生起的作用很大。他不光业务精湛，我看他的组织能力更强一些。汤先生总还是个老先生，王博先生年轻，工作能力、组织能力显得更突出。加上他的学识——他在学术上的见识和学术组织上的能力两方面相结合，能够把《儒藏》下一步的工作抓得很好。希望《儒藏》能够在王博先生的领导下、组织下，把下一步工作做得更好。

三　纪念与回忆

在程千帆先生 80 寿辰庆贺会上的发言^①

1992 - 09 - 21　南京

　　刚才来到庆贺会上，看到那么多的寿联、寿礼，看到有那么多的高龄长辈和年轻朋友发自内心的喜悦表情，听了前面各位先生由衷的祝寿发言，我感受到一种少见的真挚、诚恳的祝寿气氛。我由此看到了今天的寿星程千帆先生德高望重的人格魅力和学贯古今的学识吸引力。

　　今天在座的大多是程千帆先生不同时期的同事或弟子。和这些先生相比，我不如各位。因为我既没有资格与程先生同事，也没有机会在程先生门下受教。但程千帆先生却一直是我所敬重的师长，是我在自己所生活的北京大学之外，在全国高校系统里所认识的老一辈大师中最敬重、最钦佩的几位师长之一。在我认识程千帆先生之前曾读过程先生的一些文章，感到文章思路清晰而开阔，论析缜密而精到，却无缘当面聆听先生的教诲。我第一次见到程先生是在 1985 年 5 月，我和几位同事到南京大学古典文献研究所，程先生当时是所长，他向我们

---

① 此为应庆贺会主持人之命所作的即席发言。此次整理有少许修改。

介绍了南大古典文献研究所的科研工作和研究生培养情况。我又从周勋初先生和其他先生那里听到有关程先生的情况。当时给我印象最深的、令我至今难忘的是两点。一是程先生对培养人才的重视。千帆先生经过 1957 年和"文革"的劫难之后重新工作，本可补回失去的岁月，将精力用于个人著书立说，不必将过多精力花在年轻人身上。但程先生却用相当多的时间和气力，倾自己大半生治学所得，带研究生，指导年轻学者。不仅为研究生出题目，指点治学路数，共同讨论问题，还为研究生阅改论文，连错别字都逐一改正。并且把年轻学者的成长与出科研成果结合起来，每一位研究生的毕业论文就是一本有质量、有见地的专著。正是由于这样，一批为学术界公认的学有专长的年轻学者集中在南京大学，有的走出了校门分配在全国各研究、教学机构，成为今日中国古典文献学、古代文学研究领域里的骨干。今天到会的程门弟子之多、之强，就证明了这一点。二是我从程先生对南京大学古典文献研究所的工作安排和设想之中，从程先生关于治学的言谈之中，从程先生对年轻人的培养之中，感受到程先生有一股异于常人的才气与定力。一个人有才气，才华横溢，本已可贵；一个人办事、治学有定力，有沉潜力，坚定向前，亦属难得。而在程千帆先生身上，将这二者融合起来，显露出超群的才气与定力，这在历代的学人之中，并不多见。我想，这大概是一位才华横溢的人在生活和治学中历经磨难而锤炼出的一种十分宝贵的品格和气质。从我初次见到程先生至今已经 7 年。7 年之中我几度与先生相见。每见一次都加深了我对程先生上述两个特点的认识。我想，这正是大家的风范。

中国的古文献学和古代文学研究界，中国的古籍整理研究界，乃至中国的整个学术界，能有程千帆先生这样极具风范的大家，使我们感到幸运和荣耀，而程千帆先生几十年来为中国的学术事业所付出的辛勤劳作，更令我们感动和感激。如今，程先生已是 80 高龄，我衷心地祝愿先生健康、长寿！也愿程师母陶芸先生保重身体、精神愉快。因为我们在座的各位尽管有这么多的祝愿，却不能每时每刻都在程先生身边照料先生，所以陶先生的作用就显得十分重要，我们更应衷心祝愿陶先生健康长寿！

我的老师魏建功先生①

1992 - 12 - 18

　　第一次见到魏建功先生是在 1960 年 9 月我考入北京大学中文系不久的古典文献专业迎新会上。我们全班 27 名新生坐在第一教室楼一楼西头的一间教室里，教室经我们布置，用桌椅围成了一个半圆形的会场。魏先生在几名年轻教师的簇拥下进来，他绕场一周，精神抖擞地与我们每一个新生握手，然后站在黑板前面讲了一通话，直至今天我还记得他说古典文献专业是中央和国务院要求建立的，从 1959 年开办，今年是第二届，白手起家，有如"大庆"，创业艰辛；"大庆"出的是石油，是工业中的基础，我们古典文献专业出的是人才，是社会科学中的重工业，也是基础。先生操着带有江苏海安味的普通

---

　　① 原载《中国典籍与文化》1993 年第 1 期。魏建功（1901—1980），语言学家、古文献学家。江苏海安人。1925 年毕业于北京大学中文系。后任北京大学、西南联合大学教授。抗日战争胜利后，任台湾省国语推行委员会主任委员，兼台湾大学中文系教授。1948 年 10 月回到北京大学任教。新中国成立后，为北京大学中文系一级教授、系主任、副校长，兼新华辞书社社长、北大古典文献教研室主任、中国科学院哲学社会科学部委员、九三学社中央常委。

话说出了让我们这批刚入"最高学府"的十八九岁的年轻学生目瞪口呆的话："我们要把北大古典文献专业办成第二个'大庆'!"从先生的神情看得出他不是即兴的冲动,而是深思熟虑的口号。但从那以后我却对魏建功先生"印象不佳",认为这老先生(当时先生已经 59 岁)有点不着边际,办古典文献专业、培养一批整理古书的人,怎么能和改变中国贫油国落后面貌的"大庆"相比呢?第二次见到魏先生更增加了我对他的不理解。那是同年的初冬,他到了 32 楼男生宿舍的大房间,把我们全班同学集中起来,推荐了 50 种必读书,逐类讲解为什么要读这些书。这些书,我今天能记起来的有《清代学术概论》《国故论衡》《诗经》《论语》《孟子》《史记》等等。先生接着说,要熟读古书,要背诵名篇,说着他就示范起来,我记忆最深的是他吟诵杜甫的"国破山河在,城春草木深",吟到"感时花溅泪",他老先生竟然声泪俱下,泣难成声。在场的几位女同学(今天她们也已年过半百,但当时不过十八九岁)见此情景禁不住笑出了声,不料魏先生止住泪水大声叱责:"小姐们,不要笑!"当时正是"大炼钢铁"之后进入"三年困难时期","小姐"一词已从社会生活的"词典"中排除掉,先生用了"小姐们"三字,可见其愤怒与不满。我们在场的同学又被搞得目瞪口呆。不过自那以后,全班同学便开始读 50 本书,背古典诗文。26 年后,我陪同邓广铭先生走三峡,船经洞庭湖边,邓先生脱口说出《岳阳楼记》中的几句,然后看着我不再往下说,我会意接口续足了后半篇,并默写了全文。邓先生高兴地问起我为什么能背些诗文,我只好老实告诉邓先生,那是作学生时在魏建功先生的训斥下不得不背几篇应付差事。今天想来，这些在写长篇论文、整本专著的一些朋友心中或许属于微不足道的雕虫小技，但对将来从事古籍整理的学生来说却是不可缺少的基本功。

说来惭愧，大学5年，我虽然听了魏建功先生的课，却没能和先生有更多的接触，没能主动地从先生那里取得深入的学识。一直到"文革"之中，我与先生都被批斗，不同的是先生是"反动学术权威"，我只是"黑帮爪牙"。1970年秋，周恩来总理要国务院科教组组织班子修订《新华字典》，"以应中小学生和工农兵的急需"。于是，以北京大学文史哲经图各系教师为主干，中国科学院、商务印书馆和北京市部分中小学教师参加，组成了30余人的修订小组。魏先生与我都被调到这个组里来，并一起荣任了这个修订组的7人领导小组成员，从此开始了我与先生两年多的朝夕相处。

一到字典组，负责同志就传达了周总理选定《新华字典》修订以应急需的意见。当时的国务院科教组负责人大约是为慎重起见，要我们深入地调查一下是否应该选定《新华字典》来修订。一时间，北大图书馆、商务印书馆的大中小型字典辞书都集中到字典组，普查之后，经组内魏建功、游国恩、袁家骅、岑麒祥、周祖谟、周一良、阴法鲁、曹先擢、孙锡信和我们一批人多次讨论，一致认为《新华字典》释字准确、简明，适于当前中小学生和广大工农兵使用，略加修订即可重新出版。结论一出，建功先生十分亢奋，说"周总理选定《新华字典》是有根有据的，他了解这本字典"。先生就像一个孩子那样坦诚地、不只一次地对我讲1953年他是如何抱着为新中国服务的目的，主持新华辞书社编纂出这部《新华字典》的。这时我才知道先生曾担任过新华辞书社的社长。先生谈起这件往事时的认真、得意神情和语调，至今仍历历如在昨天。字典组的工、军宣传队领导对魏先生很是敬重，在一次学习会上，先生说："听到师傅喊我老魏，这标志着我又能为人民工作了！"经过"文革"初期几年的批斗，先生作为一级教授、学部委员、北大副校长听惯了直呼其名的训斥，能听到一声"老魏"就十分满足和高兴，今天我写到此处一种莫名的悲哀堵在心间。

1971年魏先生已是70岁的老人。字典组常常一天工作三段时间，他和我这个30岁的年轻人一起上下班。先生私下对我说，几年的批斗和劳动搞得他患了严重的胃下垂，现在只有少吃多餐。我和先生到学部语言所去借《现代汉语词典》的内部征求意见本，中午在东四吃饭，先生只能吃下一小碗软烂的面条。我有个爱买些食品供晚上写东西时吃的习惯，先生有一次托我代他买一包"牛奶饼干"，并要给我二两粮票、一角四分钱，说正餐不能多吃，工作中间常要垫一垫，不要买别的，他的胃只适应这种饼干。自那以后，我每次买食品总要给先生带一包这种饼干。先生也渐渐习惯了，不再坚持给我粮票和钱。

在字典组期间，大约是1971年的夏天，我记不得是为什么和魏先生两人来到八宝山革命公墓的墓地，漫步在墓群之间，看到一块碑上是康生的题字，我指给先生看，先生颇不以为然地脱口而出："他……他……他……"三个"他"字之下竟一句话也说不出，但满面的怒气已是不可遏制。先生平日曾对我说，对他的批判有些很有道理，常感到自己从旧社会过来因袭太重，该当扫荡扫荡；但有些事却不能使他服气。我现在能记起的，一是要他交代与陈独秀的关系，说他有托派嫌疑。他说："我和独秀、延年、乔年都熟识。我和他（指陈独秀）在重庆是私人往来，谈的都是文字音韵问题，他有些想法在和我讨论，这怎么扯得上托派嫌疑！"愤愤然溢于辞色。二是有人批斗他反对鲁迅先生。他说："就是那篇《不敢盲从》，当时在北大，年轻气盛，是针对爱罗先珂的，不是要反对鲁迅。鲁迅先生写文章批评我。这都收进了《鲁迅全集》，可以认真读一读嘛！我后来和鲁迅先生的关系一直很好，鲁迅先生还找我为他做事，鲁迅日记里都有记述。"（以上两件事，魏先生的话是我今天的回忆，意思不会差，但事隔多年，不敢说每句都是原话，为行文清晰，才加了引号。）我告诉魏先生我在鲁迅日记里见到过记述"魏建功君"帮助他整理一本什么书的事，先生听后点点头，淡然一笑，摊开双手，似乎是表示对那些不知全豹就挥舞大棒的人无可奈何。

　　大约在 1974、1975 年间，魏先生被调到"梁效"大批判组。一次在路上见到先生，他兴致勃勃而又低声地告诉我，他在为《论语·乡党》篇作新的注释，是为中央首长读书用的，似乎是在向我表示古籍整理也在"古为今用"，为无产阶级服务。我后来才知道这件事是"四人帮"阴谋的一个部分。先生也因此被一些人扣上"御用文人"的帽子。到 1977 年先生曾就此事痛悔地对我说："哪里知道，上了当！"这时先生已经 76 岁，似乎对晚年作了这件"错事"难以置遣，心情一直郁闷。先生已于此前早几年从燕东园搬到了燕南园 63 号，刚搬进去时先生就对我说这住处"大而无当"。那时燕南园还不通暖气，1978 年初我去看先生，见书房里生了两个火炉仍不感到暖和。

先生说商务印书馆请他帮助审看《辞源》的释字与词条，他精力已不如从前，看得很慢。此后先生几度生病，后来终于住进了医院。

先生住院期间我去探望，先生说起医院护士对病人态度很不耐心，家属陪床还要收五角钱，颇为不满，说："当初我们搞《新华字典》哪里想到过钱，一分钱稿费都没有，还不是日夜在干！那真是不计名利呀！"我最后一次探望先生，悄悄走到病床前，先生一下子发现了，动情地伸出右手，我趋前一步双手握住先生的手，先生竟用力地抓住我微微颤抖。这时周祖谟先生也从北大赶来，进门便向魏建功先生深深鞠了一躬，说："先生，我来了！"魏先生侧过头去向周祖谟先生伸出左手，周先生也是双手握住魏先生。我感到魏先生全身都在颤抖，两手在用力地握，这时我心头一热，一种不祥之感突然袭来，我想先生大概不久于人世了。三天后，我的恩师魏建功先生就与世长辞了！

魏建功先生离去已经 12 年了。记得 70 年代初我曾问过先生：为什么 1960 年我们入学之后，先生吟诵杜诗"感时花溅泪"时要落泪呢？先生略一沉思，抬起头来看着我不客气地说："你们这些年轻人哪！哪里体会得到抗日时期我们家破人亡、'国破山河在'的悲凉，那时每吟这首诗才真是感时下泪啊！"我不禁心中一动，真是一片为国为民希望自己国家强大的真情！我想，正是这样一种真情，使先生在新中国建立之后，在 50 年代，创建并主持了新华辞书社，编纂了几代中小学生都曾使用，至今已发行 1 亿册以上的《新华字典》；在 50 年代末期、60 年代前期，创建并主持了北大古典文献专业，培养、造就了一大批今天在古籍整理事业中勤奋工作的英才。魏建功先生虽然逝去了，遗爱却在几代中小学生中，在古籍整理事业中，在新中国广大人民之中。而他那为国为民、不计名利的纯真之情，又是多么强烈、深刻地感染、教育着他的学生。

在王季思先生从教 70 周年庆祝会上的发言①

1993 - 04 - 12　广州

今天是王季思先生从教 70 周年庆祝会。"人生七十古来稀",从教 70 周年从古到今就更为少见。一个人,70 年来安于清贫,在教育界坚持不懈教书育人,孜孜不倦著书立说,这是一种难能可贵的精神。正是这样一种精神,使王季思先生成为声名冠学界、桃李满天下的大学问家。今天,为王季思先生庆祝从教 70 周年,是对王先生 70 年辛勤劳作的肯定与褒奖,是对老一辈知识分子为教育、为学术艰苦耕作的肯定与尊重,也是对王先生遍布海内外的学生们、对从事中国古典文学和古代戏曲研究的广大知识分子的肯定与鼓励。由此,我们不能不由衷地感谢这次庆祝活动的主办单位——广州市政协和中山大学,是这两个主办单位的领导,以他们对知识和知识分子的真诚尊重,以他们的卓越识见,主办了这次庆祝活动,这实在令人钦敬。

王季思先生担任了多年的中山大学古文献研究所所长。在

---

①　此为应庆祝会主持人之命代表国内学者所作的即席发言,事后追记。

高校系统里，有几十家古籍整理研究所和古文献研究所，其中很有几家是由德高望重的治学大家来担任所长的。王季思先生就是一位治学大家。大家之大，大在什么地方？我想，就在于王季思先生平平实实地认真教书，培育出一代又一代的优秀学人；扎扎实实地刻苦治学，不畏清苦而乐此不疲。而且他坚持不懈，一做就是 70 年。王先生早在 20 年代中期就在家乡的瓯海中学任教，其后在浙江、安徽、江苏的几所中学教书，从 40 年代初到新中国成立前夕，先后在浙江大学龙泉分校、浙江大学、杭州之江大学文理学院教书，同时，潜心于中国文学史和元人杂剧的研究。1948 年夏应聘到中山大学任教，多年担任中文系系主任，在中国古典文学，尤其是古代戏曲的研究上有精到的见地，取得了丰硕的成果。而在培育年轻学者上，他不仅培养出一大批优秀学者，还带出了一个研究中国古典戏曲和古典文学的老中青相结合的学术群体。以中山大学而论，在王先生的弟子之中，就我所认识的朋友里，如黄天骥先生、苏寰中先生、刘烈茂先生、吴国钦先生都是继承和发扬了王先生的学问，在学术界被公认为有真才实学、有影响的专家；年轻一些的如康保成先生、林建先生、黄仕忠先生——其中最年轻的只有 29 岁，都已经成为学术界的后起之秀。

大家之大，还在于王季思先生视学术为天下的公器，在学术讨论乃至争论之中，抱定求是、求实的精神，去探寻学术的客观规律，而不掺杂个人的恩怨，因此他的研究既能专精，又有博大的气象，这在王先生的《玉轮轩曲论》和《玉轮轩曲论》的新编、三编里，在《玉轮轩古典文学论集》里，在《王季思学术论著自选集》里，体现得十分清楚。王先生的治学还有一个明显的特点，就是将研究工作与古籍整理结合起来。王先生在 40 年代出版的《西厢五剧注》，50 年代出版的《西厢记校注》《桃花扇校注》和近年来主编的《全元戏曲》，都是对古籍的整理，都是有质量的传世之作。而在王先生的论著中所体现出来的对《西厢记》《桃花扇》以及元代戏曲的精深论析，正是得力于对这些古籍的深入整理。我想，这也是老一辈学者昭示给我们的一条扎实而正确的治学之路。

王季思先生为中国的教育事业和学术事业付出了 70 年心血与劳作，我们祝愿王先生健康长寿，有如他所从事的教育与学术事业一样，生机长在！

功泽后代的几件往事

——周林同志领导高校古委会十周年忆往之一

1993 - 11 - 22

《周林传统文化论集》即将出版，重新翻检书稿目录，我不禁想起周林同志领导高校古籍整理与研究工作的几件往事。

经过"十年动乱"，到了 70 年代后期，古籍整理研究工作已到了青黄不接、后继乏人的地步，而当时全国唯一的一个培养古籍整理研究人才的单位——北京大学中文系古典文献专业，根据 1978 年教育部在武汉召开的高校文科工作会议精神，也被取消。北大中文系古典文献专业教师通过正常途径反映，希望上级重视古籍整理工作，保留这一专业，以便培养后继人才，却一直未能得到解决。延至 1981 年 5 月，这个专业全体教师联名给陈云同志写信，反映当时古籍整理的严重状况，希望国家重视这一工作。与此同时，签名的教师决定将给陈云同志的信复写送达北大校、系和教育部领导。由于我家住城里，较其他教师到教育部要近，大家公推我向当时主管高校工作的周林副部长反映。当时我与周林同志素昧平生，他虽作过北大党委书记，我只是在他作大会报告时见过他，对我这个人大概他连名字都不知道。我只好硬着头皮直闯教育部周林同志办公室。连去三次，终于见到了他。那是一间宽敞的办公室，他坐在一张宽大的写字台旁，听我说明来意后，客气地让我坐在会客的沙发上。他始终没有表态，但我从他那专注地听取汇报的神情和他不时地提问中感到了他对这一事业的关心和思想的开阔，没有"框框"。当我起身告辞时，他从座位上站起，走过来十分友好地与我握别。此时我的直觉是这位老领导、老同志以他过人的见识已经作出了支持这一事业的决断。此后不久，1981 年 7 月 14 日陈云同志派人到北大找我们座谈，明确了支持古籍整理事业。教育部和北大对此作了明确的指示和一系列具体安排，使古籍整理与人才培养工作有了好的转机。两年之后，周林同志就任全国高校古籍整理研究工作委员会主任，领导我们走过了步步进取、成果丰硕的 10 年路程。在这 10 年之中，他从没有和我提起在他办公室的这次见面，我想他大约忘却了，但作为我，作为处于困难境地的北京大学古典文献专业的教师们，却无论如何也淡忘不了发生在 1981 年 5 月的这段往事。

从 1983 年古委会建立之初，我就在周林同志领导下工作。他高兴时常常自嘲地说："我是甩手掌柜呀！"其实，我在他领导下工作 10 年的感受是，他有过人的识见，过人的决断，大事不放松，小事敢放权。这是古委会过去 10 年不断进取、走向辉煌的关键。

要精选一批古籍今译，让能读报纸的人多数都能看懂古籍的内容，这是中共中央 1981 年 37 号文件和陈云同志讲话中提出的。周林同志一直认为这是建设有中国特色社会主义新文化、建设社会主义精神文明的具有战略意义的大事。古委会一建立，他就提出组织专家搞今译。但当时有相当一批人，包括我在内，认为古籍今译吃力不讨好，不情愿去做。到1985年5月古委会在苏州开会，周林同志为此作了专题讲话，大声疾呼要组织专家完成这项意义重大、造福子孙的千秋大业。会后几次找我们谈话要求尽快抓好。经过思想上、业务上和人力上的充分准备之后，1986年5月我们召开了今译工作会议，周林同志亲自到会坐镇，会上成立了《古代文史名著选译丛书》编委会，确定了精选100余种古籍今译，制订了体例与细则，选定了今译的学者，限定了完成时间。周林同志虽略感宽心，却仍抓住不放，到第二年（1987）4月审稿之后，我们向他汇报书稿的质量与进度，他立即提出，要我们印出部分样稿，借7月份编委在京改稿之机，他主持召开了向在京老专家征求意见的座谈会，会上北京大学一位老教授迟迟不讲话，周林同志发现后侧过头来要我过去告诉这位老教授："周林同志很想听听您的意见，请您讲讲。"从这一细节上可见他对《古代文史名著选译丛书》的认真态度和对老专家的尊重。1991年5月编委在乐山改稿，周林同志到会后突然生病，经过输液治疗，他刚刚好转一些，便把我们三个主编找到他的房间里谈今译的第三批书稿选多少和什么时间可以完成。他在病中仍对涉及精神文明建设的事抓住不放的执着精神，使我们又感动又心疼，一时竟不知如何应答他才好。如今，《古代文史名著选译丛书》前两批100种已经出版，受到广大读者的欢迎和专家学者的认可，也得到了江泽民、李鹏等领导的题辞肯定，这是编委和译注者7年努力的结果，而周林同志倡导之功、一抓到底之力和为此而倾注的精力与心血，以及在"大政方针"确定之后他肯于放手让我们去做，才是今译成功的根本保证。

据我 10 年中的接触，感受到周林同志要把中国传统文化中的优秀部分推及到青少年和广大人民，树立他们日常生活做人处事的美好道德的思想，是一以贯之的。《古代文史名著选译丛书》基本完成之时，周林同志就和我谈如何再编一部传统文化普及性读物，面向青少年，他曾支持我筹备编撰一部较吴晗同志的《中国历史小丛书》更有针对性、更为实用的优秀传统文化小丛书。到 1991 年 7 月，章培恒先生和我从香港参加"全国高校古籍整理研究成果展"归来，在山东济宁召开的《古本小说集成》编委会上与周林同志谈起香港朋友愿和我们合作办一个宣传中国传统文化的刊物时，他异常兴奋，说："我们办了多年的刊物《古籍整理与研究》学术性太强，读者面太窄，应该把这个刊物改刊，办成一个宣扬优秀传统文化的普及性刊物。"其后，他亲自过问，召开了几次改刊征询意见会。记得有一次在北大勺园开会，他提出刊物要重在普及，北大倪其心同志不同意，提出应是提高性刊物，周林同志竟与他争论了起来。看到他以 80 岁高龄为普及优秀传统文化，教育人民，竟不经意地与他领导下的一个学校的专业主任争论，这种对事业的执着精神，使我们在场的人都笑了起来。事后周林同志对我说："我不同意老倪的意见，但他的意见也有合理的成分，我们要寓提高于普及之中，要让大专家写通俗文章，深入浅出，言之有物，点滴入土。"经过听取众多学者的意见，原刊物更名为《中国典籍与文化》，周林同志亲任主编，章培恒、裘锡圭和我任副主编，杨忠同志为编辑部主任，于 1992

年第 2 季度出了第 1 期，如今已出了 7 期，面目可喜，期期有进步，读者面愈来愈广，1993 年征订数为 1400 余册，印数为 4000 册，仍供不应求。周林同志近日又提出经过充分准备，要把季刊改为双月刊，增加印数，让更多的人读到它。

周林同志已届耄耋之年，而能在古籍整理和优秀传统文化的事业上不断进取，我们私下谈起都觉得十分可贵。近几个月他正操心筹划建立杂志社和出版社的事宜，想让古籍整理和传统文化工作者出版更多的成果，为弘扬优秀传统文化做更多的事情。

我在他领导下工作一晃 10 年过去了。当初我仅 42 岁，一头青丝，如今已是鬓发微霜了。而周林同志，从 71 岁到 81 岁，正是夕阳无限好的时光，他没有白衣游子白头归，退隐林下，颐养天年，而是将全副心血与精力奉献给在一些人看去并不重要的传统优秀文化的弘扬事业中去，而 10 年的往事，在在体现出了他那怦然有声的教育后代、振兴国家的赤子之心。在他的感染与教育下，又有多少高校的古籍整理与传统文化工作者为这项默默无闻的工作而奋不顾身！

祝周林同志健康。

愿周林同志长寿。

1993 年 11 月 21 日夜至 22 日晨

在美国李珍华教授骨灰安放仪式上的书面发言^①

1993 - 12 - 16　兰辛

主席先生、各位朋友：

我的朋友、美国密执安州立大学文学院教授、中国全国高校古籍整理研究工作委员会特聘教授李珍华先生因病医治无效，于 1993 年 11 月 8 日在北京去世，古委会与学术联合组织 CIC（Committee on Institutional Cooperation）之间的学术交流失去了一位热心而有力的推动者，我失去了一位友好而真诚的朋友。特别是在他去世之时，我正在厦门参加学术会议而未能见他最后一面，更使我心中十分难过。

我与李珍华先生相识多年，他对学术事业的执着、对中美

---

① 李珍华（1929—1993），美籍华人，原籍福建霞浦，20 世纪 50 年代在美国获博士学位。后任密执安州立大学教授。曾治美国史，后研究中国文化，有论著多种。他是古委会与 CIC 组织学术交流的架桥人。1993 年 11 月在北京因病去世。遗言骨灰一分为二，一份放在美国家中，一份放在故里霞浦。1993 年 12 月 16 日密执安州立大学举行李教授骨灰在美国家中安放仪式，甚为隆重。应李珍华教授夫人 Lucy Lee 教授的请求，我在未能及时赶去参加安放仪式的情况下，写了书面讲话，由该校外语系主任 George Peters 教授代读。

学术交流的热心，以及他的优秀品格，给我留下了深刻的、难以忘怀的印象。

一是他将电脑运用到中美文化学术的研究中去。我与他第一次见面，他即向我建议运用电脑整理和研究中国古籍，详细讲了他的设想。其后我请他到北京大学古文献研究所向青年教师和研究生讲解了他在这方面的体会。去年8月，我在美国看过他运用电脑进行研究取得的成果之后，在他的建议下，我在古委会秘书处配置了7台电脑，开始按与CIC组织签订的意向书进行两个项目的前期工作。今年8月至11月他到北京治病期间，几次表示待身体稍有好转即到电脑机房具体指导这一工作，但竟因他去世而未能实现。

二是他对中美学术文化研究具有世界的眼光。他对中美两国文化有深入的了解，又能不拘泥于各自国家文化的本身，而是将两国文化放在世界的范围之中，研究它们的特色与异同，这是正确而难能可贵的治学眼光。他近年的研究成果《王昌龄研究》《河岳英灵集研究》充分体现了这种眼光。而他于今年5月在北京大学所作的《盛唐气象与世界文化》讲演，吸引了众多的中国学人。当时讲演的教室座无虚席，还挤满了站着听讲的各系年轻教师与研究生，大家为他引古论今、融通中外的学术论说所折服。他这次讲演录像的片段，已在今年11月29日和12月8日中国中央电视台的《中国报道》节目中播放。

三是他对中美学术交流、对古委会与CIC组织之间的学术交流的杰出贡献。在我去年到美国之前和在美国期间，我们谈起中美之间学术交流的具体想法时竟不谋而合，对此他有一种兴奋感。在他的努力之下，经CIC组织与密执安州立大学的各位朋友，特别是文学院长 John W. Eadie、亚洲中心主任 Jack F. Williams、系主任 George Peters 教授与我的共同努力，古委会与 CIC 组织终于签订了学术交流的意向书并准备开始实质性的工作。但李先生本人却在这一计划即将变成现实、取得成果的关键时刻离开了我们，离开了一起策划、一同奋斗的朋友们。想起去年 8 月我们上述几人在一起共同谋划这一伟大工程的情景，而他却悄然而去，我不禁悲伤不已。

四是他学识的渊博。今年 9 月下旬，在北京的一位朋友拿来中国著名书法家启功先生的一幅书法，上面写了四句诗。这位朋友不知诗的内容为何意，亦不知诗中的出典。我与另两位教授讨论亦无把握。我即请教李珍华先生，我只念了第一句诗，他便迅速回答我这是指中国古代禅宗六祖的故事，出典在《坛经》。经问询启功先生，正如李珍华先生所说。

往事历历，如在昨天，而当事人李珍华先生却已乘鹤仙去，令人不胜怀念，不禁悲从中来，黯然神伤。

愿我的真诚而学识渊博的朋友、古委会与 CIC 组织学术交流的架桥人李珍华先生，永远活在我们心间。

愿李珍华先生的夫人 Lucy 教授身体健康、心情愉快。李先生虽然不在了，但我们这些朋友还在，愿在你的生活中为你排难解忧。中国唐代诗人张九龄说过："相知无远近，万里尚为邻。"Lucy 教授，你是不会孤单的。

往事历历　思念深深[①]
——忆周林同志

1997 - 07 - 18　东京

周林同志辞世，我身在异国，是在他去世 17 个小时之后才得到信息的。我当时惊愕地反问了一句："什么?!"竟久久说不出话来。至深夜难以入睡，只好独坐客厅，任往事在脑海中浮沉。

周林同志长我 29 岁。我与他相识并不算早，是在他 71 岁时由于古籍整理工作才认识的，至今已 14 年。14 年来，我在他领导下，在全国高等院校古籍整理研究工作委员会工作，多承教诲，多承培养，多承信任，也没少受批评。今天想来，周老对我，教诲胜过良师，批评有如严父。我们之间，是逐渐了解，逐渐信任，而最终结下了深厚的感情，而其维系点始终是古委会的工作，始终是全国高等院校的古籍整理事业。

全国高等院校古籍整理研究工作委员会是在国家教委领导下，由周林同志一手创建的。这个机构有一个很特殊的地方，就是它是国家教委直属的一个负责全国各大学的古籍整理研究

---

① 原载《中国典籍与文化》1997 年第 4 期。

和人才培养工作的组织协调机构，并负责国家下达的古籍整理专款的分配与使用，但办公地点却设在北京大学，工作人员主要由北京大学的教员担任。也就是说，这个机构既有明显的行政职能，又有浓厚的学术特性。这种建制，这种运行方式，是周林同志的设计。古委会多年的实践，充分显示了这种做法的优越性，即官味不重，文牍不多，办事简捷，易于与学者保持融洽关系，因而工作效率较高。但也显露出它的缺陷，即它并无行政级别，与国家教委各司局，与各省市教委，与各大学打交道，诸多不顺，对上层和左邻右舍的工作难于畅达。所赖周林同志作为古委会主任，个人级别高，资格老，尚能逐个解决难题。其实，这一缺陷在机构建立之初就有人看到了。当时的古委会秘书长章学新同志曾提议让我脱离北大，成为国家教委（当时为教育部）的专职干部，因为当时我是主持秘书处日常工作的副秘书长。我出于个人的原因，执意不愿做专职干部，表示如要我专职，则我不愿在古委会工作。此事，于1983年下半年一天在周林同志家中开会时再次被提出。周老听完学新同志和我的不同意见后，对我说："我赞成你的意见。你作为北大的教员兼这里的工作，不要专职来干。我就是希望这个机构不要有官僚气味，一官场化就容易脱离实际，脱离学者，办不好事情。你安心做你的工作。"自那以后，周林同志多次表示不赞成古委会有官僚气息的意见。我们也谨记周老的教诲，在十余年的工作中，在工作作风上，注意不摆谱，不弄权，不作威作福，与学者平等相待，甚至甘居人下，脚踏实地地为高校古籍整理事业、为高校的广大学者勤恳工作。十余年来，古委会能够取得显著的成绩，能够得到各大学广大古籍整理研究学者的认同和赞许，甚至把古委会看作是自己的依靠，是和周林同志对古委会这一机构建制与运行方式的设计和对工作作风的要求密不可分的。当然，上述这一机构的缺陷和不足，多年并未解决，随着周老于1996年12月不再担任古委会主任，这一缺陷显得更为突出，工作难处也愈益明显。在这里我不能不顺便提到古委会的第一任秘书长章学新同志，他是最早支持周林同志关于这一机构的建制设想和运行方式意见的，也是最早看到由此带来的缺陷而想办法弥补的。在我与他一同工作的一年半时间里，深感他是一位有识见、有魄力，也有真性情的好干部。可惜，他因调离了当时的教育部而无法继续担任古委会的工作。

在古委会建立之前的1981年，中共中央和陈云同志都提出：整理古籍的目的之一是让更多的人看懂古籍，因此只作标点、注释、校勘还不够，要有今译，要让年轻人看得懂，有兴趣去读，并要求"今译要经过选择，要列出一个精选的古籍今译的目录"。1983年高校古委会建立后，周林同志即提出落实中央指示，组织力量今译古籍。但在当时，经过"文革"后的古籍整理工作，百废待兴，加之一些学者对今译重要性的认识远非今日之深，而像我这样的古委会负责学术组织工作的人员又心存顾忌，怕古籍今译吃力不讨好，因而不情愿去做。针对这一情况，周林同志在1985年5月的古委会一届二次会议上作了专题讲话。他说多年来"由于'左'的路线干扰，特别是'文化大革命'，几乎使我们的民族文化到了中断的边缘，出现了对古代文化知之不多，或知之甚少的状况"，教育界的同志要"做好普及古代文化知识的工作"，搞好古籍的今注今译就是其中的一项重要任务；又说"委员会要在这方面多下些功夫"，"高校古籍研究所无疑应担负起这个任务"。他针对当时一些人轻视古籍今注今译的思想，呼吁"我们对于选本、今译等有利于教育普及的东西，应承认它的学术价值"，"《昭明文选》《唐诗三百首》《古文观止》等，是地道的选本，流传几百年，发生那么大的影响，能说没有水平?""古文既要译得恰当、准确，又要通畅易懂，难度是很大的"，为了社会主义精神文明建设，古籍整理在这方面也要作出应有的贡献。这次会后，周老几次找我们谈话，要求尽快抓好古籍的今译工作。当时的情况，确是周老首先力排众议，坚持要搞好今译。在周老的督促之下，我们在 1985 年找有关学者商讨了几次，作了认真的筹划和准备，于 1986 年 5 月召开了今译工作会议。周林同志不仅到会，而且同大家住在同一宾馆的同样房间里，以便及时了解会议情况。这在过去是从来没有过的，因为他是级别高的老同志，过去都安排在高级宾馆的套间里，这次他宁愿住标准间，可见他抓好今译工作的决心之大。会上大家决定编译一套《古代文史名著选译丛书》，建立了编委会，精选了 100 余种古籍书目，制订了丛书的体例与细则，选定了以 18 个研究所为基础的译注学者，规定了完成的时限。周林同志对此十分满意。他说："有这样一个编委会，有这样一个阵容，来做选译工作，使中国历史文化不专属于少数人的知识，使能看报纸的人都读懂自己民族的名著，从而受到爱国主义的教育，其意义之深远，将会在今后愈益显示出来。"于是，有 135 种1500 余万字的大工程便从此开始了。译注进行了 8 年，至1994 年 5 月方告完成。其间仅编委审改书稿会议就开了 13

次，周老参加了8次。其中，1991年5月在乐山开审稿会时，周老突然在会上生病，在他卧床打点滴的状况下，仍把我们三个主编找到面前问今译改稿的情况。《古代文史名著选译丛书》终于在1994年底全部出齐，印刷量达77000套，受到广大读者的欢迎和专家学者的认可，也得到中央领导的题辞肯定。今天想来，这套书的编译，从国家的利益看，是落实了中央和陈云同志指示的精神，弘扬了中国古代的优秀文化，对广大读者起到了爱国主义的教育作用；从古委会的成长来看，以古委会直接联系的18个研究所为基础，由18个研究所的负责人组成编委会，请18个研究所的学者从事这135部古籍的译注，并以古委会秘书处为丛书的协调机构，使古委会和它的秘书处，与18个研究所的所长、广大学者之间有了共同的合作项目，有了共同的利益、共同的语言，这对古委会的建设和巩固，对18个研究所的发展，都起了至关重要的作用。周老在这件事上所表现出来的胆识和远见，为此所付出的心血，在他已经去世的今天，使我们想起来不能不对他由衷地钦敬和怀念。

80年代是高校各古籍整理研究所迅速成长和壮大的时期。有不少家研究所的所长，出于对研究所的学术建设和人才培养的考虑，以及对中国文化、学术建设的责任感，以他们在学术上的远见卓识，提出了本所上马有重大学术价值和深远学术影响的整理研究项目的设想。其中，复旦大学古籍整理研究所于1984年开始了《全明诗》的工作，北京大学古文献研究所、四川大学古籍整理研究所在1984年下半年至1985年分别筹划《全宋诗》《全宋文》的编纂工作。这样的项目的重大意义，在于能够为中国人文科学、社会科学的学术研究提供全面了解历史客观实际的基础资料，有利于推动中国传统文化的学术研究工作，同时，也能通过完成这样的大项目，培养一批具有真才实学的、相对稳定的学术群体，建设若干个从事古籍整理和研究的学术基地。但是这样的大项目，费时费力费钱，不易驾驭，出成果慢，质量也不易得到保证。于是，在这类项目要不要搞和古委会是否支持有关研究所去搞的问题上，古委会有关负责同志之间出现了明显的分歧。这种分歧反映到周老那里，起先并未引起他的充分注意。待到 1986 年 5 月《古代文史名著选译丛书》上马，古籍今译问题得到初步落实的时候，我们再次向周老汇报，并建议由这几个项目的负责人向他作一次全面汇报，周老欣然同意。他听完汇报后当场表示："三大全（按：指《全宋诗》《全宋文》《全明诗》）对国家文化建设意义重大，对古委会和各研究所的发展有利，你们的积极性又这么高，我支持。""关键在于组织好，搞成功。巧妇难为无米之炊，经费要给足。"在第二天的项目评议组会上，《全宋诗》《全宋文》《全明诗》得以在古委会的科研规划中立项，并成为重点支持的拳头项目，从此也才有了"三全"的称法。几年之后，《全宋文》的主编、四川大学古籍整理研究所的负责人曾枣庄教授在回忆这段历史的时候，曾对我说："亏了周老那次会上有那样坚定支持我们的表态，他连经费要给足都想到了，从此川大古籍所才走上了出人才、出成果的健康发展道路，否则不仅没有《全宋文》，也不会有川大古籍所的今天。"对于"三全"这样的大项目，就是在立项开展工作之后，也难免会有不同的看法。这种看法反映到周林同志那里，有时引起他的忧虑。记得 1988 年底周老曾直截了当地对我说："我对你那个

'三全'不感兴趣，你给我抓好今译丛书！"这话说得很重。但我知道，当时正是《古代文史名著选译丛书》在出版上遇到一些困难，出版社征订数字很低，而书稿的进度和质量都不如人意的时候，加上有的同志在周老面前谈及对"三全"的意见，周老误认为我把精力放在"三全"上而忽视了今译丛书（当时我任古委会秘书长），这是可以理解的。我当即表示照周老意思把《古代文史名著选译丛书》抓好。但到了1989年上半年，周老又一次对我提出类似的批评，我便向周老直陈己见，说可以把"三全"和今译看成古委会在科研项目上的两条腿，一是提高，一是普及，一是为学术上的基本建设服务，一是向广大人民进行传统文化和爱国主义教育。这样做下去，度过困难时期，人们对古委会就会刮目相看。我当时是受了两次批评之后，不得已才向周老说这些话的，说时心里惴惴。没想到周老听后不仅没有生气，反而极为欣喜（用"极为"二字，我想是如实反映了周老当时的情绪）地说："这个看法好。你两个都要给我抓好！"我当时真是从心底敬佩周老从谏如流的胸襟和气度，我想这正是大政治家的风度，也是我要向他好好学习的地方。到80年代后期、90年代初，古委会又先后增加了中山大学王季思先生主编的《全元戏曲》、北京师范大学李修生先生主编的《全元文》、南开大学郑克晟与赵伯雄先生主编的《清文海》在古委会立项。在此前后，周林同志先后为《全明诗》题写书名，为《全宋文》《全宋诗》《全元文》题辞，并担任了这些大项目的顾问。1989年10月，古委会在济南召开人才培养工作会议，周老特意嘱咐我要在会间安排一次他与几个大项目负责人的座谈，座谈中他充分肯定了这些大项目的重要性，要求大家努力提高质量，力求出精品。以后，古委会每次开会，周老都要与大项目负责人座谈。1992年5月，当时的国务院古籍整理出版规划小组在北京香山饭店召开第三届成员大会，会上有些学者对一些大项目提出了不同看法，而大多数学者则不同意这些学者的意见。一天晚上，周老把我叫到他在会上住的房间，问我对这些争论意见的看法（我当时任古委会副主任兼秘书长）。我谈过之后，周老表示赞同说："我就是这个意思，要大家坚定去做。"我随即向他报告，我与一些学者曾经议论过，想把古委会的大项目形成几个系列。一是在现有的《全宋文》《全宋诗》《全元文》《全元戏曲》《全明诗》《清文海》基础上，增列条件接近成熟的《全唐五代诗》和《全明文》，形成"七全一海"；二是在大项目内部，在搞整理的同时，兼顾研究，在完成整理工作后，转入研究，既出整理成果，也出系列的研究成果，同时把这些成果都输入电脑，《全宋文》已经这样做了；三是要逐步有计划地上马一些有分量的中小型项目，使大中小型项目互相补充，互相呼应，互相推动；四是在这过程中培养出一批具有真才实学的中青年学者。周老听后说："这个会（指香山饭店会）后，我们也开一个会，把这些想法给各个所长讲讲，听听他们的意见。"在这次香山会上，周老找了钱伯城、魏同贤两位先生讨论了《全明文》上马的问题，在同年8月古委会召开的各大学古籍研究所所长会上，周老又找周勋初先生谈《全唐五代诗》上马的问题。可以说，"七全一海"的形成，是周林同志亲自过问，亲自抓起来的。在1996年上半年，周老曾对我谈到他退下来不做古委会主任之后，无论谁来做主任，都不能否定古委会过去十几年中的几项重要工作，其中一项即是"七全一海"。周老在世的时候，四川大学古籍整理研究所曾枣庄、刘琳先生主编的《全宋文》已全部完成，前50册已经出版；北京大学古文献研究所孙钦善、倪其心先生与傅璇琮、陈新、许逸民先生共同主编的《全宋诗》已完成北宋部分，前25册已出版；复旦大学古籍整理研究所章培恒先生与倪其心、李灵年、平慧善等先生共同主编的《全明诗》已完成明代前期至中期的书稿，前3册已出版；中山大学王季思先生主编的《全元戏曲》已全部完稿，即将出版；钱伯城、魏同贤、马樟根先生主编的《全明文》已出版第一册。对此，周林同志十分欣喜。明年——1998年，《全宋诗》60册将全部出齐，《全宋文》1亿字将全部重排出齐，《全元文》前10册将要出版，那时，我们真应该聚会在一起祭奠、告慰周林同志的在天之灵。

1991年7月，周林同志出席在山东济宁召开的《古本小说集成》编委会议时，章培恒先生和我向他汇报我们不久前在香港接触到一些朋友，他们建议我们办一个传递学术信息的刊物。周林同志当即表示，古委会应该办一个普及性的刊物，面向中等文化程度的读者，以宣传中华民族优秀文化为己任。谈话之后，章培恒先生和我一起议论，觉得周老的想法虽然和我们原来的提议不同，但周老设想的这类刊物是值得一办的。其后，周老亲自抓这件事，召开了几次办刊物的征求意见座谈会。当时，有的同志主张不要办普及性刊物，要办有特色的学术性刊物。周老对此极不同意，反复说明为什么要办普及性刊物，并有针对性地说不要只把眼光局限在古籍整理上，要看到整个中国的传统文化，看到整个文化领域和意识形态领域。我们一些同志曾建议刊物的读者对象为大学生、研究生，周老也不赞同，他说，应该面向广大中等文化程度的读者，包括广大的干部和退休干部，意在普及。我们也曾提到办刊物的难点，我们的作者队伍主要是各大学从事古籍整理与研究的学者，这些学者写普及性文章并不在行。对此，周老认为要让大专家写小文章，通俗易懂，让人愿意看，用优秀的中华文化感染、影响、教育读者。还要不断扩大作者队伍。今天看来，周林同志的这些想法，眼界开阔，是有见地的。经过较为充分地讨论，一份名为《中国典籍与文化》的普及性季刊终于办起来了。周林同志亲任主编，于1992年第二季度出了第1期，至今已出版21期，面目可喜，读者面愈来愈广，在弘扬和普及优秀中华文化上起了良好的作用。

周林同志任古委会主任13年多，他虑事有胆识，有见地，处事果断有魄力，这是大家公认的。我个人感受尤深的，是他的宽容。在周老交办的事情中，有时我们没有完全照他的想法去做，或者做走了样，这有的是由于我们的能力和水平有限，有的是我们对他的意思理解不全面，也有的是我们根据实际情况作了修改。对此，周老往往是感觉到了的。重大点的事情他对我们是点到为止，不予深究；一般的事情他是看在眼里并不苛求。有时我们向他如实报告没有照他的意思去办，他却哈哈大笑表示对我们的理解与赞赏。80年代末，一次我陪同他到外地，有两个晚上没有什么活动，我便在他房间的客厅里同他聊天，问起他在1964年、1965年的"社教运动"中和其后的"文革"中的情况，我知道他当时任贵州省委第一书记，在这两次运动中都挨了整，那次他很详细地和我谈了他被整的情况、他的失误、他的委屈以及他与中央调查组负责人、西南局主要负责人的分歧与争吵。言谈之中，他对当时的一些事颇为愤愤不平，而对与他有分歧的人，包括批斗他的红卫兵却极为宽容，特别是对当时批判他、与他争吵的老战友在"文革"中的遭遇深为同情。

周林同志是经历过大风大浪、大起大落的久经磨炼的革命家，又是一位长期身居高位的领导人，但在他身上还往往体现出一个普通人的平常心和纯真之情。1988年8月，我和张跃明同志陪同他到东北出差。他当时已是76岁的老人。一路上我们帮他提行李。但是几天之后在去哈尔滨火车站时，他执意要自己提一件行李，我们怎么阻拦他也不同意，我开玩笑说："周老，您这件行李里是不是有什么宝贝呀！"他笑笑说："没有。就是看你们太辛苦，我不拿一点东西不好意思，想表现一下嘛！"说得我们大家（在场的还有省顾委的一位秘书长）都笑了。这次出差，我们住在长春市松园一号。一天傍晚我陪周老出去散步，看到街上一位老太太坐着轮椅停在一家商店门外，大约是推轮椅的家人进商店去买东西了，老太太一人独自在外等候，忽然轮椅顺着路面往马路边滑，这时周林同志的反应比我敏捷，他快步走上去，我也赶忙跑去扶住轮椅。周林同志说："你这办法还不行！"他在路边找了四块石头，垫在轮椅两个轮子的前后，算是固定住了。老太太对周老一再地说："谢谢你呀，老同志！"周老十分得意，走出几步路之后，周老问我："你知道我怎么知道要用四块石头垫车轮子吗？"没等我回答，他就自己说："给宗瑛同志（按：周老的老伴。在'文革'期间被关在水牢中，致使下肢不能活动，必须用轮椅）推轮椅（需要时）我就是这么做的，练出来了！"

　　今天回忆这些往事，历历如在眼前，而周林同志却已不在了人间。忆及今年3月24日我向周老辞行，他身体如往常一样康健，思维亦明敏。5月6日，我在东京获悉他因病住院，曾发去一份传真，建议他"年纪大了，吃饭、睡眠均要多加留意，尤其是季节更换之时，大意不得"。5月15日，在他85周岁生日（5月17日）前夕，我发去一封遥祝周老生日快乐、健康长寿的传真，盼望他能"在明年春暖时节到东京来，观赏上野盛开的樱花"，不想这种盼望竟再也无法实现。同他相处了14年，最近与他分别仅仅两个半月，不想我竟再也见不到他了。

　　周林同志辞世，古委会失去了荫护多年的大树，我个人失去了知遇多年的父辈、良师。往事难忘，而思念久长。周林同志地下有知，一定希望我们把他晚年专心致力的古委会工作和全国高校的古籍整理事业，做得更为有声有色，有实绩，有章法。我们将何以告慰周老呢？我不禁感到心情的沉重和对他的深深的思念。

　　　　　1997年7月16日晚至18日晨于东京大学

二十八年交亲的追忆①

2011 - 07 - 09 　上海

　　今天是章培恒先生去世后的第 32 天。我们——章培恒先生的几十位朋友能够聚集到一起怀念他，这要感谢这次会议的主办单位复旦大学的校领导，感谢复旦大学文科科研处、中文系、古籍所、出版社的各位负责人，是他们给了我们这样一个机会。

　　32 天前，他还活着。在那之前，我们在座的人还和他通过信，通过电话，甚至和他见过面，而今天，我们却再也见不到他了！

　　今天会议的主题是"章培恒先生学术思想研讨会暨《中国文学史新著》增订本新版发布会"。对这样一个题目，我没有资格发言，也没有能力说清楚。我只是觉得，除去章先生在《中国文学史》和他的《中国文学史新著》（下称《新著》）中

　　① 本文是在复旦大学于 2011 年 7 月 9 日主办的"章培恒先生学术思想研讨会暨《中国文学史新著》增订本新版发布会"上的发言，其后发表于《薪火相传》第一卷（复旦大学出版社 2014 年版），题目由编者所加。

写的序言、导论中明确讲到的写作指导思想外，我们探讨他的学术思想，应该和他的人生阅历、学术经历联系起来。章先生在旧中国、新中国都生活过，他经历过两种不同的社会，也经历过大到社会变革，小到个人人生的变故；他所从事的工作，既涉及中国古代的文化（包括儒释道思想），也涉及中国的现当代文学；他本人又有在国外教学的经历。以章培恒先生的绝顶聪明和精细、独到的作风，他吸取了他所涉猎到的古今中外的思想文化精华。所以，他的学术思想，尽管在不同的时期有不同的侧重，但就总体来说，他是蕴藉百家而独树一帜的。这使我想到《汉书》中记述的汉宣帝的话："汉家自有制度，本以霸王道杂之，奈何纯任德教、用周政乎！"这是在会议主题之下，我的一点浮浅认识。

章培恒先生人生的最后 28 年和高校古委会有着极深的关系和感情。古委会是教育部根据中央文件的精神建立的，是教育部的直属事业单位，负责组织、协调全国高校的古籍整理研究和人才培养工作，下有 88 个研究所。财政部每年拨专款支持这个委员会的工作。古委会是 1983 年建立的，由周林同志任主任，彭珮云、白寿彝、邓广铭为副主任，章先生是古委会委员。1986 年换届时，彭珮云同志不再任副主任，夏自强、章培恒、裘锡圭增列为第二届古委会副主任。其后第三届、第四届直至他去世，章先生一直是古委会副主任。80 年代和 90年代是古委会的兴盛时期，人们评价古委会的工作成绩是凭借了主任周林同志的号召力，秘书处的凝聚力和副主任、各委员、所长的支撑力。这支撑力之中，章培恒先生是最有力的。我举一个例子：1984 年下半年，北大、川大两个古籍所几乎同时提出要上马《全宋诗》，而且各不相让。后来他们又提出划江而治，一家搞北宋，一家搞南宋，但很快又都推翻了自己的意见。我当时是分管科研项目的副秘书长，但我又是北大的人，不便下决断，感到为难。这时培恒先生向我建议不如一家搞《全宋文》，一家搞《全宋诗》。我们委托当时的副秘书长马樟根先生去川大协调。川大的同志说缪钺先生、杨明照先生、胡昭曦先生、刘琳先生同曾枣庄先生一起议论，也想到这个办法，并且认为川大承担《全宋文》更合适。于是才有了今天已经出版的《全宋文》《全宋诗》两部传世之作。

1985年古委会建立了3个工作小组，在古委会主任领导下，与秘书长的工作相配合。章先生和董治安先生共同担任科研项目评审组的召集人，直至今年。这26年间，从大项目的策划，到大中小型项目的评审，都是在章先生的主持下，他公正刚直而又思虑周详，既考虑到项目的学术价值又考虑到承担人的学术能力，不营私利，肯于为申报人着想。从1986年到1992年的7年间，古委会组织了一套普及中国古代文化的丛书——《古代文史名著选译丛书》，共135部。丛书由章培恒先生、马樟根先生和我担任主编，以古委会联系的18个研究所为主要编撰力量。1990年12月，在第一批50部书出版之后，为了第二批的50部能保证质量，在广州开完编委会后，我们3个主编赶到北大用了7天时间审看了18部书稿，最后商定通过7部时，已是1990年12月31日上午。章培恒先生是中午在古委会秘书处和大家一起包饺子、联欢之后，于下午赶回上海家中过的元旦。所以，在章培恒先生去世之后，马樟根先生从美国给我发来邮件说："我们三人，当年于公于私情同手足。"他说得对，这手足之情，是在对古籍整理事业、对众多学者的无私奉献中建立起来的。

章先生在为古委会工作的 28 年间，也有委屈，有忍辱负重的时候。其中最突出的是古委会在上海办了个绍文公司，让章培恒先生任总经理。那是因为在 1992 年 6 月 12 日中共中央、国务院联合发布了《关于加快发展第三产业的决定》，指出科学研究事业、教育事业属于第三产业，"要逐步向经营型转变，实行企业化管理"，"建立充满活力的第三产业自我发展机制"。当时古委会主任周林同志估计国家会逐步停拨古委会的经费，要发展高校古籍整理事业只有自己努力，于是决定在上海办公司，选中他所器重的章培恒先生负责。加上当时有人推荐章先生，说他是全才，他的头脑比电脑还灵，周老认定非章先生莫属。章先生在矛盾之中接受了任务。但是同年 8 月初古委会在青岛开会期间，他找我谈了一次话，表示不能担任这一工作，特别是提到精力用到办公司上，怕不能完成《全明诗》的工作。是我劝他现在退已经难了，他才硬着头皮接下来。其后的事情是他为此累得寝食难安，外界又议论纷纷，说他不做学问办公司，又赶时髦又想发财，而上面在 1994 年又发文件说事业单位办第三产业不对，理解错了。在多重压力之下，他已是身心憔悴，有苦难言。直到 1999 年才有一个初步的解脱，至今也没有全部了断。我想，这也是他后来身患重病的一个重要原因。

我在 1996 年底接任古委会主任的工作，章培恒先生是全力支持我工作的一位。当时，周林同志任主任时期的老副主任只有章培恒先生、裘锡圭先生两位留任，又新增了许嘉璐先生、周勋初先生做副主任。他们4位，都比我年长，是我的长辈，论德、论才、论学识，他们都远在我之上。但是他们都真诚地支持我、帮助我，尤其是章先生，他对古委会的事情、对有关古委会主任的事情，处处维护。我从教育部同志那里，从裘锡圭先生那里，从其他朋友那里，听到过章培恒先生背后时时处处对我的信任和推重。起初我认为这就是朋友之间的信任与支持，最多就像一位师长对自己学生的信任与看重，后来渐渐发现他是有如兄长对待自己喜爱的弟弟那样，看到我的进步和成绩就由衷地高兴，听到别人的议论就赶快提醒我。记得1996年一年之内他四次邀我到复旦，几乎天天陪着我，总有说不完的话，只有半天他到学校接受首席教授还是杰出教授的荣誉时没有在一起。2000年5月，在他确诊为癌症以后，我到复旦，他又和我进行了两次推心置腹的长谈。近几个月，他知道我身体不好，多次打电话让我到上海治病。他看我不太重视自己的身体问题，就急切地说："你现在的症状就像是癌症，我就是自己耽误了！"今年5月6日他已不能长时间说话，在让他身边的一位朋友给我打电话谈完事情之后，说他还有话要说，晚上再发电子邮件，但是到了晚上，他又让这位朋友给我发来短信说："章老师要我跟您说，他本来今天给您发这个电子邮件，因今天输蛋白累了，所以改日再给您去信。"不想这封信我再也没有收到。在他去世之后，谈蓓芳老师对我的同事曹亦冰老师说："章先生有一封给安老师的遗言没有写出来，是不放心安老师的身体。"谢谢章先生临终前的殷殷关切，此生我是再也无法回报了！这些天静下来想到这件事，深深感到这些年我对他的关心远远不如他对我的关心，真是对不起他。

今天在复旦大学开会，因为章先生是复旦大学的人，更因为章先生深深地爱着复旦大学，这是他为之付出了心血和生命的学校。近30年的交往，他很少直接和我谈复旦和复旦中文系，但我却越来越清楚地意识到，他的心，在复旦大学，在复旦大学中文系和中文学科。今天我想，有什么办法能够让章培恒先生的形象和精神留在复旦的校园内，哪怕是留在中文系、古籍所，让他的身心能在他眷恋的土地上安息，也使后来的青年学子知道在复旦大学、在中国的学术界曾经有过这样一位正直、真诚、德才学识俱佳的章培恒教授，那将是一种使人们向上、使民族向上、使国家向上的感召力。

安按：承陈思和先生慨允，特附载陈思和先生于章培恒先生去世当天所写的、于2011年6月11日发表在上海《文汇报》的《章培恒先生》一文。此文有多个版本，文字略有不同，今依较晚出版的《陈思和文集·星空遥远》（广东人民出版社，2018年版）第97—100页录载。

附：陈思和《章培恒先生》

章培恒先生久病，今晨撒手。从医院回到家已经凌晨，我却毫无睡意，回想着先生弥留的一幕。手机里有沈善增兄的短信，他说，昨天是芒种，拖到今日子时也许有转机，现在看来还是不行。我知道章先生是拖过了零点，当时北京大学安平秋教授与另外三位教育部古籍整理委员会人员正在飞机上赶往上海。安教授获知章先生病危，立即买了当夜9点的机票，没想到这么晚的飞机还是误点。11点的时候，负责抢救病人的医生说，大约还能拖一个小时。12点过了，病人艰难地喘息，挣扎，12点22分，安教授匆匆赶到，头发都被汗水湿透了，趴在病人耳边连连叫唤"培公"，就在这一分钟，章先生呼吸停止了。这22分钟，分明是等待着他的情重如山的朋友。我在灯下拟了一副挽联：

　　　　会稽性格，几代学人，新松恶竹分明爱憎，从无奴颜和媚骨；

　　　　修水华章，再传子弟，文史古今如此贯通，毕生心血付知行。

　　这两句话包含了我对章先生的理解，不知道对与不对。章先生是绍兴人，鲁迅先生的同乡，绍兴人不仅仅有豪饮的传统，更重要的是性格硬朗，不奴不媚，鲁迅先生引明代王思任的话说，会稽乃报仇雪耻之乡，非藏污纳垢之地。这个评价未必很准确，但用在章先生的性格里是不错的。报仇雪耻不过是一种借喻，这种性格表现出来的实质，恰恰是狭隘动机的"报仇雪耻"的反面，是一种以天下是非为一己是非的大爱憎大襟怀，也未必唯绍兴人才有这种品质，如湖北人胡风先生，山西人贾植芳先生，他们的身上都具有这种疾恶如仇、不屈不挠的凛然风骨。章先生是贾先生的学生，又是入党较早、当时的中文系党支部书记，1955年反胡风运动开始，他先写了文章反驳批判胡风的论点，后来因为贾先生的冤案而受牵连，由此开始坎坷的人生道路。20世纪90年代，顾颉刚先生的日记出版，顾先生生前与鲁迅有宿怨，有人利用这个机会重提旧事，为之辩护而攻击鲁迅，当时学术界也有一股贬低鲁迅的思潮，似乎凡被鲁迅骂过的人都在做翻案文章。我不知道当时鲁迅研究界有没有人站出来说话，而章先生挺身而出写了长长的文章为鲁迅辩护，语词非常泼辣。我印象中，章先生的个性里爱憎极为分明，就如杜甫诗中所说，"新松恨不高千尺，恶竹应须斩万竿"。这样的性格在一个乡愿之风盛行的时代里可能会引起误解，但是从大是大非上看，我还是要忍不住说，这是我们这个缺钙时代中难能可贵的性格，代表了知识分子的良知。

　　章先生在 1955 年因贾植芳先生的牵连而被开除党籍、剥夺了教书的权利，蒋天枢先生收他为助理，指导他从经籍开始一步一步地读书，章先生由此打下了扎实的学术基础。这在章先生写的《我跟随蒋先生读书》里都有过记载。蒋先生也是一个风骨朗朗的学人，他受业于清华国学院，对陈寅恪先生的道德文章都有继承。但我这里要强调的是章先生从一个少年布尔什维克转型成为古今贯通的学者，蒋先生对他的影响不可忽视。1979 年章先生作为"文革"后第一个去日本神户大学任教的中国学者，人品学养在日本学界引起轰动。我听到过这样一个故事，神户大学一位日本汉学家，每次聚在一起喝酒时，就对着章先生讲《说文解字》，大有中国无人的意思。有次章先生借着酒意一口气背诵了《说文解字》的有关内容，那日本人不讲《说文》，改讲《尔雅》了，章先生又忍不住背诵《尔雅》的数段内容。从此，那位汉学家不复妄谈中国学了。中国人在国际体育比赛中进一个球就大惊小怪，以为张扬了国威什么的。而这样的国学论坛的舌战，倒也不怎么关注。我当年听章先生这个故事也是在一个普普通通的场合，大约是我们新教师培训，老学者要求我们多读书多背书，夯实学术基础时随便援引的例子而已。章先生专攻古典文学，尤其在明清文学史领域有过重要的学术建树，他是自觉站在现代知识分子的立场上研究古典文学的，他的古代文学史研究就特别有血有肉，甚至让人感到鲜血淋淋。《中国文学史新著》中有关明代政治与文学的关系的相关段落，我读之顿觉毛骨悚然，与一般冷漠地搬弄知识梳理教条的文学史教材有天壤之别。后来我把这种阅读感觉告诉章先生，他很认真地说，他写的时候也有这种感觉。正是这种现代人的襟怀，章先生的学术视野超出了自己所攻专业的视界，贯通了古今中外。在此基础上，章先生开创了中国文学古今演变的博士点，并在此基础上主编了以人性为核心的《中国文学史新著》。

复旦大学中文系是个有深厚根底的学术重镇。贾植芳先生所代表的"五四"新文学战斗传统，给学生时期的章先生带来了积极的社会责任感和现代知识分子的视野；蒋天枢先生所代表的国学主流传统，又把青年教师的章先生引入了学术的殿堂。我以为这两种精神传统构成了章先生作为知识分子的内在素质和特征，两者不可缺一。章先生有别于一般仅在书斋里皓首穷经的学者，有别于一般专业型的专家，他具有自觉的马克思主义的批判眼光，有传统知识分子那样的深厚学养，也有"五四"以来现代知识分子的进取精神，所以他深深地吸引了复旦的学子。在我们的求学年代和"青椒"时期，章先生一直是我们的偶像，也是复旦大学一个被公开仰慕和悄悄流传的神话。可以这么说，复旦精神培育和塑造了章先生，章先生也成了复旦的骄傲。

　　我还想说一点我个人对章先生的感激。在我读书的年代，章先生是复旦校园里的一个明星。他刚刚从日本访学回来，第一个穿了笔挺的西装、雪白的衬衣、配了醒目的领带走进教室上古代文学的课程，他独自在一学期开设四门课，一口绍兴官话竟把枯燥的学问讲得生动有趣，学生们听得如痴如醉。有一年，他与外文系的夏仲翼先生联袂开设中外文学比较的课程，两大名家同时站台，一段外国文学一段中国文学，边讲授边讨论，轰动了复旦校园。我曾去旁听过一次，他们对谈中国为什么缺乏史诗，教室里坐满了学生，我实在挤不进去，就站在走廊的窗口边上听了两节课。后来章先生主持了中文系的工作，那正是拨乱反正时期，他不怕得罪人，坚决把一些教师调出复旦，有意识地留下或者引进了许多青年人才。为了培养青年教师，他特意为每个老教授配一个青年教师做助手，要求青年教师跟随老教授近距离地学习。渐渐地，在他的努力下，中文系清除了"文革"时期留下的各种坏风气而树立了学术正气，开始走上正轨。那个时期我个人与章先生接触并不多，但他的工作改变了中文系的风气是我亲身感受到的，我正是在这种氛围里成长起来的。章先生的作为曾经引起过不少争议，他的工作中始终贯穿了一种理想主义的精神之光，抵制了社会上流行的市侩风气，为复旦中文学科打下了发展的基石。

　　后来，章先生离开了中文系，担任古籍所所长，又担任古代文学研究中心主任。他是受了多少委屈离开中文系的，我不太清楚，我那时只是一个愤青，只知道批评各种不如意的现象，发发牢骚，并不关心中文系的工作。但我知道章先生虽然离开了中文系，却从来没有放弃对中文系的关注和热爱。后来我自己也糊里糊涂地接下了矛盾重重的中文系主任之职，当时我很犹豫，章先生忧心忡忡地对我说："依我看，全国的中文系这些年来都退步得厉害，你去当系主任要尽量让复旦中文系退步得慢一些，就好了。"这个话，我一直牢牢记着，战战兢兢地在这个工作岗位上做事。几年后，裘锡圭先生的古文字团队加盟复旦，章先生高兴地对我说："前几年我说中文系退步厉害，现在好了，可能还会稍微上升一点。"说明他是很认真地对我说这番话的。事实上，章先生直接指导了我许多工作，直接造福于复旦的中文学科建设。这些话说起来就长了，暂时停住吧，以后我还可以继续写我心中的章先生。

在纪念周林同志百年诞辰座谈会上的发言

2012 - 05 - 17　仁怀

今天是周林同志 100 周年冥诞。我们能够聚集到一起，缅怀周林同志，应该感谢这次会议的主办单位——中共仁怀市委、仁怀市人民政府，是他们给我们提供了这样一次机会。

周林同志是 85 岁时去世的，在他生命的最后 14 年，从 71 岁到 85 岁，他有 13 年担任全国高等院校古籍整理研究工作委员会（以下简称"古委会"）的主任，有一年（最后一年）是担任名誉主任。这 14 年，他把晚年的精力投入到了全国的古籍整理研究工作中去。我实事求是地讲，这 14 年，在他人生的道路上所作出的贡献，不亚于在此之前各个阶段他为党、为国家所作出的贡献。为什么这样讲呢？我想，首先应该说明古委会是怎么建立的。

周林同志是 1983 年担任古委会的主任，在 1981 年，陈云同志派他的秘书王玉清同志，那时是冶金部的副部长，到北京大学找了我们几个人座谈。其中讲到，陈云同志目前（1981 年上半年）最关心的是两件事，第一是粮食问题，第二是古籍整理问题。我们当时参加座谈会的七八个人，立即努力使自己的脑子适应传达的这两个精神——粮食和古籍整理问题。古籍整理能有这么重要吗？粮食，按照我们的理解，显然是关系到全国人民吃饱的问题；那么古籍整理算什么呢？我们想，它应该是陈云同志所关心的精神方面的建设。在那之后不久，1981年9月中共中央下达了37号文件。

中共中央37号文件的题目就叫作《关于整理我国古籍的指示》，那是把陈云同志两次谈话的内容合到一起形成的。关于这个文件，因为今天有研究党史的朋友在，大家可以去看陈云同志文集，也可以拿陈云同志文集和中共中央1981年37号文件作对比，大概只有若干字的差别。陈云同志和中共中央文件都提到"整理我国古籍，把祖国宝贵的文化遗产继承下来是一项十分重要的、关系到子孙后代的大事"。王玉清同志传达陈云同志意见的时候，还讲到这是千秋万代的大事，并且讲了从小学开始要让学生读点古文，当时是80年代（1981），今天大概小学、中学课本中都有更多的古文。文件还强调要有翻译，让读懂报纸的人都能读懂古籍。根据这个精神，教育部建立了全国高等院校古籍整理研究工作委员会，是属于教育部的直属事业单位。由当时的教育部副部长周林同志（他那时候还没有退下来，1983年刚刚退下来）任古委会主任，另外有3位古委会副主任，即另一位副部长彭珮云同志，北京大学的一位老教授邓广铭先生，北京师范大学的一位老教授白寿彝先生，这两位先生都是学术界的大师，现在都已经故去了。他们3位做副主任。这样周林同志从1983年领导我们一起来做古委会的工作。

第一届古委会任期是3年，从1983年到1986年；第二届是 5 年，从 1986 年到 1991 年；第三届仍然是 5 年，从 1991 年到 1996 年。在 1995 年的时候，中共中央组织部已经发了一个通知，中顾委委员（因为周林同志是中央顾问委员会委员）在退居二线之后不再承担二线的工作，完全退下来颐养天年。所以在 1995 年，教育部党组和周林同志就来物色新的古委会人选，这样在 1996 年确定了新的人选之后，周林同志就做古委会的名誉主任，做了不到 1 年的时间就离开了我们。我们今天从北京来的 5 个人，我和我的 4 位同事，就是今天在座的杨忠教授、曹亦冰教授、刘玉才教授、卢伟教授，我们 5 个人在这十三四年都是在周林同志的领导下、提携下、培养下成长起来的。因此我们今天都是怀着一种感恩的心情来到这里，来怀念周林同志。

古委会是这样一个机构，周林同志在古委会的 13 年，做了 3 届主任。他的贡献，我想简单地概括，第一是他上任以后就组织队伍，建立机构。因为中央文件里说，凡是有条件的高等院校可以建立研究所。陈云同志讲话和中央文件特别指出，现在古籍整理是人才匮乏、青黄不接、后继乏人。周林同志为了解决这个问题，首先就是组织、建立机构。古委会建立之后，它是属于教育部的，要有办事机构，就建立了古委会的秘书处。秘书处在北京大学办公，他自己讲，他是特意这样设计的。按他的说法，甩开了教育部的官僚机构，运作得更有效率，所以由北京大学、北京师范大学的教员来担任秘书处的工作。有了这样一个机构之后，作为古委会的日常办事机构，又逐渐扩大人员。

周林同志的第一个贡献还有就是在全国建立科研机构，组织队伍。到目前为止，先后在建立了 84 家古籍整理研究机构，在各个大学的古籍整理研究所，有的小一点叫古籍整理研究室。在这基础上，用周林同志的话说，又建立了国家队。从 84 家里面筛选，有 20 家实力更强的作为国家队，其中包括北京大学的古文献研究中心，复旦大学的古籍所，南京大学、浙江大学、中山大学、武汉大学、四川大学、吉林大学，以及教育部直属的 6 个师范院校，即北京师范大学、东北师范大学、陕西师范大学、西南师范大学、华中师范大学、华东师范大学，都有古籍整理研究所，都纳入到 84 家里，特别是纳入到 20 家里。他们的经费由古委会提供，财政部在 1983 年特意拨了 250 万元专款用于这项工作。今天 250 万元数额字不大，但是 1983 年的 250 万元相当可观。一个研究所能拿到 5 万元的研究经费，那在学校里就是一块肥肉。这是周林同志做的一项工作，就是组织队伍，建立机构。机构建立起来之后，就把全国从事古籍整理和中国古代文化研究的几千人汇聚起来了。

周林同志的第二个贡献就是培养人才，解决青黄不接、后继乏人的问题。首先是大学本科生。过去只有北京大学一个古典文献专业，周林同志接手前后，在他 1983 年担任古委会主任之前，1981 年作为教育部副部长时，就已经过问这件事，所以就增加了 3 个专业。那就是浙江大学（原杭州大学）的古典文献专业、上海师大的古典文献专业和南京师范大学的古典文献专业，这样有 4 个专业来培养本科生。同时各个研究所都可以培养研究生。这样几年之后从事古籍整理、从事古文献学研究的人才就越来越多了，青黄不接的局面有所缓解。同时为了应急解决问题，周林同志又领导我们在全国办了 12 个培训班，或者叫讲习班，名称不同。当时调动了许多大学的力量，由各个大学办，或由古委会直接办。各个大学办的，比如吉林大学就办了两个讲习班，金景芳教授主持的先秦历史讲习班、于省吾先生主持的古文字学讲习班；四川大学杨明照先生主持的古籍整理讲习班；陕西师范大学史念海先生主持的古籍整理讲习班；华中师范大学张舜徽先生主持的历史文化讲习班；等等。在这一基础上，于 1985 年的 3 月到 1985 年的 12 月在上海复旦大学办了一个由古委会直接办的讲习班，聘请了国内的著名专家来讲课。这样就培养出一大批人才，二三十岁的青年教师，当时还是年轻人，充实到古籍整理的战线上，今天都已经五六十岁了。这是周林同志的第二个贡献，培养人才，解决党中央领导陈云同志提出的后继乏人、青黄不接的问题。

周林同志的第三个贡献，是领导我们制订科研规划，出科研成果。刚才会上放的短片说是"七全一海"，现在已经是"九全一海"了。这些重大项目的规划和组织，比如说这里面提到的《全宋诗》，由北京大学古文献研究所的几位先生主持，招研究生班，组织了一大批人，并且在全国吸收了许多专家来做的，已经在 1998 年出版了。《全宋文》是由四川大学做的，1 亿多字，360 册，也已经在 2006 年全部出版了。实际上这一套书下来，从两汉一直延续到唐、宋、元、明、清，九个重大项目加一个《清文海》，这是有计划地、有系统地把中国的历史文献、把中国的古典文献都收罗进来，并且给予新式的标点。再比如周林同志贯彻陈云同志意见，让能读懂报纸的人都能读懂古籍，就对古籍进行了标点、注释和今译，所以周林同志反复强调要组织一套《古代文史名著选译丛书》。他从 1984

年呼吁，到 1986 年我们在杭州起步，组成编委会，做了 8 年的时间，这套书 134 册，134 种，已经在 1991 年到 1994 年出版。最近我们又做了修订，由江苏凤凰出版社出版。这套书不光对今天中国的年轻人有用，即使像我这样年纪（我今年已经71 岁了）的人读起来都有帮助，这是一套传统文化的精选著作。再比如周林同志强调要做研究丛书、国情丛书，这些事情我们都一直在推动着。所以周林同志的第三个贡献就是规划科研项目，出科研成果。

当然周林同志还做了其他许许多多的工作。比如周老强调要办杂志，把我们原来办的学术性很强的杂志《古籍整理与研究》更名为《中国典籍与文化》，请大专家写通俗文章。周林同志亲自担任主编，章培恒先生、裘锡圭先生和我做副主编，杨忠先生和刘玉才先生先后担任编辑部主任。现在这个刊物的主持实际上已经是杨忠和刘玉才两位先生，所以他们这一次也来到这里。这是周林同志委托我们，现在实际上是委托他们两位在做的一件事，这个刊物现在办得也是有声有色。周林同志在古委会这么多年，13 年担任主任，1 年担任名誉主任，做了这么多工作。虽然看上去不像他前半生那样的波澜壮阔，那样的惊险，那样的出生入死，但是他这十三四年对中华民族的贡献之巨大，对我们后人可以说是恩泽无限。

最后，我想作为我们个人，今天我们 5 个人来，其实我们都和周林同志有着很深的渊源。我们个人的成长都和周林同志有着密切的关系。在周林同志的领导和关怀下，我们都是受益终身。在我们接触他的这十几年的时间里，我们都有许许多多的感触。如果今天杨忠先生他们 4 位有机会发言的话，他们会讲出许多周林同志关心他们、培养他们、教育他们的感人故事。我想就我自己简单地讲一点。在第一届古委会时我是主持日常工作的副秘书长，到了第二届，1986年担任古委会的秘书长；到了第三届，1991年担任古委会的副主任兼秘书长；到1992年担任常务副主任兼秘书长。到1996年，刚才提到，教育部党组和周林同志在酝酿和物色新的古委会主任的人选。从1995年上半年起用了一年半的时间开了许多座谈会，走了许许多多的大学，包括到我所在的北京大学，找党委书记、校长和一部分学者开座谈会，广泛地征求意见。最后确定下来，是周林同志坚持要我来接替他的工作，教育部党组也就在1996年任命我担任古委会的主任。我想这件事就体现了周林同志对我的培养、教育和信任。

在和周林同志一起共事的日子里，过去许多人讲到过他很有魄力。我的感触是他不仅仅有魄力，还有很重要的一条是放手相信自己的部下。我举一个例子，在1988年，复旦大学有一位老教授叫蒋天枢，是很有名的学者陈寅恪先生的学生，而蒋天枢先生的学生也是一位很有名的教授——章培恒教授，他刚刚去世一年。1988年的夏天蒋天枢先生去世，因为家里生活也不宽裕，家属把蒋先生的书清理出来准备卖掉，当时想卖给上海书店，上海书店出价3万元人民币。我当时正好到上海出差，章培恒先生就跟我说蒋先生这批书，3万元少了一点，因为他有许多有价值的书，家属希望是4万元。这事有没有什么办法？我就说你等我回北京跟周老汇报后再说。我回到北京后，到周林同志家谈起这件事。我也就实话实说是怎么回事，人家给3万，家属希望要4万。周林同志问我这批书有什么价值，我就具体向他汇报，并说按照实际价值看 4 万元也并不多，今后这些书还会增值（当然今天看大概上百万也不止）。周林同志就问我你说给多少钱，我脱口而出说给 8 万。周林同志愣住了，看了看我，然后哈哈大笑，说："你是千金买马骨啊。"这个典故我想在座的都知道，这是中国古代的故事。一个人准备用千金去买一匹千里马，但是这匹马已经死了，他就把马骨头买回去了。周林同志说："好，我赞成。"就是这一件事，古委会和周林同志在上海、在复旦大学、在整个全国古籍整理界，树立了极好的口碑。前不久有几个人还谈起这件事，而前几年复旦大学的一位党委副书记到北京和我们见面，还对古委会、对周林同志表示感谢，觉得只有这样的老同志，有这样的眼光，才能对知识分子的书这样地看重。我想我从中受到教育，也感受到周林同志对我的信任、对我的培养，这件事也体现出他的办事风格。

刚才提到周林同志特别支持、提倡、开创的《古代文史名著选译丛书》134 册，今年 3 月份刚刚重新出版，一共是 3 大箱。因为太重，我们这次没能随身带来。我想借这个机会表达我们的一点心意，送给仁怀市一套《古代文史名著选译丛书》，送给周林学校一套《古代文史名著选译丛书》，同时借此表达我们对周林同志的怀念和敬意。大家只要看到这部书，就能想到周林同志对中国文化的贡献、对我们后代的关心，就能想到他的恩泽。

谢谢诸位。

（根据录音整理）

想念董治安先生[①]

2013 - 04 - 21

　　董治安先生辞世快一年了。在这近一年的时间里，我常常在深夜静坐的时候想起他，想起往日的情谊和他临终时的模样，沉入一种莫名的哀伤。

　　我和董先生相见是在 1983 年的北京大学勺园，那是古委会的第一届第一次会议。在近 30 名古委会的委员之中，他并无高大魁梧的身躯，也无华美迷人的风采，却使人感到他质朴不做作、真诚不虚假、可敬可亲可信任。他为人低调不张扬，不抢着发言，但言必中肯。我们两人常是想到一起，发表的意见也几乎一致，声气相投，由此开始了近 30 年的信任与相知。

　　其后我与他相处日深，才发现他还有十分杰出的才干。1989 年，古委会委托山东大学古籍整理研究所承办《古代文史名著选译丛书》的一次审稿会。董先生时任所长。近 20 人、12 天的审稿会，在舜耕山庄召开，他只用了冯建国先生一人和他本人一起办会，从吃住到交通，从会上到会下，安排得井井有条，章法清晰。对突发事情的应对，从容而得体，甚至给

---

　　① 本文是《儒风道骨　君子气象——董治安先生纪念文集》（齐鲁书社2013 年版）一书的代前言。

人一种"谈笑间樯橹灰飞烟灭"的感觉。我和到会的古委会主任周林同志谈起，周林同志以十分赞赏的口气说："这个董治安！不动声色把事情办了。"我由此想到司马迁《史记》中对齐人的评论："阔达多匿知。"老董是徐州人，在齐鲁故地工作，虽不是严格意义上的齐人，但却有齐人的这个特点。

我一直把董先生当作自己的老师，是为人和治学两方面的老师。而我们个人之间多年的关系，实际是亦师亦友，加上如兄如弟。亦师亦友、如兄如弟，这八个字，我们俩从来没有当面点破，但我深知他和我一样都是这么想的，都是这么概括我们之间的关系的。两个人见面的亲热劲儿，两个人为人处世的默契与相似度，两个人彼此的信任与欣赏，就是这么一种关系。所以，在去年5月26日晚上，我从北京赶到济南齐鲁医院看望病危的董先生时，郑杰文先生告诉我："刚才钱曾怡先生还说：'老安来了好，老董跟老安就像兄弟一样。'"我想，作为董先生的夫人，钱先生是真正了解情况的。

董治安先生是因为大面积心肌梗塞引发心力衰竭而在2012年5月27日凌晨辞世的。我也在今年不久前因心肌梗塞生了一场大病，今天坐下来写忆念文字却不敢深深地触动往事，怕沉浸动情而承受过重。近30年交往的往事，有的具体细节渐渐模糊了，但此中的情谊却有如熔铸、有如浓缩，提炼成一种人间的真情。夜深人静而不能入睡之际，我深深地想念董治安，想起见到他的最后一面。仿用流行的一个句式：存留下一段深情，让它停泊在2012年5月26日的夜晚。

写于2013年4月21日晨2点25分

永远的老师

——在魏建功先生铜像落成仪式上的发言

2019－12－13　北京

中文系领导让我来发言，我想是因为在魏建功先生最后10年，我是跟他接触比较多的一个学生。我是1960年进入北京大学古典文献专业，学了5年，在这5年加上后面5年一直到1970年，这10年的时间我除去听魏建功先生课之外，跟魏先生接触的比较少。真正和魏先生接触是1970年到1980年，也就是他老人家生命的最后10年。那是因为1970年到1972年国务院科教组组织了修订《新华字典》，我和魏建功先生都参加了这个修订工作（后来又一起修订《汉语成语小辞典》）。在这个过程中，魏先生跟我讲了一些他的历史，他对"文化大革命"里受到冲击的一些问题的看法。其中提到了他在重庆，在台湾，在韩国的情况，提到了他和陈独秀的关系，他和陈独秀两位公子陈延年、陈乔年，也提到了他自己和鲁迅先生的关系，这样我才逐渐了解了魏建功先生。加上那几年和魏先生一起编字典，每天至少两段时间，有时候晚上加班三段时间，这样接触比较多。今天在魏建功先生去世近40年之后回顾他这个人，可以说魏建功先生既是一个学者，一个教授，是语言学和古文献学的大师，对我们古典文献、古籍整理这个学科来说，魏建功先生是一代宗师；同时，他又以学者的地位，用他的学识，用他学术上的深厚造诣，为国家、为民族、为社会做出了杰出的贡献。

第一，他为海峡两岸的统一做出了有历史意义的工作。1945年日本投降之后，台湾的社会生活里所运用的语言比较杂，有台湾当地的土语、方言，也有闽南语，也有大陆去的人（包括"接收人员"）的南腔北调，还有日本的词汇和语言，这种情况引起了当时台湾地方政府的注意，也引起了当时国民政府的注意，所以决定要解决当时台湾的语言和讲话的不正常的状态、混乱的状态。当时官方的决定是"调魏建功"先生去做台湾国语推行委员会的主任委员，同时在台湾大学担任教授。这原因之一，是从1940年开始，魏建功先生担任了重庆地区的国语推行委员会的主任委员，那时候由于南京已经被占领，所以重庆是临时首都。魏建功先生到了台湾之后制订了很多条例，推行普通话的条例；同时做了调研，发动了学者和许多社会人士来做这项工作，当时没有电视，利用电台发布公告要求在一定时期之后教师上课必须用国语，不能用日语和其他语言。1946年初，魏先生到达台北，组建台湾"国语推行委员会"，其后，又赶回当时的北平，把在北平办的原来的《国语小报》整个连人员带机器都搬到了台北，改名叫《国语日报》，今天台湾还有《国语日报》，就是为了推行国语，说普通话。今天台湾的人讲的国语，讲的普通话，有的比大陆一些地区的人讲的还更清楚、更地道，这就从语言上加强了台湾人民对祖国、对中国大陆的认同感和归属感。这不能不说是国语推行委员会的功劳，特别是它的主任委员魏建功先生的功劳。所以这是魏建功先生为海峡两岸的统一所做的有历史意义的一项工作。就这一条来说，其实应该授予他国家级的勋章。

第二，魏建功先生在 20 世纪 50 年代初编纂了《新华字典》，造福于中小学生和广大人民群众。魏建功先生从 1949 年 7 月到 1950 年 6 月担任北京大学中文系的系主任，在 1948 年底，魏先生筹划编《新华字典》，为了解决中小学生的学习问题，查字问题，同时也为了 50 年代初期扫盲，所以 1950 年 7 月，魏建功先生辞去了北大中文系的系主任，担任新建的新华辞书社的社长，这个工作是由当时的出版总署来决定的，新华辞书社的建立是专门为了编《新华字典》。很快到了 1953 年出了《新华字典》的第一版。《新华字典》到今天发行了 6 亿册。这本书本身发行了 6 亿册，阅读、使用它的人就更多，这是造福于中小学生，造福于全体中国人民的一件事情。

第三，魏建功先生创办北大古典文献专业，缓解了国家古籍整理与古文献学人才青黄不接、后继乏人的状态，培养了一批学术英才。国务院古籍整理出版规划小组在 1959 年 3 月的第二次会议上决定在北京大学设立古典文献专业。北京大学决定由魏建功先生主持这个专业，当年就招生，招了本科生，还招了研究生。今天在座的严绍璗先生就是第一届本科生，在座的杨忠先生、马秀娟先生是 1960 年入学的第二届本科生。研究生里面，今天在座的孙钦善先生是 1960 年入学的第二届的硕士研究生。今天这些先生已经成为各自学术领域里杰出的专家，有的成了古文献学领域里的一代宗师，这是魏建功先生亲手培养的。古文献专业在"文化大革命"前培养了5届学生，"文化大革命"后到今天又培养了有40届，加起来是45届，当然1980年以后魏建功先生去世了，但是是受魏建功先生的影响。这些人今天活跃在古籍整理领域，有的虽然不在古籍整理领域里面，做了别的工作，有的做了行政工作，但是都离不开古文献专业的培养，离不开魏建功先生的培养。

　　第四，魏建功先生对北大中文系的贡献。他奠定了北大中文系近百年来课程设置的基础与架构。魏先生1919年进入北京大学中文系学习，1925年的时候，他在北京大学的研究所工作，一边工作一边学习，他给当时的负责人马裕藻先生写了一封信，这封信今天还有油印本，其中提到了北京大学中文系课程设置。魏先生提出这个课程设置包括必修课、选修课和共同选修课，很快被采纳了，成为20世纪20年代到30年代北大中文系课程的一个主要的框架。到了1948年，魏建功先生回到北大中文系，之后又做系主任，进一步加强了他原来设计的北京大学中文系课程的计划和开哪些课程。魏建功先生曾经跟我说，回来的时候在北大中文系有些教授也不完全同意，但是有人说"姑奶奶回来了"，说魏建功先生是北大的姑奶奶，中文系的姑奶奶。我们北京对"姑奶奶"是非常敬重的，如果姑奶奶从婆家回来到娘家，管家的儿媳妇都得让着姑奶奶。所以魏建功先生这个计划，大体上得到了推行，这是20世纪40年代后期。一直到魏先生不做系主任，后来院系调整，几经变化修正，一直到今天，北京大学中文系课程的框架仍然是魏建功先生所奠定的基础，那个影子还在。不光是北京大学中文系，台湾大学中文系也是这样的，那是因为魏建功先生在台湾大学从 1946 年到 1948 年工作了一段时间，是魏建功先生拟订的台湾大学中文系的课表，我们在魏建功先生文集里可以看到魏先生当时写的那个计划。魏先生离开台湾大学之后是台静农先生做台大中文系系主任，基本沿袭了魏建功先生原来的设想。魏建功先生对北京大学中文系是有具体的、深远的贡献，多少年来都是魏先生设计的课程的框架，我们今天仍然在这个框架的范围内做修正、做调整。

我觉得这四条是魏建功先生对国家、对社会的贡献。今天是魏建功先生铜像落成仪式，这个铜像现在还没有揭幕，我前几天看到了照片，我觉得很像，很有魏建功先生的风韵，这要感谢这次制作铜像的仲跻和先生和詹皖先生、吴文凯先生。由这个铜像我就想到，其实魏建功先生本人个子并不高大，也不胖，我年轻的时候看他是一个个子不高的、很精干的、比较偏瘦的老人，但是，他在学术上，在对国家、对社会的贡献上，又是高大的。他做了我前面说的四件顶天立地的事，他是一个顶天立地的男子汉。他能够有这些作为，是和他的品德分不开的。我接触魏建功先生后逐渐感觉到他是一个善良的人，一个真诚的人，一个正直的人，他善良真诚到我有时候觉得他有一点天真（今天家属都在，我说的对不对？不对的话你们批评纠正）。他最后这 10 年我跟他接触，我觉得魏建功先生那样的善良，那样的真诚，那样的正直，正是他这种品德，使他能够在人生的道路上做出我刚才提到的四件大事。魏先生是我永远学习的榜样，他永远是我的老师。

在北大中文系古文献六十年的片断回忆[①]
——安平秋教授访谈录

2020‑09‑18（采访人：林嵩）

林嵩：今年是北京大学中文系建系 110 周年，您是 1960 年考入北大中文系的，到今年为止已整整 60 年。1959 年，北京大学设立了全国第一个古典文献学专业，您一直在古典文献专业学习、任教。要了解古典文献专业的历史，采访您是最合适不过的，我们就从北大古典文献专业谈起吧。当时北大为什么要设立这样一个专业？您是因为何种机缘，进入古典文献专业的？当时的古典文献专业有哪些课程和教师给您留下比较深刻的印象，或是对您后来的工作产生比较大的影响？

安平秋：谢谢林嵩老师。你提的问题一开始就很清晰。北京大学中文系建系 110 周年，对我来说是 1960 年入学，也就是北大中文系建系 50 周年的时候入学，这么一算，到今天我在北京大学已经学习、工作、生活了 60 年了，一个甲子。林老师一下子就抓住这个问题，"50 年""60 年"，这是很齐整的

---

① 原载北京大学中国语言文学系编《四海文心：我与北大中文系》，北京大学出版社 2022 年版。

两个数字。

刚才提到北大中文系的古典文献专业，我在北大中文系古典文献专业学了5年，从1960年到1965年毕业，那个时候是五年制，当时我考的是北大中文系。我本来想学文学专业，是服从分配到的古典文献专业。

今天回想起来，当时有五门课对我影响大些。全系性的课，是"古代汉语""中国文学史"两门。"古代汉语"我们学了一年半，用王力先生编的《古代汉语》作课本，但是那个时候书还没有出，用的是讲义，上课的老师除去有王力先生，主要是吉常宏、陈绍鹏两位老师。这两位老师教课认真负责，所以我古代汉语的基础打得比较坚实一些。"中国文学史"课，给我们讲课的有游国恩先生、冯钟芸先生、金开诚先生、倪其心先生。这两门课是中文系设的公共课，而且是中文系的老师在讲。

第三门课是古典文献专业的学生同历史系中国史专业的学生一起上的，叫"中国通史"。这课上了两年，是历史系的老师上课，比如邓广铭先生、汪篯先生、田余庆先生、许大龄先生。那个时候学得比较认真，很老实地去上"中国通史"课。今天来看，经过了将近60年的时间，北大中文系古典文献专业的本科生，上两年"中国通史"课至关重要，为我这一生打下了中国通史的底子，了解中国历史的底子，很有必要。尽管中国历史我们在小学中学都接触过，都学过一些，但是系统地学，是这个时候。这是在北大中文系学的第三门课。

另外古典文献专业自身开的课有两门到今天回想起来对我影响还是很大的。一门课是专书课，当时开的专书课有《诗经》《左传》《论语》《孟子》《楚辞》，我记忆中还有《史记》。讲授这些课的老师大部分是外面请来的，本系本专业的相对少一点。平心而论这些老师讲的课，除去阴法鲁先生讲的《诗经》课很吸引人，其他都不吸引人。

但是课堂之下和学习完这门课之后，我们认真地读了一些书。比如我上了《论语》《孟子》，便利用假期再深入地读。《论语》是比较认真地看了朱熹的《论语集注》和刘宝楠的《论语正义》，《孟子》是看了朱熹的《孟子集注》和焦循的《孟子正义》。所以专书课带给我的，是强制性或者半强制性地让你去读这些书。

古典文献专业开的第二门吸引人的课，是"文化史讲座"，是由阴法鲁先生主持的，请了外面的一些名家来讲，我记忆中请来的人有郭沫若、翦伯赞（那是我们学校的）、张政烺、吴晗、柴德赓、史树青、启功先生，等等。主持人阴法鲁先生讲的是音乐，古代文学里面的音乐，所以我后来有时候还唱一点古琴曲（七弦琴歌），"长安一片月，万户捣衣声"等，就是受这个课和阴法鲁先生的影响。因为课外我喜欢这个东西，所以阴先生借给我不少磁带。

回想起来，这些名家当时讲的具体内容的哪一条对我有什么影响，决定我后半生什么的，没有。但是这是一种熏陶，可以让人开阔眼界。你想一个北京的中学生考上北大中文系，进来不久就接触了这么多名家，看到他们的形象，看到他们的谈吐，听到他们讲的内容，就是一种教育、一种启发、一种感染。

林嵩：1970年，为了"应中小学生和工农兵的急需"，周总理要国务院科教组组织班子修订《新华字典》。修订小组以北大的文史哲教师为主，您和魏建功先生当时都进了小组，而且还是领导小组成员。《新华字典》是每个上学的学生必备的工具书，但是今天了解这段历史的人并不多，尤其是对《新华字典》与北大，特别是与魏建功先生的关系，许多人不是很明了，因为当时也没有任何个人的署名。您是亲历其事者，能否为我们具体介绍一下这次修订的工作。这次修订是在"文革"期间进行的，您怎么评价这次修订？

安平秋：《新华字典》的修订开始是在 1970 年的 10 月或是 11 月初，是由国务院科教组布置下来的。当时给我们传达是说，周恩来总理提出来，中小学生要上学、要读书，要有一本合适的字典，在当时的几本字典中，他觉得《新华字典》可能比较合适，并且要修订的人也做一些调查。国务院科教组就很快组织人，以北大作为基地，当时在北京大学文史哲几个系都抽调了人，以中文系为主。中文系当时的办公地点在 32 楼，因为"文革"前叫 32 斋，本是中文系、法律系男生的宿舍，但是到"文革"的时候，32 楼就变成了中文系的。一楼是办公的地方，所以就拿出了几间房子，给字典组。中文系参加的人，我的记忆中有魏建功先生、游国恩先生、袁家骅先生、岑麒祥先生、周祖谟先生、阴法鲁先生，还有一些稍微年轻一点的，如曹先擢先生，其中也包括我，中文系大概有不下 10 个人参加。还有历史系的周一良先生、哲学系的王甦先生，王甦先生实际上是搞心理学的，现在去世了，王先生是心理学系的开创者之一，是中国心理学的一代宗师。政治系、经济系、图书馆系的人也都有。以这个为基础，同时吸纳了商务印书馆的

5 位，他们是阮敬英、汪家镕、任寅虎、孙锡信、李达仁。还有中国科学院的两位。另外还有北京市中小学的老师，我印象是有北京市第一师范的校长曹乃木。曹乃木先生参加我们字典组之后，后来就搞辞书，也搞得很不错，已是研究辞书比较有名的一位学者了。另外有北京市的几位特级语文老师，其中有一位姓罗，是北京几中的一个老教师，年纪是我的父辈，他的儿子正好是我的中学同班同学，所以我印象比较深。这样组成了一个《新华字典》的修订小组。当时里面还设立一个 7 人领导小组，组长是曹先擢，是我们中文系的，后来他离开北大中文系，到国家语委做副主任。成员里面有魏建功，有我，还有商务印书馆的阮敬英和中小学老师里面的校长曹乃木。另外就是工宣队、军宣队的代表 2 人，共是 7 个人。经过调查、比较后，确定《新华字典》最实用。在此基础上，"小改以应急需"。第一稿修改了 64 处，我们列成表，并且写了一个报告，给国务院科教组并转周总理。

周总理批的比较具体，在 64 处稿的有些地方还有改动，比如我们原来删了"陛"字中的"陛下"一词，认为是"封资修"的、旧的，周总理看了就把它恢复了，并且又让秘书口头转告我们说："今天西哈努克亲王来，我们还讲'亲王殿下'。'陛下'删了，将来人家查'陛下'是什么意思，查你字典、词典都不知道了。小学生不懂'陛下'里边为什么用'陛'，'陛'是什么意思，那一查字典就能查出来。"所以后来我们又恢复了。

当时国务院科教组的领导建议我们应该听取公众的意见。我们就到北京、上海、辽宁、广州四个地方的工农兵里征询意见，我被派到上海组，其中有工宣队的领导师傅，还有一个中学老师，还有北大的一位，还有我。我印象是去了上钢三厂，去了上海的"新闻出版五七干校"，当时在奉贤县，还去了一些地方，有复旦大学、华东师大、上海师大，还去了上海的一个农村，征求农民意见。我的印象，上钢三厂工人师傅的意见倒很通情达理，在奉贤县"新闻出版五七干校"，那些知识界的人的意见反而很尖锐。

我记得，我们明确了是以《新华字典》为基础，要修订给广大工农兵阅读以应急需之后，魏建功先生非常兴奋。魏建功先生是一个非常善良、正直，甚至有点天真的老人，他比我大40岁，1901年生人。他跟我说："你看周总理选定《新华字典》修订是有根有据的，他了解这本字典。"我当时就对他的最后一句话很懵，为什么周总理了解？他就讲了一些事情，我才知道魏建功先生是1948年从台湾回来，胡适请他回来担任北京大学中文系系主任，一直到1950年7月辞去中文系系主任。也就是说北京解放以后，中华人民共和国建立以后，第一任北大中文系系主任是魏建功先生，而不是杨晦先生，现在只说杨晦先生，这是不准确的。魏建功先生为什么1950年7月辞去中文系系主任呢？是因为要编《新华字典》，出版总署要建立一个新华辞书社，让他去做社长，他没有那么多精力，又管北大的教学，又管编《新华字典》，所以就去做新华辞书社社长，从1950年到1953年编出来，并且出版，费了很多的精力。所以他说这个过程周总理是知道的，魏先生也因此就特别兴奋，我这才知道魏先生是《新华字典》最早的编者和奠基人。所以我现在听说《新华字典》发行6亿多册，这是很可喜的。这是我简单的回忆，可能谈得还是啰嗦了，因为有许多具体的细节。

林嵩：我注意到您办公室里有很多工具书，当然也包括《新华字典》。这是否与您参加过编字典有关？参加这项工作对您来说，最大的收获是什么？

安平秋：你说这个现象，就是因为一个人的学问有限，一个人对于一些字的读音有时不准确，随手翻来学习，有工具书在手边，还是有用的。

我是在 1965 年毕业之后留在北大中文系工作，到 1966 年"文化大革命"兴起后挨了斗，做了"黑帮爪牙"，抬不起头来，到了 60 年代后期，才允许我作为革命群众参加做一点事情，到 1970 年能够让我参加字典组的修订，我觉得是很有荣誉的事情。

在《新华字典》修订的过程中，我觉得第一个收获是从头到尾地去看《新华字典》，看每一个字的读音，每一个字的义项，又学习又挑毛病，等于集中地又上了一遍小学、中学、大学的文字课。尽管现在我有时也有读错的字，还在学习、提高，但当年修订《新华字典》是使我受益终身的。

第二个收获，对我锻炼很大的是，学习写应用文体的公文，包括给领导的请示报告、工作汇报、座谈会总结、政策性的分析报告，等等。因为字典组要给上面，给国务院科教组，给周恩来总理写报告，都扔给我了，原来是别人写，后来让我来写。我发现工作报告、请示报告写得好不太容易。要写得简明扼要、问题突出、用词准确，让人家一看就明白，便于把握，还要说话得体，让领导看后乐于同意你们的意见，是一种功夫。我以前没有这个功夫，但这是字典组工作的需要，所以就得学。在这个过程中，一是当时字典组的军代表张作文同志，他是周总理的秘书，到北大化名"张驰"（不是"张弛"），他给了我很多指教。还有几个老先生，我印象很深的是魏建功先生、游国恩先生和周一良先生，因为我在那写的时候，几个老先生往往是盯着我的，怕我写不好。

我举两个例子，一次是写了一份给周总理的报告，开头第一段最后写出"摘要如下，一二三……"，魏建功先生就说："你不要用'摘要'。"我说："用什么？"他说："撮要。"然后魏建功先生用手比划着说："一小撮的'撮'，从那里抓出来，撮要。"这样一比划，我就改成了"撮要"。我想周总理看到这个报告没有用常见的"摘要如下"而是用"撮要如下"，一定也会眼前一亮。这是老先生的指点。还有一次，我在那写，游国恩先生在旁边看着，说："这句话，不如这样说……"所以像这样的老先生，耳提面命，告诉你把一句话怎么简明扼要又准确地表达出来。我是在那个过程中比较多一点地学、比较用心地学，我觉得是个机会，也是终身受益。

林嵩："文革"结束之后，各行业百废待兴，但古典文献专业却面临着危机。据说当时有人认为古典文献专业已没有继续存在的必要，后来是北大古典文献专业的教师们联名给教育部写信，最终引起了高层领导的重视，把专业"保"了下来。这件事的始末您是否了解？

安平秋：1978年，教育部在武汉开了一次文科的工作会议，会上决定要调整学科目录，其中一个就是撤销古典文献专业，北大也有领导同志参加，回来就贯彻。因为实际上在当时情况下，古典文献专业真正在高校设立的只有北大，在"文革"前杭州大学曾经要设立古典文献专业，但是没有完全做起来，所以就只有北京大学一家，所以这个事情要撤就撤北大一家。

北大当然按照教育部的规定来办了，这样直接受影响的就是北大中文系的古典文献专业的老师们。我们古典文献教研室当时大概有十几位老师，大家基本上是反对的。我们当时的教研室主任是阴法鲁先生，阴先生是一个非常厚道的人，很不喜欢惹事的人。阴法鲁先生说："也有好处，没有教学任务，我们从教研室改成了研究室，我们就做点研究工作。"就劝大家。但是年轻一点的老师就不同意，比如金开诚、裘锡圭、我、陈宏天、严绍璗，就跟系里说，系里面也了解我们的情况，当时主管的副系主任是向景洁同志，他还参加了武汉会议，也同意我们的意见，但是他又不好跟上面对着干，就劝我们，后来大家也没办法，一直就拖下来了。从 1978 年到 1980 年，大家也只好安心做自己的事情，不招生了。到了 1980 年底 1981 年初，思想有些活动，准备向上面做一些反映，所以到了 1981 年的 4 月下旬，我们全体老师就联名写了一封信，想写给中央，后来听说陈云同志对古籍整理很支持，就给陈云同志写了封信，希望能够恢复古典文献专业招生，因为古籍整理工作还是很重要的。

教研室老师都签了字，如裘锡圭、金开诚和我们一批人。这封信，因为我家在城里，他们就说你给送去，我们也没后门关系，所以我就骑着自行车送到中南海西门，人家收了这封信，很快转到陈云同志手里。这是 1981 年的 5 月。大概到

1981 年的 6 月，我就已经听到陈云同志在杭州讲的话，支持古籍整理工作，出版口的一些朋友就已经转告我了。到了 1981 年的 7 月，陈云同志派他的秘书王玉清同志到北京大学来开座谈会。我印象中北大是王学珍同志主持，当时他是主管文科的副校长，参加会的有我，还有教研室的金开诚、孙钦善，图书馆的副馆长郭松年，大概六七八个人。王玉清同志就转达了陈云同志的意见，他说："陈云同志最近关心两件事，一个是粮食，一个是古籍整理，陈云同志看到你们写的信，我看你们写得有保留，比较谨慎。"我就赶紧解释，因为是我送的信，这个信我印象是金开诚起草，金开诚也参加了，就赶紧说明一下，我说："不光送给了中央同志，也送给了教育部，也送给了北大学校领导。"一式几份，就表示不是我们去告状，我们是几个渠道都反映，是光明正大的。陈云同志的秘书王玉清在北京大学座谈会的纪要，后来收到古委会编的材料集里面，我就不啰嗦了。这是 1981 年 7 月。此后陈云同志对古籍整理做了全面的指示，1981 年 9 月把陈云同志这个讲话变成了中共中央文件，是 1981 年 37 号文件，题目就叫《中共中央关于整理我国古籍的指示》，完全是陈云同志的讲话，这样就发下来了。陈云同志的讲话，后来收进了《陈云文选》，内容跟 37 号文件几乎完全一样。

另外这个文件正式发之前，7 月以后形成了一个稿子，9 月正式形成中央文件。在中央文件正式形成之前，那时候工作比现在可能更细致一点，陈云同志让他的秘书王玉清把这个东西给了出版口的张指南同志，他是出版局的副局长。张指南找了几个人，包括中华书局的总经理王春、总编辑李侃，还有北大的我，去征求了一次意见，很随意的，就说："有这个东西你们看一下。"那个里面写到应该支持高等学校的古籍整理，依托于高等学校，基础好、有条件的大学可以建立古籍整理研究所，有些学校的古籍专业（如北京大学古典文献专业）要扩大招生。这条我提了意见。这本来是对我们很有好处的，支持我们扩大招生，我说："扩大招生不行。"他们说："怎么了？扩大招生你还不满意，为什么不行？"他们觉得支持你还不满足吗，大概觉得我有点得寸进尺。我说："你光扩大招生，它是配套的，扩大招生要有师资，要有宿舍，要整个的一套。"他们说："怎么办？"意思就是这已经形成一个初步文件，就是来听听你的意见，你现在这么提，怎么改？我说："只把'招生'这两个字改成'规模'，'扩大规模'就行。'北大古典文献专业扩大规模'，规模扩大了，包括学生扩大，老师扩大，房子、教室也扩大，一整个配套就行。"所以现在中央文件和《陈云文选》都是"扩大规模"，这是接受了我的意见。所以到了1981年的9月，中共中央37号文件便下达了。

林嵩：这一事件的最终结果是古典文献专业不仅没有停办，而且党和国家对古籍整理更加重视了。1981年9月17日中共中央发布了《关于整理我国古籍的指示》，其中提到"古籍整理工作，可以依托于高等院校"，随后在1983年9月27日正式成立了"全国高等院校古籍整理研究工作委员会"（以下简称"古委会"），其秘书处挂靠在北大中文系。"古委会"成立后主要做了哪些工作？"古委会"及其秘书处和北大是一种怎样的关系？

安平秋：刚才提到中共中央1981年的37号文件下发以

后，国家"国务院古籍整理出版规划小组"恢复，这个小组本是 1956 年成立的国务院科学规划委员会下面的一个小组，作为"科学规划"的一部分。1981 年恢复工作，1982 年开了一些会，教育部在 1983 年 2 月开了一个规模比较大的关于高校系统古籍工作的会。在那之后，1983 年的 9 月建立"全国高等院校古籍整理研究工作委员会"，简称"古委会"。

"古委会"当时是这样，它是属于教育部的机构，它的办事机构秘书处在北京大学办公，不是由北大中文系代管，也不是挂靠北大中文系，而是在北京大学办公。"古委会秘书处"的工作人员，一开始是各个学校的都有，以北大为主，比如副秘书长是北师大的马樟根先生，秘书长是教育部高教一司的科研处处长章学新先生，还借调了一些人，东北师大的张玉春、华中师大的彭益林、四川大学的杨耀坤，各个学校参与，在北京大学办公，和中文系没有太直接的关系。但是北大出的人都是中文系古典文献专业的老师，所以又和中文系有关系。机构上没有关系，人员上是有关系的，这是当初的情况。

1983 年"古委会"建立之后，就负责全国高校的古籍整理工作，逐渐地受到重视。1983 年"古委会"建立至今，37 年了，简单地说是做了四件事。

第一是组织队伍、建立机构。刚才提到从 1981 年 37 号文件下来到 1983 年"古委会"建立，中间是两年时间。这两年各个学校像雨后春笋那样，按照中央文件的精神建立古籍所，一下子有几十家。所以教育部才要建立高校"古委会"来协调统筹这些机构，这也是"古委会"建立的原因之一。逐渐地，由"古委会"直接联系的机构，就浮出水面，最后形成 24 家比较有实力的研究机构，也是全国的重点大学，像北京大学、复旦大学、南京大学，等等。这是第一项工作，组织队伍、建立机构。这机构里面的人员总体上逐渐增多，但是这些年各个学校重视程度不同，有些古籍整理研究所的工作和人员有些变化，有些缩小。

第二是培养人才。培养人才是分两种方式，一种是在实践之中，比如做《全宋文》《全元文》《全明诗》《全元戏曲》整理和研究的项目，在这个过程中，一个研究所负责人带着他们的年轻教师和学生、研究生来做，在实践中成长，一边标点、校勘、整理，同时也做研究。另一种是教学。教学实际上有三种不同的情况，第一种情况是从1982年开始，在全国各个学校办了8个讲习班或者培训班。比如，吉林大学于省吾先生办的古文字讲习班、金景芳先生办的先秦两汉史讲习班，四川大学杨明照先生办的古籍整理讲习班，陕西师范大学史念海先生办的古文献学讲习班，华中师范大学张舜徽先生办的历史文献讲习班，华东师大的徐震堮先生办的古籍整理讲习班，等等。在这一基础上，在1985年3月到12月，"古委会"又直接在复旦大学办了一个讲习班，讲习时间大概是10个月，参加的人有30多个，将近40个。这批人后来在古籍整理的岗位上发挥了很好的作用，今天有的都退休了。还办了一个关于中医药的培训班，那是1990年北京师范大学办的。这是第一类，办培训班、讲习班。第二种情况是招本科生，我们过去是北京大学的古典文献专业一家，后来扩大到杭州大学的古典文献专业，现在叫浙江大学了。再有又增加了上海师范大学、南京师范大学和陕西师范大学这样3家，一共是5家古典文献专业来培养本科生，打好古文献学的基础。第三种情况是培养研究生，硕士生、博士生，我们依托的除去刚才提到的 5 个本科专业之外，还有各个研究所，直接联系的 24 个研究机构、研究所，都招收硕士生和博士生。这是第二件事，人才培养。

第三是组织科研项目，出有质量的成果。"古委会"的提法不是"高质量的成果"，而是"有质量的成果"，不是意味着我们不要"高质量的成果"，这是面向整个古籍整理队伍来说，你要求整个古籍整理队伍，所有的古籍整理成果都必须是高质量的，这是做不到的，我们要实事求是。我们要求是"有质量的"，鼓励是"高质量的"。你提的目标可以是"有质量的"，是大家能够接受和做到的，但我们奖励"高质量的"。所以这些年我们支持的科研项目，有各个所自己的项目，有各省市自治区教育厅、局所属院校的项目，而直接由"古委会"联系的一些所的项目，就更给予重点的支持。在这之外，"古委会"是直接抓了若干个重点项目，比如"断代诗文总汇"，类似过去的总集，我们把它叫作"断代诗文总汇"，主要是"九全一海"：《两汉全书》《魏晋全书》《全唐五代诗》《全宋诗》《全宋文》《全元戏曲》《全元文》《全明诗》《全明文》，这是"九全"；"一海"就是《清文海》。这样 10 个项目，构成了"断代诗文总汇"。再比如说大作家集，像《李白全集编年校注》《杜甫全集校注》《柳宗元集校注》《韩愈集校注》，等等；语言文字方面的，有《故训汇纂》《古音汇纂》等；普及性读物如《古代文史名著选译丛书》。再比如海外汉籍，像日本宫内厅的，这个项目其实很重要，今天没有那么长时间来谈，有机会再谈。它的意义相当重大，那是集日本天皇 13 个世纪 1300 年的收藏，它收集了一些重要的古籍。我们把珍稀的版本、非常齐整的版本全部复制回来，这是一笔对我们有用的宝藏。在这过程中，我们只是原样复制，既尊重了日本宫内厅的权益，同时又对我们有利、有用。在政策界限上也把握得比较准确，在书的价值意义上也非常重要。像这样一些项目还有很多，不多举例了。"古委会"的第三项工作就是做科研项目，组织科研项目。

第四是用好国家的财政拨款，给古籍整理提供经费支持，经费虽不多，但是用得比较好，效益比较高。

"古委会"主要是做了一点这样的工作。

林嵩：1999年成立的北京大学"中国古文献研究中心"是教育部重点人文社会科学研究基地。在教育部首批设立的基地里，北大唯一入选的就是这个中心。目前全国已经有150多家教育部文科重点研究基地，但是古文献学科领域的基地目前也只此一家。您是这个中心的首任主任，当时为什么要成立这样一家基地？这个中心在学术与体制方面有哪些特色？

安平秋：1999年，教育部要在全国建立若干个人文社会科学基地，作为重点支持对象。当时北大因为社会科学处被取消了，教育部门觉得北大没有跟教育部商量，对这件事不是很赞同，所以那一年北大申报的时候，就受到限制。

当时北大申报的是三家，一家是我们"古文献研究中心"，一家是费孝通先生主持的"人类学研究中心"，还有一家是邓广铭先生主持的"中古史研究中心"，就是后来的"中国古代史研究中心"。"中国古文献研究中心"因为是由"古委会"和北京大学共同来办的中心，所以后来得到了学者们的支持。这个基地的建立，从我们内部来说，是想整合内部的力量：第一个是北大的"古文献研究所"的力量；第二个是北大的古典文献教研室的力量，也就是专业的力量；第三个是"古委会秘书处"的力量。前面提到了"古委会秘书处"的工作人员是北京大学古典文献专业的老师，但是工作的重点是在"古委会秘书处"，在逐步发展过程中很需要三部分人的联手结合，能够有一个机构把它统起来，这对北京大学的文献学科的发展，对北京大学古文献学科在全国处于领先地位很有好处。出于这样一条对北京大学有利，也是对中文系有利的原因，当时中文系系主任费振刚和党委书记李小凡找我谈了两次，就希望我能够出头把这件事办成，对中文系有利，同时也对大家有利，也就是对古文献研究中心的老师们有利，因为它的经费也会增加，受到的重视程度也不同，申报项目也会得到关照，最后形成了这样一个中心，得到了学者的认同，也得到了教育部的批准。

这个机构建立以后就做了一些科研项目，还是得到了学术界的肯定的。比如像裘锡圭先生工作班子的关于文字和出土文献的项目，再比如一些关于海外汉籍的项目，都得到了学术界的重视和支持。

林嵩：您的学术研究主要集中在《史记》学与海外汉籍等方面。特别是在海外汉籍的调查、复制、整理、研究方面，我认为北大古文献研究中心是开风气之先的，研究中心在成立之初，就明确把"海外汉籍与汉学"作为一个重点的研究方向。目前海外汉籍方面的研究可谓蔚然成林，已是学术界的一大热门，您对目前的海外汉籍研究有何看法？未来这一领域的发展应注意哪些问题？

安平秋： 海外汉籍的工作发展到今天，我觉得有些概念需要明确，或者说有些理念应该清晰。比如说现在存藏在国外的，或者说境外的中国古籍，无论在美国、在日本，我们不要觉得它全部都是被侵略者掠夺走的，它外流的渠道是很多的，而且大多数的渠道是正常的。你想想看，汉籍就是中国古书，中国古书是印刷品，过去的线装书一次刷两三百部，那个版就已经磨损。这两三百部书印出来是干嘛的？它就是让人读的。中国人读、外国人读都是一样的，对书商来说，刷印的，你日本和尚来中国读也可以，你带回日本也可以，所谓遣唐使、遣宋使，我们的佛经在径山寺、在天台寺、在普陀寺的，那些日本和尚要带回去，你能不让他带吗？这是正常的流通。也就是说，古籍作为印刷品，无论是中国人还是外国人，都可以读，外国人读了我们更欢迎，因为他学习汉字，学习中国文化，是我们中国文化向外的传播交流。所以现在国外，无论日本、美国、欧洲还是其他国家图书馆收藏有中国的古籍，我觉得是好事，而且大多数不是被掠夺走的，不是抢走的。八国联军也好，英法联军也好，抢走的中国的古籍，只占一部分或者说是少量的。我觉得这是第一个认识。我们往往怀着一种屈辱感，民族屈辱感，老认为哪个国家有我们大中华的古籍，都应该要回来，我觉得这是要不得的。因为这个东西，中国汉字的古籍在那里就是一个传播，中国文化的传播，你为什么一定要要回来。我曾经讲过流传出去的渠道有8个，我今天不在这讲，我觉得这主要是一个认识的问题。

第二个海外汉籍研究里面要注意的问题是我们对各国收藏汉籍的图书馆应该给予尊重。比如说有的图书馆收藏了中国的汉籍，我们要复制它是可以的，但是我们应该明确那些书已经属于人家了，尽管印的时候是汉字，是中国的纸，中国的墨。中国的东西不管什么渠道出去，他买去了，就是他的财产；他抢去的，现在在他那里，我们可以交涉，你想要回来也可以，但要通过法律程序。无论如何，不管这些书当初什么渠道出去的，现在是在他们的图书馆收藏，你不能拿着中国一个国家部委的公文告诉国外一家私人财团藏书机构说："我要调看你们的宋本书。"人家当然会很反感。我觉得要尊重人，从法律上应该尊重。有法律意识，有世界眼光，这样才能够和人家对等地，或者说平等地打交道，你才能解决问题。所以有人告诉我说，国外收藏汉籍的图书馆，人家跟我们打交道，怕我们说"回归"，人家就容易理解成我们要把他们图书馆的汉籍全搬回中国。所以我们要有一个概念，对待这些书，要有一个法律的观念，一个世界的眼光。我们不能说，用中国字、在中国印的书在你那儿，我就要回归。回归的另外一种方式，现在叫作复制性的回归，再生性回归。这种方式你也要跟人家商量，不要强加于人，好像我气儿很粗，我的东西你得给我弄。我觉得我们要有一种谦和的态度，特别是有一种平等的法律意识，这是目前存在的第二个问题。主要是这么两条，是海外汉籍研究里面存在的一些偏向。当然还有很多，今天不能展开来谈。

林嵩：您长期担任"古委会"的主任，目前又兼任国家古籍整理出版规划领导小组副组长，同时还是全国古籍保护专家委员会的副主任。对目前的古籍工作，您有一个形象的比喻，把它比喻成一条河，古籍的收藏与保护是上游，古籍的整理与研究是中游，古籍的出版与规划是下游。您能否进一步谈谈这三者之间的关系？

安平秋： 这三个部分是目前古籍整理界、古典文献学界客观存在的一个事实。一方面是古籍的保护收藏，这以图书馆为主，量很大。中国的古籍应该说绝大多数都在图书馆里收藏，除去私人藏书家之外，还有我们个人家里面有一些，但是更为珍贵的古籍都是在图书馆。中国国家图书馆、各省市图书馆、各高校图书馆都有，所以收藏古籍主要是在图书馆。这些年图书馆的朋友都很留意，一方面收藏，一方面保护，使古籍的寿命更长。我们过去有一句俗语叫"纸寿千年"，宋代的书到今天也有千年的样子了，所以应该加以保护。这些年随着古籍收藏保护的发展，2009 年文化部就建立了"古籍保护中心"，和中国国家图书馆结合起来做这项工作，做得非常好，有声有色，我很佩服，这是一个。

在古籍收藏保护的基础上，就要有学者对古籍的整理和研究，其中不可能对所有的古籍都加以整理，要对主要的和需要的古籍进行整理、研究。这样的队伍，过去是在高校多一些，因为各个高校有研究所。经过这些年的发展，不仅仅是高校学者，各个出版社的编辑也在做，各个图书馆的朋友也在做，也就是这三个系统——图书馆的、出版社的、高校古籍整理研究所的和不是古籍整理研究所的，比如就在中文系、历史系、哲学系研究古代的这些学者、这些老师都在做。这些人来做这些事情，就壮大了这个队伍，我想这也是需要的，所以古籍的整理和研究以高校学者为主，包括了其他方面的人，这是一个潮流，也是一个主干。这第二部分，是属于教育部的。

第三是古籍的出版。因为你所有的这些古籍整理出来，需要出版的话必须经过出版系统、出版社。古籍出版社现在有一个联合体，简称"古联体"，包括几十家的古籍专业出版社，其中也有一批人才，队伍在逐渐地壮大，老中青都有，这批朋友学问也很好。这是第三个部分。这一部分一直是由"国家古籍整理出版规划领导小组"来领导的，而这个小组过去是属于国家新闻出版总署，现在属于中宣部。

第一是古籍的收藏保护，第二是古籍的整理研究，第三是古籍的出版规划。出版要做规划，你不规划乱出版也不行，所以这三个部分，上游、中游、下游要互相配合，互相呼应，互相协调，便需要一个协调机构。虽然大家合作得很好，彼此很尊重、很友好，但最近这些年协调得不够，还是需要有协调的机制。我一直主张这三个部分的工作应该由"国家古籍整理出版规划领导小组"来抓总。因为它的前身是 1958 年设立的"国务院古籍整理出版规划小组"，主持全国的古籍工作规划，现在又是中宣部的机构，他们的工作人员又精通相关业务，事业心也强，还能虚心听取大家意见，有全局观念，是个适宜抓总的机构。2019 年 10 月，"国家古籍整理出版规划领导小组"作了新的调整，由中宣部的领导同志来做组长，又重新任命了副组长和成员，包含了前面说的三个方面的人。我想这个小组建立之后，今后工作的开展会有利于这三个部分的合作，会有一个新的面目出现。

林嵩：您在古典文献专业学习、工作了一个甲子，您感觉今天的古典文献专业与您上学时候相比有何不同？古典文献学是很古老的学问，但是成为一个学科，特别是在高校开设专业的历史并不太长，您对古典文献学的学科建设有哪些建议？对今天学习古典文献专业的年轻学子们有何寄语？

安平秋：我觉得今天的古典文献专业和古典文献的老师、学生，和我当年，那已经五六十年前的古典文献专业有同有不同。相同之处都是很重视文本，重视文献，重视文献的基础研究，这都是好的。而且古典文献的人总体上看都在比较规矩、比较认真地做学问，积极参与其他方面的相对的少一点，这是相同之处。

不同之处，我一个明显的感觉，今天古典文献的老师和同学，和当年我们那个时候古典文献的老师和同学相比，似乎更灵、更敏锐，也更重视情报信息，反应很快。我们当初没有这么多的信息渠道，没有这么多的消息来源，所以没有那么灵。

我发现现在的人，以古典文献为例，是脑子怎么反应，身子就怎么反应，行动就怎么反应，甚至不假思索。我以上说的这个"快"，是作为优点提的，但是我也认为是个缺点。我觉得做古典文献的学问，信息固然很重要，赶上时代发展也固然很重要，包括数字化，数字人文也好，或者古籍的数字化也好，那是一个划时代的发展。我是说，今天无论你怎么弄，要在文化的积累上去做事情就得思考，同时有在这基础上的敏锐性、抢先性、灵活性。你很灵是对的，如果只是聪明灵，信息灵，决断快，我觉得是不够的。目前的问题是沉思不够，沉淀不够，沉潜不够，这个恐怕也是美中不足。

林嵩：占用了您很多的时间，感谢您接受我们采访。

纪念章培恒先生逝世十周年的发言

2021 - 06 - 12 北京

章培恒先生去世十周年了。这十年之中，常常在不经意间遇到一两件事情勾起我对他的回忆，而这回忆有的是只有我们两人才经历的事情。

前些天看到一篇文章提到蒋天枢先生，这让我想到章培恒先生对他的老师蒋天枢先生的恭敬与尽心尽力。

那是在 1988 年 6 月上旬，我和章先生从上海躲到苏州的南林宾馆审定《近代小说大系》的点校书稿，住在同一个房间。6 月 9 日晚上我到宾馆的主楼去给北京打长途电话，回到房间时看到他赤身裸体地躬身站在桌旁接电话，从他肃穆的神情和简洁的对话中我知道是蒋天枢先生刚刚去世了。放下电话后他告诉我：正脱了衣服要洗澡，突然上海来了电话。第二天一早我就陪着他一起回到上海，他去料理蒋先生的后事。多年之后，他在电话里说了什么话我都不记得了，只有他那像《史记·滑稽列传》里说的"簪笔磬折"中的"磬折"的形象偶尔会闪现在我的眼前。我想，这种样子是装不出来的，事起仓促，是他对老师发自内心的恭敬的自然表现。

也是在这一年（1988年），蒋先生去世之后不久，我在上海。一天，章先生对我说：蒋先生的家属想把蒋先生的书卖掉，上海书店给价3万元，家属希望是4万元，但谈不下来。言语间有些犯愁。我问他（章先生）："有没有书单子？"他说："有。"第二天我看到书单，对他说："书单子我拿走，我来想想办法。"我回到北京，在古委会秘书处开办公会讨论，并向古委会主任周林同志作了详细汇报，分析了这批书的价值和古委会收购下来的影响与作用，经反复评估和掂量，周林同志拍板：古委会以8万元的价格收购蒋天枢先生的这批图书遗产。同时，又决定不运至北京，而是存放在复旦大学古籍所，设立"蒋天枢文库"。我把这一决定电话告诉章培恒先生，他的意外欣喜和充满感激之情溢于言表。事后，我到上海，他谈起这件事仍是表示：对蒋先生有个交待了！此后，他对我说："蒋先生有两部《史记》，他在上面做了许多批注，你拿去看看吧！"他第一次说时我没有回应，第二次又说，我回他："谢谢你想着我！不必了。怕将来这事说不清楚。"我想，这件事他既是对我的关心，也是希望蒋天枢先生关于《史记》的一些研究心得能够传下去吧！从对蒋先生这批书的处理，我感受到章培恒先生对老师的尽心尽力。他是一位可以信赖的、可以托孤的人！

有一首流传很广的歌曲里有一句歌词："回忆是思念的愁！"今天回忆章培恒先生，是因为他留给我的是触动内心的凄惋的思念。

2021年6月9日夜

附笔：

发言稿打印后，我的老友黄天骥教授来信告诉我："在您发言后，加一句：'中山大学的黄天骥知悉纪念大会的召开，也表示对章培恒教授深切的怀念。'"随后黄天骥先生又发来"千里故人，一逝十载，弟亦垂老，徒自伤感"，以示对章培恒先生的深切悼念。

2021 年 6 月 10 日夜　平秋遵嘱谨录

四　书评与序跋

《古文观止》点校说明

1983 – 02

　　《古文观止》是清康熙年间吴乘权、吴大职编选的一部古文读本，凡 12 卷，收录自先秦至明末的散文 222 篇，每篇都有注释和评论。据《左传·襄公二十九年》记载，吴公子季札在鲁国观看乐舞《韶箾》时，以为尽善尽美，无以复加，赞叹道："观止矣！若有他乐，吾不敢请已！"本书书名中"观止"二字即由此而来，是表示所选的古文极好，堪称最佳读本。

　　吴乘权和吴大职是叔侄二人，浙江山阴（今绍兴）人。吴乘权字楚材，博览经史，学识丰富，一生以授馆为业，所著除《古文观止》外，尚有《纲鉴易知录》传世。吴大职字调侯，秉承家学，颇有才气。他同叔父吴乘权一起在家乡"课业子弟"。《古文观止》就是他们教授弟子诵读古文的讲义。

　　吴乘权的伯父吴兴祚，字伯成，号留村，累官至两广总督。康熙三十四年（1695）春天，他在归化城（今呼和浩特市）右翼汉军副都统任上，收到吴乘权、吴大职寄来的《古文观止》后，"披阅数过"，认为"其选简而该，评注详而不繁，其审音、辨字无不精切而确当"，乃于五月端阳日"亟命付诸梨枣"。这就是《古文观止》的最初刻本。我们今天所看到的乾隆三十九年《鸿文堂增订古文观止》和乾隆五十四年映雪堂刊《古文观止》，均署"大司马吴留村先生鉴定，山阴吴乘权楚材、大职　调侯手录"，前有吴兴祚序，但没有吴乘权、吴大职二人的自序，也没有编选例言。这两个本子，看来都是根据吴兴祚当年付梓的初刻本翻刻的，在今天都是不易得到的好本子。鸿文堂本现为我个人所收藏，映雪堂本现藏于人民文学出版社图书馆。

康熙三十六年（1697），吴兴祚去世。康熙三十七年仲冬，吴乘权、吴大职在浙江家乡又将《古文观止》"付诸梓人，以请教于海内君子"，这就是文富堂刊本。这个本子也注有"吴留村先生鉴定"，所不同的是有二吴的自序，并有吴乘权所写的例言，却没有吴兴祚的序，不知二吴是因有自序而故意略去，还是没能见到吴兴祚刻本上的序而未收录。这个本子刻工粗糙，讹错较多，但亦有前述两种刻本有误而此本不误的地方。篇末的评语，与前述两种刻本小有不同，推测二吴在付梓前或许做了少许改动，改动之处大多较前为妥帖。此本现藏中华书局图书馆。

这样，康熙三十七年以后，《古文观止》便有吴兴祚付梓的本子（鸿文堂本、映雪堂本为其翻刻本）和二吴付梓的本子（即文富堂本）这样两个大体相同而又稍有出入的版本在流传。此后的刻本多由这两个本子繁衍而来。

这里值得一提的，是乾隆三十三年（戊子，1768）锡山怀泾堂刊本。此本虽据吴兴祚初刊本翻刻，但显然用它本校勘过，凡与鸿文堂本、映雪堂本有异之处，大多与文富堂本相同，而文富堂本的讹误，此本多所纠正，但亦有个别属文富堂本、鸿文堂本、映雪堂本不误而此本有误之处。此本书前有牌记三行："此书行世已久，坊间翻刻亥豕莫分，贻误不小，本堂重刻校对，一字无讹，同人共鉴。"说"一字无讹"未免言过其实，但讹误甚少确属不虚。这在今天，更是难得的好本子。现为我个人收藏。

民国以来，《古文观止》印本尤多。木刻本有民国七年（1918）扫叶山房本，石印本有民国五年上海锦章图书局本，铅印本有民国十二年四有书局本等。铅印本中民国二十三年上海新文化书社本有断句，民国二十五年上海广益书局本附白话译文。但不少本子讹误严重，其中以民国三年上海商务印书馆铅印线装本的质量为好。上述诸本，无论其本身质量如何，其渊源都出自鸿文堂本、映雪堂本，而文富堂本却罕见有人翻刻，今所见唯民国元年绍兴墨润堂本一种。

新中国成立后，《古文观止》由文学古籍刊行社在 1956 年整理出版。此本据映雪堂本排印，加有句读，校正了原本的几十处明显错误。1958 年，此书转中华书局出版，后在历年重印时又改正了一些错字，但总的说来，无论是编选者的评注，还是新版所加的句读，都还存在不少的错误。

这次重新整理，就是在中华书局排印本的基础上进行的。排印本即据映雪堂本。这次不仅与映雪堂原刻（乾隆五十四年刊刻本）进行了复核，而且参校了文富堂本（康熙三十七年刊刻本）、怀泾堂本（乾隆三十三年刊刻本）、鸿文堂本（乾隆三十九年刊刻本）。书中各篇文章，还用有关史书或别集做了校勘（参校各本书目附后），力求为读者提供一个错误较少的本子。校勘所得的异文，凡与底本两通者不改字，酌情出校，确属讹、脱、衍、倒的文字，改正后酌情出校，但不做烦琐考证。如《报任少卿书》，与《汉书》《昭明文选》相校，异文多达102处，这次仅出校9处，改动1处。总之，这次点校，共改正了原书的明显错误300余处，主要是如下几种情况：

一、映雪堂原本有误。正文如卷十二《深虑论》："岂工于活人而拙于活己之子也哉？""活己之子"，映雪堂原刻本误作"谋子"，盖涉下"乃工于谋人而拙于谋天也"句而误。注文如卷八《讳辩》："贺父名进肃，律尚不偏讳，今贺父名晋肃，律岂讳嫌者乎？""进肃"之"进"，映雪堂原刻本误作"晋"。其他讹误，如卷三《单子知陈必亡》中"作"字误作"非"，《诸稽郢行成于吴》中"吴心愈侈"之"吴"字误作"其"，卷七《为徐敬业讨武曌檄》中"三河"误作"山河"，《阿房宫赋》中"驾人以行曰辇"误作"驾人以待曰辇"，卷十一《三槐堂记》中"吾以是铭之"，"铭"误作"録"，等等，此不赘述。

明显的脱漏有近10处（不包括编选者有意的删节），如卷七《陈情表》"过蒙拔擢"下，据《三国志·杨戏传》裴松之注引《陈情表》和萧统《文选》，当有"宠命优渥"四字，而《古文观止》各本均脱；卷十二《瘗旅文》"道旁之冢累累兮"句上，据《阳明先生集要》，当有"无以无侣悲兮"六字，《古文观止》各本亦脱。此类脱误恐怕不属于编选者有意的删节，而是抄写时遗漏的。

明显的倒文，如卷一《子鱼论战》中"大司马固即子鱼谏曰"，"大司马"为官职名，"固"为人名。但映雪堂本及文富堂本、鸿文堂本均误作"大司马即子鱼固谏曰"，致使今天有的《古文观止》译注本，将此句译为"大司马坚决地谏阻说"。而《左传》各本均无此误，且怀泾堂本亦不误。

以上映雪堂原刻之误，这次均据他本作了校正。

二、1956年排印本改映雪堂原本而致误。如卷五《屈原列传》"观屈原之所沉溺"，"观"字，《史记》及文富堂本、映雪堂原刻本均作"观"，排印本改作"过"，似无根据。还有改映雪堂原刻本的错误又改错的，如卷三《召公谏厉王止谤》"道路以目"句下注文中的"眄"字，《国语》韦昭注即作"眄"，而映雪堂原刻本误作"盻"，排印本又误改作"盼"。排印本更有据《史记》而改《国策》者，仅卷四《范雎说秦王》一篇就有3处，这是忽略了太史公引用史料常有改动字句的情况。

至于1956年排版造成的误字，数量更为可观，此不赘述。

这一类讹误，均据映雪堂原刻本及他本、别集作了校正。

三、排印本句读有误。如卷八《送温处士赴河阳军序》"与吾辈二县之大夫"句下注，原误断作："二县，谓东都、郭下。二邑，洛阳、河南也。"实则应是："二县，谓东都郭下二邑，洛阳、河南也。"这一类错误较多，这次即径予改正。

此书特色之一在于二吴的评注。其注释简明扼要，准确有当，即今之古文注本亦多不及。其评语，多有见地，于史事、人物的评论常常既具识见而又妥帖，于文章笔法的评析大多得其真髓，发人于未省。但其评注亦有一些谬误，仅以注释而言，其谬误大体有如下六类：（一）字词训释上的错误。如卷五司马迁《报任少卿书》"少负不羁之才"，"负"即"抱"、"怀有"的意思，二吴则据颜师古注"负者，亦言无此事也"，释为"负犹无也"，于义既不合，与司马迁思想亦不符。卷四

《苏秦以连横说秦》"当秦之隆","秦"指苏秦，意谓苏秦得势之时。但二吴却注为"秦国强盛时"，释"秦"为"秦国"显然不当。（二）文义理解上的错误。如卷八《讳辩》"若不明白，子与贺且得罪"句，是说如不讲清楚，韩愈与李贺都将蒙受罪名。二吴却注为"言公若不辩明，必见咎于贺也"。卷五《报任少卿书》"相见日浅"，"浅"当训为"少"，是司马迁说自己随汉武帝回长安后，由于繁忙，与任安见面的时候很少，而二吴却注为"少卿相见时近"，以"浅"为"近"，理解错了。（三）史实叙述上的错误。如卷六《后出师表》"昔先帝败军于楚"句下注为："先主十二年，刘璋降，先主跨有荆、益，操恐先主据襄阳，将精兵五千追之，及于当阳之长坂，先主乃弃妻子走。"刘备当阳长坂之败在建安十二年（依《三国志·先主传》。《资治通鉴》在建安十三年），其后才据有荆州。刘璋投降、刘备据有益州则是建安十九年事。可见"先帝败军于楚"时，并未"跨有荆、益"，刘璋亦未投降，且非"先帝十二年"，乃建安十二年。（四）地理释注上的错误。如卷十一《超然台记》"予自钱塘移守胶西"。这是指苏轼于宋神宗熙宁七年自杭州移知密州（治所在今山东诸城市）。所谓"胶西"，乃泛指，即胶州湾以西的地域，而密州即在这一地域内，实际上超然台即是在密州治所北城上。但二吴却注为"胶西即胶州"。胶州的治所在今山东胶州，苏轼并未到此为官。所以，胶州不等于胶西，更不是密州。注中更说胶西"属山东莱州"。莱州治所在今莱州，位于莱州湾南，属胶东。一为胶西，一为胶东，可谓风马牛不相及。又如卷二《吕相绝秦》"入我河县，焚我箕、郜"，二吴注为："河县、箕郜，晋二邑名。"这是误把"箕部"当作一地了。（五）引书产生的错误。如卷九《捕蛇者说》："孔子曰：'苛政猛于虎也。'吾尝疑乎是，今以蒋氏观之，犹信。"注文引《礼记·檀弓下》，误以"子路"为"子贡"，是沿袭柳宗元该文韩醇注造成的。（六）注文不确切。如卷六《李陵答苏武书》"单于临阵"，注云："单于，匈奴号。"其实单于乃匈奴君主的名称，不是匈奴族的号。对于上述情况，这次点校只对第五类引书中的错误予以校正，其他一仍其旧。

此次排印，改用简体字，除通假字不予改动外，凡繁体字、异体字则予规范，但亦有一些特殊情况，不得不保留原字者，如文中多次为"舍"字注直音字用"捨"，而"捨"字已简化为"舍"，如此处这次也简化，则成为"舍舍"，失去原注音的意义，故仍保留原样为"舍捨"。又如有些繁体字作为某一意义时已简化，作为另一意义时则未简化，本书则视情况予以处理，像"穀物"之"穀"字已简化为"谷"，但作为春秋时期诸侯自称的"不穀"之"穀"，为"善、良好"之意，并未简化，故本书卷一《齐桓公伐楚盟屈完》中"岂不穀是为""与不穀同好何如"等处不作"不谷"，仍为"不穀"，等等。

为了使读者更能明了本书的编选体例，这次整理又据文富堂本补录了吴乘权、吴大职的自序和吴乘权所写的例言。

在点校过程中，曾得到中华书局编辑部和图书馆的帮助，得到北京大学中文系古典文献教研室和同志们的支持，高秀芳同志提供了她校录的排印本与映雪堂原刻本正文的异文，谨此一并致谢。

1983 年 2 月于北京大学

我看《书品》①

1990‑12‑05

《书品》的名字不知是怎么起的，不俗，有点味道。我想，《书品》二字首先要倒过来理解——品书。要品味、品评书的好坏、高下，品之后才有等第之分，才能说出个道理来。这样一个刊物，在今天劣品有售、吹捧流行的学风下，实在需要，应该感谢《书品》的创办人。

《书品》创刊已经5年了。我不是每期都有，但手边已经积下了半摞，每见一本必定翻一翻，天长日久，给我一种印象：这刊物有种求实精神。好书说其好，也谈不足；次书说其次，也谈长处。实实在在，很有一点不虚美、不隐恶的良史之风。一个人生活在社会上，总是需要别人的支持、帮助和鼓励的，一部书也是一样，无论说长处说短处都是支持、帮助，何况还常有鼓励。

《书品》刊登的文章，可贵在评中有品。有作者、编辑自

---

① 本文是应《书品》编辑部之约，为纪念《书品》创刊5周年而作。原载《书品》1991年第1期。

己谈编著的缘起、甘苦，有他人读书的体验领会，有整理者谈一部古籍的今昔，就是评很枯燥内容的书，也写得平实有分量。这些文章，有的像春茶，清新甘雅，愉悦身心；有的如醇酒，浓烈淳香，令人神醉沉迷。读来不千篇一律，很有点可咀嚼之处。

《书品》的不俗还在于它的形式。封面，不尚大红大绿，淡雅之中配上一幅极具民族文化特色的图片，愈发显得端庄而含意深远。里面的版式和字体、字号，又变化有致。我常是在拿到这刊物之初和看过一两篇文章之后，把刊物拿在手里正面、反面、里面地看，感觉值得一玩。

要说《书品》的不足，我看有两条。一是所评的书，主要是中华书局自己出的本版书，其他的书很少评，这虽是说好说坏都好讲话，但总觉信息量不够，可否扩大一些，兼评外版书呢？这虽有些难处，但《书品》发展到今天，也应该面向全国了。二是风格温雅可亲，却有时犀利欠缺。

《书品》首刊于春天。它就像细雨过后开放的一盆春花，放在室内，置于案头，耐人玩赏。愿它春意常在。

衣带渐宽终不悔①
——《古代文史名著选译丛书》编纂始末

1992-04-26

今年1月，《古代文史名著选译丛书》已经出到100种101册（其中《史记》为2册）。4月份，最后的33种也已交稿。这样，全书133种即将呈献在读者面前。②一项服务当前、造福子孙的普及优秀古代文化、进行爱国教育的大工程便宣告完工了。回想这一套丛书动员18所院校，投入100余人，从1985年筹划，1986年起步，到今天已度过了六七年的岁月，个中甘辛令人难以忘怀。

一、北大·苏州·北大
——酝酿与筹划

编纂这样一套丛书，起因于1981年7月，当时陈云同志派人到北京大学召开了小型座谈会。来人告诉与会人员，陈云

---

① 原载《中国典籍与文化》1992年第1期。本文由我执笔写就，由马樟根先生审定，在《中国典籍与文化》杂志发表时由我二人署名。

② 至1994年4月最后定稿时，全书为135部。

同志最近在考虑两个问题：一个是粮食，一个是古籍整理。对古籍整理，特别讲到陈云同志说："整理古籍，为了让更多的人看得懂，仅作标点、注释、校勘、训诂还不够，要有今译，争取做到能读报纸的人多数都能看懂。有了今译，年轻人看得懂，觉得有意思，才会有兴趣去阅读。今译要经过选择，要列出一个精选的古籍今译的目录，不要贪多。"这就是后来收入《陈云文选》的那段话。1981年9月中共中央关于整理我国古籍的文件中一字不差地强调了这段话。1983年教育部建立了全国高校古籍整理研究工作委员会（简称"古委会"）。古委会主任周林同志根据中央和陈云同志的意见，提出了组织力量今译古籍。但在当时，经过"文革"后的古籍整理工作，百废待兴，加之一些学者对今译重要性的认识远非今日之深，这一工作一拖便是两年。

1985年5月，全国高校古委会在苏州召开了一届二次会议。周林同志在会上作了《人才培养和古代文化遗产普及问题》的专题发言，他分析"解放三十多年来，由于'左'的路线干扰，特别是'文化大革命'，几乎使我们的民族文化到了中断的边缘，出现了对古代文化知之不多，或知之甚少的状况"，要教育界的同志"做好普及古代文化知识的工作"，搞好古籍的今注今译就是其中的一项重要任务。"高校古委会要在这方面多下功夫"，"高校古籍研究所无疑应担负起这个任务"。他针对当时一些人轻视古籍的今注今译思想，呼吁"我们对于选本、今译等有利于教育普及的东西，应承认它的学术价值"，"《昭明文选》《唐诗三百首》《古文观止》等，是地道的选本，流传几百年，发生那么大的影响，能说没有水平？""专家们深入浅出的在对古文献研究基础上的译注，对普及古代优秀文化作出重大贡献，算不算高水平的成果呢?""古文既要译得恰当、准确，又要通畅易懂，难度是很大的"，"为了社会主义精神文明建设，古籍整理，这方面也要作出应有的贡献"。一石激浪，沉寂了几年的今译古籍的话题又重新活跃起来。大家在会上作了一番认真讨论。

经过这样的酝酿，1985年7月，全国高校古委会科研项目评审组的专家们聚集在北京大学勺园，筹划编纂一套古籍今译的精选本。初步定名为《古籍今译丛书》，议定了收书范围、内容，开列了65种书的选目；并决定由科研项目专家评审组召集人、复旦大学古籍所所长章培恒教授和参加过陈云同志委托秘书在北大召开座谈会的、当时古委会主管科研工作的副秘书长安平秋同志共同负责，并与秘书处同志一起具体筹划。经过几个月的筹备，决定由古委会直接联系的18个高校古籍研究所承担这一工作，组成编委会，并开列出89种书的选目。对选译的进度、规划亦作了设计。此时，几家出版社闻讯而至，表示愿意出版这套丛书。最早与我们联系的巴蜀书社的段文桂社长以其强烈的事业心和对古籍今译的高度重视而感动了我们，于是决定邀请巴蜀书社编辑参加第一次编委会议。

二、从柳浪闻莺到桂子山上
——第一批书稿的产生

第一次编委会于1986年5月在杭州柳莺宾馆召开。宾馆因位于西湖十景之一的"柳浪闻莺"而得名。全国高校18个研究所的 24 名学者和有关人员聚集在这风景胜地，无心观柳，亦无从闻莺，紧张地工作了 3 天。会上确定了这套普及读物的读者对象是具有中等以上文化程度的广大群众，收书范围是中国历代文史名著，在名著之中选精。所选书目，在原拟 89 种基础上，调整为 116 种，以形成系统性。书中选篇之下分提示、原文、今译、注释四部分，以译文为主，书前有一前言，书中加入必要的插图。每一种书约 10 万至 15 万字。书名确定为《古代文史名著选译丛书》。即由到会的 24 位学者组成丛书编委会，由章培恒、马樟根、安平秋 3 人任主编。于是，编委会立即分成 3 个工作小组，在会上分头拟出丛书《凡例》《编写、审稿要求》和《文稿书写格式》，经讨论修改而形成了正式文字以供遵循。在自报的前提下，会上确定了由 18 个研究所承担前 40 部书的今译任务，要求当年底完成。古委会主任、丛书顾问周林同志对编委会的认真精神、紧张工作和显著的效率十分赞赏，他说："有这样一个编委会，有这样一个阵容，来做选译，使中国历史文化不专属于少数人的知识，使能看报纸的人都读懂自己民族的名著，从而树立爱国主义、建设有民族特色的精神文明，其意义之深远，将会在今后愈益显露出来。"于是，有 1000 余万字的大工程便从这里开始了。

当年底各研究所的今译书稿经作者完成后，由在该所的编委审改，1987 年 5 月和 7 月，先后在复旦大学、北京大学两次召开编委审稿会。这种审稿会，说是审稿，实际上是边审边改，字斟句酌，每部书稿必须经一位编委、一位常务编委审改把关，经过这样两道工序，汇总到主编手中，40 部书稿通过了 25 部。其中部分书稿赶印了样稿征求意见。于是周林同志于 7 月 6 日在北大临湖轩邀请了在京十几位专家与正在审稿的编委一起研究样稿，探讨如何提高这套今译丛书的质量。

根据编委审稿发现的问题和在京专家们的意见，丛书亟须在已定体例的框架中条列细则；而出版单位巴蜀书社又希望所出版的第一批书为 50 种以便形成格局，需要布置各研究所承担新的今译任务。这样，1987 年 10 月在华中师范大学再次召开了编委会，又请了詹锳、周振甫、刘乃和、郭预衡等先生到会指导。

这次编委会是在审看了 40 部书稿后，发现了一大批问题亟待解决，又是在需要布置下一步任务的状况下召开的，是一次承上启下的编委会，会议初期人们的心情和会上的气氛都带有一股子严峻与急切。会议从 5 日到 8 日开了三天半。但是在 4 日晚上开预备会的时候，主编章培恒先生尚未到会，亦无他是否已从上海出发的信息。5 日上午就要开会了，主编不到怎么行呢？5 日一早，我们还在沉睡之中，忽听有人敲门，进来的竟是章培恒！一向风神儒雅、衣装考究的章培恒先生，此时却是一身尘灰、满脸疲惫地站在我们面前。原来他从上海出发前，未能买到机票或船票，而上海到武汉又没有直达火车，只好先从上海坐火车到长沙，为了不误 5 日上午开会，他只好买了一张无座票，夜间从长沙出发一直站到武昌。一向走路辨不清方向的章培恒竟然在夜色未退之前一人从车站摸到了华中师大专家楼，也算是奇迹。

这次编委会，从体例的具体要求、书中选篇是否合适、每篇中的提示如何写、注释的繁简和语言的通俗性，到今译的信达雅如何把握，例如李白的"床前明月光，疑是地上霜。举头望明月，低头思故乡"这样通俗的诗是否要翻译，在在都有热烈的争论。感谢编委们的努力和学术判断力，最后终于形成了一个《细则》，一切争论都统一在这个《细则》之中。编委们在思想明确、分得新的任务之后，显出了少有的轻松与喜悦。会议结束时正逢中秋节，华中师大的专家楼坐落在武昌桂子山上。入夜，桂子山上举行了赏月茶会，几张方桌，围坐着全体编委和特邀到会的专家。天上明月如盘，清辉洒地，眼前桂树葱茏，桂花飘香，华中师大古籍研究所的青年们活跃席间，引得于达津先生即席赋诗，刘乃和先生清唱京戏。这气氛预示着《古代文史名著选译丛书》克服了当前的困难，第一批 50 种书稿有如母腹中的胎儿，快要降生了。

三、华清池畔的愁云与人民大会堂的欢欣
——第一批书出版的柳暗花明

1988 年 10 月，编委们再一次聚会，审定第一批 50 种中的最后十几部书稿、修改第二批 50 种中的大量书稿。这次审稿是在"东枕华山、西拒咸阳"的骊山脚下、华清池滨的一家招待所。这里古朴而不豪华，食宿低廉却又实惠。审稿之余，左近有风景可观，有古迹可寻，房内有 43℃ 的温汤沐浴。编委们平日在校教学、科研工作劳累而生活清苦，如今有这样的环境与条件，感到少有的惬意。我们作为主编觉得这也是对编委们两年来辛勤编书的一点补偿，但这种适意之感很快就被两件事所驱散。一件事是书稿的质量。几十部书稿交来，一经审看，从注译到体例完全合格的只有寥寥可数的三四部，余下

的，或需小改，或需大改，或根本不合格需退回重作。另一件事是出版发行成了问题。到会的巴蜀书社副社长黄葵同志向大家通报了即将印出的 16 本书的征订情况，最多的为 2000 册，且只有一种，其他的只有 800 册、600 册，甚至还有 200 余册者。征订不佳，销路不畅，出书要赔钱，出版社为难，编委们又无计可施。此时还哪有心思去观赏"骊山云树郁苍苍，历尽周秦与汉唐"? 也无心绪登上骊山，在烽火台前怀古。且正值"楼台八月凉"的节令，只有华清池畔秋雨飘零，秋风瑟瑟，落叶满地，不禁愁从中来。

愁则愁，还得面对现实。书稿质量不高，靠到会近 20 位编委十余天的逐字逐句修改，终于改定合格 17 部。至于出版发行问题，巴蜀书社的朋友费心经营，重新设计了封面，改进装帧，将第一批 50 种装成一大礼品盒，成盒出售。从中又得到了国家新闻出版署、四川省出版局、国家教委有关司局和各省市教委的大力支持与帮助，发行面得以扩大，到了 1990 年下半年，首印的 17000 套书销售已尽，而问讯、索购者不绝，出版社决定再印 30000 套以供读者需要。中央领导了解到这套丛书受到读者欢迎，欣然为丛书题辞，江泽民总书记题辞是"做好我国古代文史名著的传播普及工作，使其古为今用，以发扬爱国主义精神"，李鹏总理的题辞是"弘扬民族优秀文化，激励爱国主义精神"。李瑞环同志也为丛书题了辞。

1990 年 8 月 22 日在北京人民大会堂召开了《古代文史名著选译丛书》出版座谈会。国家领导人李铁映、胡乔木、李德生、陈丕显、廖汉生、王汉斌、王光英出席，古委会主任周林同志主持会议，到会各阶层代表在发言中从不同角度肯定了这套书对促进青少年了解历史、了解国情、了解中华民族优秀传统文化、进行爱国主义教育的作用。时值盛夏，却逢喜雨，洗却了编委和出版社同志心中的忧虑，参加大会堂座谈会的13名常务编委会后又聚集在北京大学讨论深入认识编纂这套丛书的重大意义，研究审改好第二批书稿的具体措施。

四、从舜耕山庄耕作到乐山脚下
——第二批书稿审定之艰辛

第二批书稿50种50册，是1987年10月布置的。1988年10月在西安审改合格的17部书稿都已放入第一批中以替换原已通过的第一批中质量较差的书稿。这样，第二批书稿当时余下的已完成的有20余部，却都不合格，只能要求译注者和编委再行修改。一年之后，编委会汇总来重新改好和新译注交来的第二批书稿44部。于1989年10月在济南千佛山下的舜耕山庄召开了常务编委审稿会。

这次审稿，发现的问题较多。有的选目不当，如有的史书重要人物的传不选却选入无关紧要而又无学习价值的人物传，有的名家文章名篇不选却选入既无文学价值又无借鉴意义的篇章。有的选译所依据的底本不当，舍弃现有的精校本却用校勘不善的本子。有的虽有根据地改动正文却只在注释中说"原作……，据别本改"，而不指明据何本改。有的注释过繁，不利于一般读者阅读，有的注释极简，该注释的地方不注，使广大读者看了译文仍无法理解全文的精妙；而更多的是注释不准确，对一字一词增字为训而歪曲了原意的毛病也较普遍。译文问题更多，有的语义不清，佶屈聱牙，把"三顾频烦天下计，两朝开济老臣心"译为"三顾茅庐频烦为天下大计，两朝事业开济尽老臣忠心"；有的为追求通俗生动，把"君何往"中的"君"译为"老兄"。每篇的提示，有的写得很长变成了文章赏析，有的虽短却不中肯綮，用了类似"文革"期间的语言扣几顶大帽子了事。看这样的稿子都觉头痛，改这样的稿子更感艰难。审稿历时 12 天，参加审稿、当时 63 岁的黄永年先生向我们诉苦："头发掉了一把！"有的编委说，千佛山古称历山，传说舜在这里开垦耕耘，十分艰辛，我们住在舜耕山庄，预示着我们为这套丛书垦荒笔耕，也要历尽千辛。这次审稿，经过审改之后，有 10 部书稿合格，有 11 部需会后再作小的修改方能通过，余下的均需作大的改动或另请人译注。

这次审稿还研究了所选戏曲部分的曲辞如何今译问题，如规定了念白中出现的诗句只注不译，上、下场诗只注不译，注而不译的文字在译文中应予保留以便参读。

到 1990 年 12 月丛书常务编委在广州研究丛书如何体现批判继承精神、如何提高第二批书稿质量时，又有 18 部书稿完成交来。为了保证书稿质量，使计划在 1991 年上半年召开的常务编委审稿会得以顺利进行，我们 3 个主编从广州匆匆赶到北京，用了一周时间审看了这 18 部书稿，通过了 7 部，11 部退改。当我们看完最后一部书稿碰头研究时，已是 12 月 31日。在 1990 年一年内，我们仅仅通过了这 7 部书稿。加上1989 年在舜耕山庄通过的 10 部，也仅有 17 部，尚差 33 部方足第二批的 50 部。

1991 年 5 月，常务编委来到古称嘉州的乐山市，在乐山腰的八仙洞宾馆继续审改第二批书稿。改稿时间只有 10 天，要力争将第二批 50 部推出，其繁重可知。我们在改稿过程中，不禁想到明万历年间嘉州知州袁子让的诗句"登临始觉浮生苦"，想到这套丛书从起步到这次审改已历时 5 年，当初怎么也没有想到完成这套丛书会是如此的艰辛，真是"登临始觉笔耕苦"啊！

这次乐山审稿，通过了 13 部书稿。好在余下的 20 部书稿只需小改即可在会后交稿，终于在 1991 年 8 月将这 20 部书稿全部改定交巴蜀书社。第二批 50 部历时近 4 年终于定稿了。

五、在金陵古都作光辉的一结
——第三批书稿的完成

1990 年 12 月根据出版社的要求，这套丛书出齐当为 150 种，到乐山会上又修正为 110 种至 125 种，最后数字的确定根据最后一次审稿结果而定，合格的即入选，不合格的不再修改选入。根据这一共识，今年（1992 年）4 月中旬，我们一部分常务编委聚集到六朝古都南京，从已经交来的 35 部书稿中选择经小改合格的书稿。经过 11 天的劳作，选择、改定 33 部，由到会的常务编委、巴蜀书社的段文桂总编和编委、巴蜀书社的刘仁清副编审带回成都，将经由他们的继续辛苦而使《古代文史名著选译丛书》以 133 部 1500 万字之数呈献给热爱中华文化的读者。

这套丛书从 1986 年 5 月起步，历时整整 6 年，平日繁细工作不计，仅编委大小审稿会就开了 12 次之多，丛书的发起人、顾问、古委会主任周林同志先后参加了 8 次审稿会，每次都自始至终和大家在一起，听取审稿情况，了解遇到的问题，当我们遇到困难的时候他为我们鼓劲，当我们感到欣喜的时候他提醒我们不可大意。这次他又和我们一起来到虎踞龙蟠的石头城下，为我们督阵，看我们能否为这套丛书作出光辉的一结。

此时此刻，我们与这次会议的东道主、丛书常务编委、南京大学的周勋初先生漫步在中山陵旁，想到今译丛书已基本完成，我们自然地感到如释重负，但理智却使我们不敢轻松，我们期待着全书 133 部出齐之后专家、读者的评头品足。

1992 年 4 月 26 日

附：《古代文史名著选译丛书》（修订版）134 种书目

丛书主编：章培恒　安平秋　马樟根

书　名	译注者	审阅者
老子注译	张玉春　金国泰	安平秋
庄子选译	马美信	章培恒
荀子选译	雪　克　王云路	董治安　许嘉璐
申鉴中论选译	张　涛　傅根清	董治安
颜氏家训选译	黄永年	许嘉璐
论语注译	孙钦善	宗福邦

书　名	译注者	审阅者
孟子选译	刘聿鑫　刘晓东	黄　葵
墨子选译	刘继华	董治安
韩非子选译	刘乾先　张在义	黄　葵
新序说苑选译	曹亦冰	倪其心
论衡选译	黄中业　陈恩林	许嘉璐
管子选译	缪文远　缪　伟	董治安
列子选译	王丽萍	周勋初　倪其心
韩诗外传选译	杜泽逊　庄大钧	董治安
盐铁论选译	孙香兰　刘光胜	黄永年
诗经选译	程俊英　蒋见元	刘仁清
楚辞选译	徐建华　金舒年	金开诚
贾谊文选译	徐　超　王洲明	安平秋
司马相如文选译	费振刚　仇仲谦	安平秋
文心雕龙选译	周振甫	黄永年
庾信诗文选译	许逸民	安平秋
嵇康诗文选译	武秀成	倪其心
谢灵运鲍照诗选译	刘心明	周勋初
陈子昂诗文选译	王　岚	周勋初　倪其心
李白诗选译	詹　锳等	章培恒
高适岑参诗选译	谢楚发	黄永年

书　名	译注者	审阅者
元稹白居易诗选译	吴大逵　马秀娟	宗福邦
柳宗元诗文选译	王松龄　杨立扬	周勋初
李贺诗选译	冯浩菲　徐传武	刘仁清
杜牧诗文选译	吴　鸥	黄永年
李商隐诗选译	陈永正	倪其心
唐五代词选译	亦　冬	董治安
唐文粹选译	张宏生	周勋初
晚唐小品文选译	顾歆艺	平慧善
黄庭坚诗文选译	朱安群等	倪其心
辛弃疾词选译	杨　忠	刘烈茂
元好问诗选译	郑力民	宗福邦
宋四家词选译	王晓波	倪其心
黄宗羲诗文选译	平慧善　卢敦基	马樟根
吴伟业诗选译	黄永年　马雪芹	安平秋
方苞姚鼐文选译	杨荣祥	安平秋
明代散文选译	田南池	马樟根
顾炎武诗文选译	李永祜　郭成韬	刘烈茂
张衡诗文选译	张在义　张玉春　韩格平	刘仁清
汉诗选译	张永鑫　刘桂秋	金开诚
阮籍诗文选译	倪其心	刘仁清

书　名	译注者	审阅者
三曹诗选译	殷义祥	刘仁清
诸葛亮文选译	袁钟仁	董治安
陶渊明诗文选译	谢先俊　王勋敏	平慧善
杜甫诗选译	倪其心　吴　鸥	黄永年
王维诗选译	邓安生等	倪其心
刘禹锡诗文选译	梁守中	倪其心
孟浩然诗选译	邓安生　孙佩君	马樟根
韩愈诗文选译	黄永年	李国祥
欧阳修诗文选译	林冠群　周济夫	曾枣庄
曾巩诗文选译	祝尚书	曾枣庄
苏轼诗文选译	曾枣庄　曾　弢	章培恒
李清照诗文词选译	平慧善	马樟根
陆游诗词选译	张永鑫　刘桂秋	黄　葵
朱熹诗文选译	黄　珅	曾枣庄
文天祥诗文选译	邓碧清	曾枣庄
袁枚诗文选译	李灵年　李泽平	倪其心
王安石诗文选译	马秀娟	刘烈茂　宗福邦
二程文选译	郭　齐	曾枣庄
范成大杨万里诗词选译	朱德才　杨　燕	董治安

书　名	译注者	审阅者
萨都剌诗词选译	龙德寿	曾枣庄
王阳明诗文选译	吴　格	章培恒
徐渭诗文选译	傅　杰	许嘉璐　刘仁清
李贽文选译	陈蔚松　顾志华	李国祥　曾枣庄
三袁诗文选译	任巧珍	董治安
王士禛诗选译	王小舒　陈广澧	黄永年
龚自珍诗文选译	朱邦蔚　关道雄	周勋初
尚书选译	李国祥　刘韶军 谢贵安　庞子朝	宗福邦
礼记选译	朱正义　林开甲	宗福邦
左传选译	陈世铙	董治安
国语选译	高振铎　刘乾先	黄　葵
战国策选译	任　重　霍旭东	李国祥
吕氏春秋选译	刘文忠	董治安
吴越春秋选译	郁　默	倪其心
史记选译	李国祥　李长弓 张三夕	安平秋
汉书选译	张世俊　任巧珍	李国祥
后汉书选译	李国祥　杨　昶 彭益林	许嘉璐
三国志选译	刘　琳	黄　葵

书　名	译注者	审阅者
晋书选译	杜宝元	许嘉璐
宋书选译	漆泽邦　孔　毅	李国祥
南齐书选译	徐克谦	周勋初
北齐书选译	黄永年	安平秋
梁书选译	于　白	周勋初
陈书选译	赵　益	周勋初
南史选译	漆泽邦	安平秋
北史选译	刁忠民	段文桂
周书选译	黄永年	安平秋
魏书选译	杨世文　郑　晔	周勋初
隋书选译	武秀成　赵　益	周勋初
新唐书选译	雷巧玲　李成甲	黄永年
旧唐书选译	黄永年	章培恒
新五代史选译	李国祥　王玉德　姚伟钧	周勋初
旧五代史选译	贾二强	黄永年
宋史选译	淮　沛　汤　墨	曾枣庄
辽史选译	郭　齐　吴洪泽	曾枣庄
金史选译	杨世文　祝尚书　李文泽　王晓波	曾枣庄

书　名	译注者	审阅者
元史选译	樊善国　徐　梓	马樟根
明史选译	杨　昶	李国祥
清史稿选译	黄　毅	章培恒
贞观政要选译	裴汝诚　王义耀	黄永年
史通选译	侯昌吉　钱安琪	周勋初
资治通鉴选译	李　庆	黄永年
续资治通鉴选译	徐光烈	安平秋
通鉴纪事本末选译	谈蓓芳	章培恒
洛阳伽蓝记选译	韩结根	章培恒
梦溪笔谈选译	李文泽	曾枣庄
徐霞客游记选译	周晓薇等	黄永年　马樟根
宋代笔记小说选译	朱瑞熙　程君健	金开诚等
关汉卿杂剧选译	黄仕忠	刘烈茂
明代文言短篇小说选译	黄　敏	章培恒
六朝志怪小说选译	肖海波　罗少卿	刘仁清
世说新语选译	柳士镇　钱南秀	周勋初
水经注选译	赵望秦　段塔丽　张艳云	许嘉璐
唐人传奇选译	周　晨	曾枣庄

书　名	译注者	审阅者
唐五代笔记小说选译	严　杰	周勋初
大慈恩寺三藏法师传选译	贾二强	黄永年
宋代传奇选译	姚　松	周勋初
聊斋志异选译	刘烈茂　欧阳世昌	章培恒
阅微草堂笔记选译	黄国声	安平秋
清代文言小说选译	王火青	周勋初
历代名画记图画见闻志选译	周晓薇　赵望秦	黄永年
容斋随笔选译	罗积勇	宗福邦
唐才子传选译	张　萍　陆三强	黄永年
西厢记选译	王立言	董治安
元代散曲选译	彭久安	刘烈茂　金开诚
日知录选译	张艳云　段塔丽	黄永年
桃花扇选译	张文澍	章培恒　段文桂
牡丹亭选译	卓连营	章培恒
长生殿选译	戚海燕	董治安

《日本宫内厅书陵部藏宋元版汉籍影印丛书》编纂缘起[①]

2001 - 04 - 05　北京

目前，国外收藏中国古籍数量最多、珍贵程度最高的，当属东邻日本。日本收藏中国古籍的机构，著名的有静嘉堂文库、宫内厅书陵部、尊经阁文库、金泽文库、东洋文库、内阁文库（国立公文书馆）、京都大学人文科学研究所、东京大学东洋文化研究所、杏雨书屋等，其中又以静嘉堂文库、宫内厅书陵部所藏中国宋元版古籍为多。

宫内厅书陵部是日本国天皇的皇家藏书机构。它创建于公元701年（日本文武天皇大宝元年），当时称作"图书寮"，隶属于中务省。1884年改称"宫内省图书寮"，1949年更名为"宫内厅书陵部"。宫内厅书陵部所收图书，至今历经13个世纪的累积，数量甚夥，而未见公开发表确切的数字。其中，中国古籍占有极为突出的位置。从目前已公开的书目看，宫内厅书陵部所收中国古籍包括宋刊本75种、元刊本69种、明刊本

---

① 《日本宫内厅书陵部藏宋元版汉籍影印丛书》，线装书局2003年版。

336 种，另有唐写本 6 种、元抄本 5 种、明抄本 30 种。其中，有的是中国国内未有收藏的版本，有的是中国所藏为残本而书陵部所藏为全本，或书陵部所藏版本刻印较早。

近年，在中国北京大学校长助理郝平教授和日本国东京经营文化研究所所长长岛要市教授的策划与推动下，得到日本共立女子学园理事长石桥义夫教授的鼎力支持和中国教育部全国高等院校（大学）古籍整理研究工作委员会的赞同，将复制宫内厅书陵部所藏宋元版汉籍工作列为中国教育部全国高等院校古籍整理研究工作委员会与日本共立女子大学、宫内厅书陵部共同合作的项目。1997 年 12 月，在长岛要市教授和共立女子大学综合文化研究所所长上野惠司教授、宫内厅书陵部吉野敏武先生、栉笥节男先生的陪同下，我与中国全国高等院校古籍整理研究工作委员会的同事杨忠教授、曹亦冰、张玉春、刘玉才、顾歆艺副教授、卢伟讲师一起入宫内厅书陵部考察其所藏汉籍，对其宋元版汉籍作了重点的目验，有所发现。随后，共同议定将宫内厅书陵部所藏 144 种宋元版（刻本）汉籍全部复制给中国全国高等院校古籍整理研究工作委员会。这项工作所需经费数目甚大，长岛要市先生出于对中国文化的热爱，为促进中日两国的友好与学术、文化交流，慨然表示在日本复制该批汉籍所需经费由他筹措，无偿提供中方所需全部图书的复制件；而有关的其他费用（包括复制后在中国的整理、研究及影印费用）由中国全国高等院校古籍整理研究工作委员会承担。当时我正在东京大学任教，自那以后至 1999 年 4 月我返国的一年多时间里，长岛要市先生、石桥义夫先生多次邀我聚会，几乎每次都有吉野敏武先生和有关的日本朋友在场，从接触中，我真切地感受到他们对复制宫内厅书陵部这批汉籍给中国的真诚心意和为此付出的辛苦劳作。截止到2000年3月，我们已收到日本方面转交的宋元版汉籍复制件55种。这是中日两国友人真诚合作的共同成果。

为了不埋没宫内厅书陵部这批宋元版汉籍的价值，为了便于国内外学术界更多学者的使用与研究，也为了感谢石桥义夫、长岛要市、吉野敏武诸位日本友人的真诚心意，我们从已经收到的55种宋元版汉籍中选出若干种在中国先行影印出版。

影印前我们做了一些必要的工作。一是组织并依托北京大学中国古文献研究中心的同仁，特别是高校古委会秘书处的同仁，将上述55种复制回来的宋元版汉籍与国内所藏同种古籍作了比较研究，从中选择最具出版价值的古籍先行影印出版。二是在上述研究的基础上，为影印的每一种古籍撰写"影印说明"，介绍或考订作者生平仕履，揭示该书的学术价值，并根据书目资料和存世版本考辨该书的版本源流，以方便读者使用。三是筹措必需的经费支持上述研究工作。

在这中间，承蒙老出版家林辰先生的积极相助，承蒙线装书局总编王大路先生的信任、鼓励、支持与合作，又承蒙日本共立女子大学邀聘本书编委、北京大学外事处徐红女士为共立女子大学兼职研究员协助进行相关事宜，使《日本宫内厅书陵部藏宋元版汉籍影印丛书》得以在中日两国朋友的共同努力下，提供给需要它的学者。

根据日本方面的复制计划，我们将在今后两年中得到宫内厅书陵部的宋元版汉籍全部复制件。我们会在与国内所藏相关古籍作比较研究之后，陆续筛选出有较高出版价值的宫内厅书陵部藏宋元版汉籍影印出版。

2001 年 4 月 5 日清明节于北京

张玉春《〈史记〉版本研究》序①

2001 - 07 - 09

《史记》的成书，根据司马迁在《史记·太史公自序》中所说的记事"至太初而讫"来推断，大约是在汉武帝太初年间（前 104 年至前 101 年）或其后不久完成的。在其后的 1100 年的时间里，一直是以抄本的形式流传的。直至公元 994 年（北宋太宗淳化五年）才有《史记》的雕版印刷本②。从那以后至今，又已 1000 余年。现在存世的《史记》各种不同版本（不含抄本）大约有 60 余种。这中间有"集解"单刻本，有"集

---

① 此文原为张玉春所著《〈史记〉版本研究》（商务印书馆 2001 年 7 月出版）的序言。后有少许改动并以《二十世纪对〈史记〉版本研究的发展脉络》为题，登载于《北京大学中国古文献研究中心集刊》第五辑（北京大学出版社 2005 年版）。现据修改过的文本收入本书。

② 北宋叶梦得在《石林燕语》卷八中说："唐以前，凡书籍皆写本，未有模印之法。……五代时，冯道始奏请官镂《六经》板印行。国朝淳化中，复以《史记》、前后《汉书》付有司摹印，自是书籍刊镂者益多。"南宋王应麟在《玉海》中说："淳化五年七月诏选官分校《史记》、前后《汉书》。"清陈鳣《简庄随笔》说元本《后汉书》卷末有"右奉淳化五年七月二十五日敕重刊正"，可说明北宋淳化五年曾刊刻《史记》。

解”“索隐”二家注合刻本，有“集解”“索隐”“正义”三家注合刻本，还有白文无注本。在“二十四史”中，《史记》是版本多而承传关系最为复杂、难于理清的一种。对于不同版本的《史记》异文，历代学者做了大量的校勘工作，清代学者用力最勤，清同治年间的张文虎的《校刊史记集解索隐正义札记》是一部校订《史记》异文的有学术价值的著作，而由唐仁寿、张文虎等校定的金陵书局本《史记》是明、清所刻三家注《史记》中最好的一种。但是，金陵书局本的《史记》在校勘上的问题仍然很多，原因之一是他们没能理清《史记》版本的不同系统与承传关系，在一定程度上影响了他们对异文的判断。

进入 20 世纪的 100 年间，学者们才渐渐重视对《史记》版本源流的研究。1926 年王重民先生在《图书馆学季刊》上发表了《史记版本和参考书》，1931 年赵澄先生在《史学年报》上发表了《史记版本考》。这两篇文章，前者过于简明，后者过于倚重历代书目的著录而未能亲自目验《史记》的各种版本。1958 年贺次君先生的《史记书录》由商务印书馆出版，对 60 余种现存《史记》版本做了逐一考察，记述翔实，而于版本间承传关系和版本系统所论甚少。进入 80 年代，连续出现了几篇研究《史记》版本的论文，引起海内外同行的注目，日本学者池田英雄在他的《史记学研究 50 年——日中〈史记〉研究的动向（1945—1995）》一书中对此做了评价：“1986年，吴汝煜发表《史记版本略史》。转年 1987 年，发表了易梦醇的《史记版本考索》和安平秋的《史记版本述要》两篇优秀的论文。两人都阐明了《史记》各本间的关系、探讨了古本的源流及对后世版本的影响，系统说明了两千年间《史记》承传的轨迹。"①应该说，到了这个时候——20世纪的80年代，对于《史记》版本的研究才步入了佳境。但是对于《史记》版本的研究还有许多问题没有解决，例如，最具版本价值的《史记》宋元刊本，据我的初步统计，存世的有14种，31部（包括残本）。其中，中国大陆所藏为10种，16部；中国台湾藏4种，6部；日本藏7种，9部。（其中3地种数有重复。）日本所藏的一部南宋刊朱中奉本是中国和世界其他各国都不存的孤本②；元代彭寅翁刊本，日本存有两部130卷全本③，而国内（包括大陆与台湾）均是补配本④，可见日本所藏《史记》宋元版的版本价值之重要。而过去中国大陆学者对于日本及中国台湾的《史记》宋元本，或从书目、书影上，或从复制的部分胶片上作分析与比勘，未能亲自目验原书，这就大大影响了中国大陆学者对《史记》版本研究的全面性和权威性。因此，对中国大陆、中国台湾和日本所藏有版本价值的《史记》各本作一通盘研究与梳理就成为必须要做的重要的学术研究课题。

张玉春博士就是在上述前人对《史记》版本研究的成就和不足的基础上，经过数年的努力，几度到日本目验《史记》重

---

① 池田英雄《史记学50年——日中〈史记〉研究的动向（1945—1995）》，日本明德出版社平成七年（1995）5月出版。

② 南宋绍兴十年邵武朱中奉刊本，存130卷，14册，内藤湖南旧藏，现藏大阪杏雨书屋。

③ 日本所藏元至元二十五年彭寅翁崇道精舍刊本两部130卷全本者，一为东京宫内厅书陵部（存130卷，40册），一为奈良天理图书馆（存130卷，70册）。

④ 大陆与台湾藏有5部彭寅翁崇道精舍刊本，其中，北京国家图书馆存1部130卷本，但有6卷补配；台湾"中央图书馆"存1部130卷本，但有8卷补配；其他3部均残缺更多。

要版本，与中国所藏《史记》版本作了详细的比较，并重新梳理版本关系之后，写成了这部《〈史记〉版本研究》。

张玉春博士的《〈史记〉版本研究》的学术价值，一是由于作者对中日两国现存的《史记》主要抄本、刻本作了通观目验、重点比勘和通盘比较，并据此梳理出历代《史记》版本的承传关系与发展轨迹，因而使这部论著成为扎实可信的、超越前人的力作。张玉春博士通晓日语，他在 90 年代后几年，在日本遍访日本所藏各种《史记》版本，尤其对日本大阪杏雨书屋所藏两种宋刻本与他所搜集到的其他宋刻本的复印件作了逐字逐句的比勘，并吸收了 80 年代以来中日两国研究《史记》版本的成果，而使他的这部论著成为在 20 世纪末尾完成的一部对 100 年来《史记》版本研究的总结之作。二是作者在论著中有创获、有新见，纠正了前人研究的疏误。如书中首次论证了日本杏雨书屋所藏北宋本为北宋原刻本，而北京国家图书馆藏本为其覆刻本；首次提出了南宋三家注黄善夫本是在两家注蔡梦弼本基础上，合以"正义"注文而成；首次论析了元代彭寅翁本三家注注文脱落，是因所据底本注文残缺，并不是有意的大幅删削，纠正了贺次君先生和我过去论断的欠当。仅此几点，即可看出《〈史记〉版本研究》于《史记》研究的贡献，也同时奠定了张玉春博士在《史记》研究领域中是具有真才实学的学者的无可置疑的学术地位。

我与玉春相识有年，关系在亦师亦友之间。他的这部专著即是在北京大学读博士时的论文基础上修改而成。值他的专著出版之际，邀我写序，成此一篇，谨以复命。

2001 年 7 月 9 日晨 3 点

赵逵夫《古典文献论丛》序^①

2002 - 11 - 05

记得在 1980 年和 1981 年，当时的北京大学中文系系主任季镇淮先生曾两次和我谈到系里的教学与科研工作。他认为，自 50 年代以来，中国的大学受苏联影响很大，中文系也不例外，一些师生不重视对古代文学文献的正确理解和深入研究，也没有把握马列主义、毛泽东思想的精髓，简单地把古代某个作家列为某个阶级，把某些作品算成某个主义，这种学风不可取。他还说，今后要重视古典文献，讲课、写文章要有实证，言之有物。过去老北大、老清华的国文系注重古文献的阅读，甚至一边阅读，一边标点、整理古文献，这不是落后的方法，是能打下坚实基础的好传统。今天，距离季镇淮先生的两次谈话已经 20 多年了。近 20 年来，中国大陆对中国古典文学的研究，无论是对作家个人的评论，还是对历代文学发展脉络的探究；无论是对重要文学现象的剖析，还是对古代诗文、戏曲、小说的赏析，大都具有言之有物、注重实证、视角开阔、论证

① 赵逵夫《古典文献论丛》，中华书局 2003 年版。

有深度的特点，呈现出逐步走向坚实与兴旺的气象。那么，季镇淮先生所指出的古代文学研究中的不可取的学风，是不是已经没有市场了呢？也不是。例如，近些年有些研究论著，引进了国外的文学理论和研究方法来论述中国的古代文化，其实有些学者对国外的文学理论和研究方法也未必真的把握了；在引用的中国古代文献中，不仅断句、标点有误，还有的对字句没有读懂，甚至意思完全理解反了，竟洋洋洒洒，高谈阔论。有的学者认为古典文献学是低层次的学问，而理论分析才是真正的研究。其实，持有这种观点的学者往往是自己的古典文献学基础薄弱，对古典文献学不要说登堂入室，恐怕连大门都没有迈进，所以才有这种简单排斥古典文献工作的思想。以这样一种学风来做学术研究，恐怕写的论文越多、专著越厚，对学术、对社会越无益处。

赵逵夫教授的这部《古典文献论丛》却与之不同。这是赵逵夫教授近 20 年研究中国古典文学、古典文献学的论文结集。他的论文都是以对文献资料的全面掌握和正确解读为基础的。这些文献资料，包括传世的典籍，也包括近年来的出土文献，他都以之作为研究的依据，作了深入的探讨。在治学的指导思想上，他是从文献资料及其历史背景的客观实际出发，运用先进的理论与先进的方法，引出正确的结论，力求取得学术上的突破。在治学方法上，他注重实证，运用王国维先生所倡导的"二重证据法"。在治学视野上，他眼界开阔，思维鲜活，并不拘泥成说。这些特点，在他的这部论集 30 余篇论文中得到体现。赵逵夫教授的这部论著所以有这样的特点，我想一是同他的积极向上、不断进取的精神状态有关，我每次与他相见交谈，都感到他有一股对学术上新事物、新观点、新材料格外关注的情感；二是与他有坚实的古典文献学功底有关，这从他对简帛和敦煌文献的字词训解和对其他古文献资料的诠释上可以看得出来。可以说，这部《古典文献论丛》是近20年来古典文学、古典文献学研究领域里的一部注重实证、视野开阔、论证有力、成一家之言的论著。

我与赵逵夫教授相识有年，知道他对先秦文学尤其是对屈原和《楚辞》有深入的研究，但同他有较多的接触是在近两三年，而对他在学术上的进一步了解，还是在看了他的这部《古典文献论丛》之后。我比他年长一岁，看到他在学术上取得这样引人注目的成绩，自愧弗如。承他邀我写序，成此一篇，谨以复命。

2002 年 11 月 5 日晨

卢伟《李珍华纪念集》序[①]

2003 - 10 - 05

时间过得真快，李珍华教授去世已经整整十年了！

我与他初次相见是在 1987 年，是傅璇琮先生离京去李教授所在的学校做访问学者的那一天中午。那是应傅先生的要求，由我出面在燕京饭店宴请李教授，对我来说也有为傅先生饯行之意。席间李教授与我除了互相介绍了个人与所在机构的简况外，其余均是漫谈，给我的印象是他思维敏捷，语句明快，富有才干。几年后，我与他有较多时间在一起交谈的时候，他告诉我，那次相见我给他的印象是："这是我近十几年在中国大陆见到的第三个气度、识见不一般的人。"大概是这种彼此欣赏促成了在其后几年里我们越来越密切的交流与合作。

其后他几次表示邀我去他所在密歇根州立大学做学术访问。到 1992 年初，我收到他的正式邀请函，希望我和高校古委会系统的一所大学的古籍整理研究所所长一起做短期学术访

---

① 卢伟编著《李珍华纪念集》，北京大学出版社 2003 年版。

问。李教授是个办事细致的人。在他发出邀请信后，他向同他和我都熟悉的人探询我会推荐哪一位所长同行。我向他推荐了北京大学古文献研究所所长孙钦善教授。到1993年8、9月他在北京治病期间，一次闲谈，他说："原来以为你会推荐你的好朋友××大学的×××或××大学的×××，结果你推荐的是北大的孙钦善，现在看，你这样做很成功！"言下颇有些认为我在这件事情上有权谋之意。我连忙向他解释，我这样做纯粹是为了办手续和领取出国用的外汇方便，因为当时古委会并无外汇或外汇额度，我出国对内办手续要以北大古文献研究所教授身份向北大申请美元。我与孙教授二人向北大申报比我一人向北大申报而另一人向另一学校申报简便得多。我很费了一番唇舌向他解释，他很快就表示理解了。这件事，使我看到了他处事的细心、思维的深入和敏感。

1992年8月17日至9月2日，我和孙钦善先生一起到密歇根州立大学（MSU）做了十四天的访问。李珍华教授和他的夫人Lucy Lee教授极尽地主之情谊，友好、热情地开车领我们到华盛顿参观国会图书馆，在那里我认识了中文部主任王冀先生。据说王冀先生是李珍华先生在马里兰大学的同学。李珍华先生还陪同我们到芝加哥大学参观东亚图书馆，在那里结识了后来成为我的好朋友的东亚图书馆馆长马泰来先生。他还亲自开车陪我们到安阿伯访问密歇根大学（UM）中国研究中心，并参观该校东亚图书馆。在那里我见到了东亚图书馆馆长万惟英先生、中文系主任杜志豪先生、中国研究中心副主任林顺夫先生。当时在密大（UM）中国研究中心工作的钱其琛外长的公子钱宁先生专门为我们几个人做了中文字库的电脑演示。其中，万惟英先生、林顺夫先生与我交往至今，已经十一年了。在这次访问中，更多的时间和精力是用在与密歇根州立大学（MSU）相关负责人关于双方交流与合作的商谈上。在李珍华教授的协调下，密歇根州立大学参加的人有文学院院长兼美国中西部十一所大学文学院的学术联合组织 CIC（Committee on Institutional Cooperation）主席伊迪（John W. Eadie）、亚洲研究中心主任威廉姆斯（Jack F. Williams）、外文系系主任皮特斯（George Peters）。我方则是我与孙钦善先生。李珍华教授既是协调人又是翻译。起先我们只是就学术上的一般交往交换意见，不想在李珍华教授的牵引下，双方越谈兴致越浓，谈了一次之后，原本李教授安排我和孙先生在会谈后去密北玩三天，为了有时间继续商谈，我们共同认为应该取消去密北。接着又谈了第二次、第三次。这三次会谈，形成了一些共同的意向，根据当时的记录，主要有双方认为中美两国学者在中国学、在对中国文化的研究上，各自的研究思路、研究方法有所不同，应互相取长补短，推动双方学术研究的进步，要脚踏实地，一项一项去做，一定会对 21 世纪的中美学术发展产生影响。在这过程中，密歇根州立大学、CIC 组织要成为一个学术交流的基地。只要双方建立起真诚的学术合作，一定会取得卓有成效的学术成果。在这一认识的基础上，古委会与 CIC 组织（包括密歇根州立大学）准备在五年内各派十名学者到对方做访问研究，互聘对方教授做兼职教授；五年内召开两次小型学术研讨会，一次在美国开，一次在中国开；合作编撰《美国的中国学家名录》《美国主要图书馆藏汉籍目录》等；互派若干名年轻学者到对方进修。最后由李珍华教授起草形成一个文本，作为意向书双方签署。在会谈中，李教授最繁忙，他一会儿将汉语译成英语，一会儿将英语译为汉语，还不时地把他个人的建设性意见告诉我们，忙乱中，他有时对着我讲英语，对着伊迪等人说汉语，引得在场全体哈哈大笑，他自己也禁不住笑起来。在这种紧凑而又融洽的气氛中，双方都感到有了内容充实的商谈结果。下一步是筹集经费，为计划的启动做准备。8月26日，文学院长、亚洲研究中心主任联合召集了近二十名教授聚餐，由我以商谈的共识为内容作了一次简明的演讲，仍由李教授做翻译，得到全场教授的热烈赞同。这次访问虽然短促，但由于李珍华教授的周到安排和杰出的协调才干，使我们感到收获丰实。

1993年5月，全国高校古委会邀请李珍华教授和伊迪院长夫妇到中国访问。他和伊迪在北京大学各做了一场精彩的演讲。他演讲的题目是《盛唐气象与世界文化》，吸引了众多的中国学人，当时演讲的教室座无虚席，还挤满了站着听讲的各系年轻教师与研究生，他口才很好，知识面也宽，他引古论今、融通中外的论说，使听者饶有兴味。他演讲时，中国的中央电视台曾去录像。这录像的片段曾在1993年11月29日和12月8日在中央电视台的《中国报道》节目中播放。在这次访问中，他和伊迪院长告诉我，我们的合作交流计划由于美方在筹措经费上遇到一些不顺，希望启动时间向后推延一段时间。

就在这次访问后回到美国不久，他来信告诉我文学院准备评杰出教授，要我为他写一份对他学术情况评价性的推荐信，我很快写好给他寄去。但是到了7月份，我收到李珍华教授的电报，告诉我他已检查出身患肝癌，询问此病中国是否能治。

几乎同时，傅璇琮先生也找到我，说他已与厦门大学的周祖譔先生联系，周在北京认识一位老中医可以治这种病，最好请李珍华教授来北京，治病不要你们（指我和古委会）管，我们联系，你们只管安排他（指李教授）的食宿。于是我即给李珍华教授回电报，请他到北京来治病。大概 7 月 19 日前后，李教授和夫人 Lucy Lee 教授及他们的外孙李可立来到北京，住在北京大学专供外国专家居住的北招待所。李教授到京后，立即抓紧时间去看病，然后是抓药、煎药、服药，一直延续到 10 月。现在看，这几个月的治疗，似乎起到了减缓他的疼痛的作用，却不能从根本上治好。

在此期间，他的住处几次搬迁，住过北师大外专楼，住过香山饭店，住过友谊宾馆，住过皇冠假日饭店，最后住进协和医院。为使他在治病之余不至于寂寞，在他住在北大期间，古委会秘书处人员每天都有人去看望李教授，我大体两天与他见一次面。他住在北大之外的地方，古委会秘书处人员或家属基本上是两天去一次，我则三天左右去一次。因此，这几个月他和我、和古委会秘书处同仁聊天比较多。慢慢地我们彼此越来越了解，越来越亲近。在治病的同时，他仍然在牵挂着他的学校、他的学术。他多次谈到待他病情好转之后，我们的合作应如何去做，还提到要在密歇根州立大学文学院里加强对中国学研究的具体措施，如想建立一个唐宋文学研究室等。在他的夫人 Lucy 和"小鬼"（这是他对外孙的昵称）回美国而由福建老家亲属看护他的时候，他也十分挂念他们，他多次和我叨念他们，并关心美国的股市行情，指导 Lucy 应该如何处理手中的股票。和他在一起相处也有些既让你着急，又好笑的事情。这一年的 10 月初，他已经住到位于王府井的皇冠假日饭店。一天，护理他的黄登荣先生（李教授的妹夫）打来电话，说李教授对每天喝那么多中药汤厌烦了，要求把中药磨成粉末，像咖啡那样冲着喝。我在电话中告诉李教授这样的想法很好，但到哪里去磨呢？李教授很坚持。我即从北大赶到王府井，李教授见到我又详细述说了他的想法。我当时也没经历过这种事，便和黄登荣先生一起到前门外的同仁堂药店，找到一位负责人（党支部书记），好容易说服他同意将药磨成粉，他说："这要到车间去磨，但今天是星期天，工人休息。"又经过一番工作，并答应给工人加班费，这位负责人才允许我们自己到车间去和工人一起干。待到磨出来之后，才发现一包药磨成粉体积很大、量很多，根本无法像咖啡那样冲着喝。当李教授看到我们运回去那么多大包的药粉之后，他也发现和原来想象的大不一样，答应还是重新买药，继续煎药，喝汤药。从这件事看出来，他连续几个月喝汤药确是喝烦了。这一年的中秋节（9 月 30 日）和李教授的 64 岁的生日（10 月 22 日）这两天，古委会秘书处的全体朋友都与李教授一起聚餐。记得李教授生日那天聚餐，古委会秘书处全体人员和家属都参加了，李教授也是一家人都在，加起来有二十多人。气氛十分热烈，李教授情绪极好，他拿着摄像机给大家摄像，还讲了一番十分动感情的话，特别讲道："我是知恩图报的，将来我一定会报答你们的恩情！"他这话讲重了，使我十分不安。等他讲完之后，我赶快站起来说："朋友之间谁都会有困难的时候，谁都会有需要朋友帮助的时候，我们仅仅是在尽一个好朋友的责任。我们需要的不是你的报答，需要的是李先生身体尽快地好起来，健康地生活，多少年后我们还能像今天这样聚会！"那一天大家尽欢而散。但是，生活有时并不以人的愿望为转移。到了10月底，李教授病情急转直下，住进了协和医院。已经回到东兰辛家中的Lucy，又赶回了北京。我因自7月李教授来到北京至10月底的几个月里，一切外出学术活动都推掉了，但11月4日至10日在福州、厦门的两个学术会议因为由我主持，不能不去参加，经问过医生说近日李教授不会有生命危险后，我于11月3日离京去福州。行前他躺在病床上还和我拥抱而别，并说："我们将来还要合作！"不想，11月8日晨，李珍华教授——我的好朋友，竟然与世长辞了！我于9日赶回北京和Lucy以及我的同事们一起料理李教授的后事。Lucy Lee教授是个非常了不起的女性，她在悲痛与失落之中，十分妥善地料理了丈夫的后事，将骨灰分为两份，一份放在东兰辛家中，一份放在李教授的故乡福建霞浦。在其后的日子里，她又妥善地处理了李教授与其他学者学术合作上的一些事项以及科研经费上的若干事情。她还决定，自己拿出一笔经费作为基金，支持密歇根州立大学文学院与古委会联合举办每年10月在密歇根州立大学的纪念李珍华教授演讲活动。

Lucy Lee教授是一位杰出的生物学家。自70年代初期至今的三十年间，中国一批又一批的年轻学者在她的实验室里，在她的指导下，攻读博士学位。他们之中的大多数都回到了中国。有的已经是大学校长，有的成为全国人大代表，有的成为权威专家。1995年中国农业部特别授予她为中国培养人才奖，但她从不张扬。她与李珍华教授所从事的专业差别很大，但她十分理解和支持李教授的学术研究。她决心设立基金支持纪念李珍华教授的演讲活动，既是对李教授生前工作过的密歇根州立大学文学院的友好情感，也是对李教授的最好怀念。

每年一次的纪念李珍华教授的学术演讲自 1994 年开始，至今已经进行十年了。按照最初的约定，演讲人由我提名，由 Lucy 和文学院长确认，由文学院发出邀请。经费由文学院、Lucy 和古委会三家分担。感谢密歇根州立大学的两任文学院长伊迪（John W. Eadie）教授、威尔金斯（Wendy K. Wilkins）教授，是他们的支持与合作才使演讲至今进行了十年。我希望还能继续进行下去，以表示我们对逝者的怀念，对生者的安慰。

我还要特别感谢我的好友 Linda Cooke Johnson（张琳德）教授，是她在李珍华教授去世之后，起到了古委会与密歇根州立大学文学院之间的沟通与桥梁作用。她的真诚、友好和为人、处事的魅力令我感铭于心。我想借此机会向十年来支持和帮助过纪念李珍华教授的学术演讲活动的在东兰辛以及曾经在东兰辛的美中两国朋友表示感谢和敬意。他们是 Gorden Stewart、Jo-Ann Vanden Bergh、Jack Williams、Michael Lewis、David Prestel、George F. Peters、顾应昌和夫人、张先光和夫人、王庆成和夫人、隋德新和夫人吴燕、景安宁、童鲁定、陈建国、王硕和丈夫赵子富、王晓平、任德林和夫人黄重阳、严定和夫人、李毅和夫人黄世霞、吴平和夫人、李茂祥和夫人、阿毛、崔晓平。

让我们继续共同努力做好今后每一年的纪念李珍华教授的学术演讲活动，以告慰李教授的在天之灵！

韩兆琦《史记笺证》序

2005 - 02 - 26

　　司马迁生活在西汉武帝时期，他的历史巨著《史记》也完成于这一时期。至汉宣帝时，他的外孙杨恽将《史记》公之于世，使《史记》得以流传，至今已有两千余年的历史。两千余年来，为《史记》全书作注释的人，据粗略统计约有二十余家。但随《史记》得以流传至今、为治《史记》者所器重的却是"三家注"，即刘宋时裴骃的《史记集解》、唐代司马贞的《史记索隐》和唐代张守节的《史记正义》。而"三家注"中最晚的一家张守节是生活在唐玄宗时期，距今已有一千三百年左右了。在今天，过去为《史记》所作的各家注释，已远不能适合今人的阅读、使用和研治《史记》的需要了。在上个世纪（20世纪），一些名家试图解决这一问题，为《史记》作新的注释，其中引人注目的如日本学者泷川资言的《史记会注考证》等，但由于种种原因，其中主要是所据资料、所下功夫和学术识见的关系，而不能尽如人意。即到今天——21世纪初，我们仍然期待着一部坚实的、极具学术功力的、适合今人需要的《史记》注释新作出现。

令人欣喜的是呈现在我们面前的这部《史记笺证》，这是由韩兆琦教授编著、江西人民出版社出版的一部注释新作。全书约五百八十万字。而《史记》一书的原文为五十多万字，新作的注释为原文的十倍，可见注释之详尽、收集资料之宏富。从我所见的部分样稿中，可以看出《史记笺证》一书有四大长处：一是《史记笺证》对当前通行本（包括中华书局出版的点校本）《史记》原文的文字讹误和标点失当做了校正，据告，多达二百余处。二是在有根据地尊重传统解释的基础上，充分吸收了近百年来新的研究成果。对传统解释中的不当之处做出了辨正，对过去解释模糊不清之处提出了有见地的新说。三是注重运用近一百余年在中国新发现、新出土的文献和文物为《史记》做注释，以考订、验证《史记》原文所叙述的史实。即将王国维先生所倡导的治学"二重证据法"运用到了《史记》注释中去。四是收集、引证了古今人物对《史记》和《史记》中人、事的评论，使注释更坚实、更鲜活。具有以上四大长处的这部《史记笺证》，体现出《史记》研究领域中的一种既传统、又崭新的境界，那就是既具厚重的学术功力，又眼界开阔、识见精到。我们期待《史记笺证》一书成为中国《史记》研究进入新境界的里程碑。

我与韩兆琦教授相识多年，他是当今海内外研究《史记》的名家、大家。我从他的论著中，从与他的多次交往中，乃至上个世纪九十年代初，我请他来北京大学主持我两名研究生以《史记》为题的毕业论文答辩中，感受到他治学的严谨、思路的敏捷和识见的精到。这次，从他编著的《史记笺证》中，更看到他对当断之处敢于下断语，对无把握之处甘于阙疑的魄力和求实精神。这更增加了我对他的敬重。

　　韩兆琦教授年长于我，他命我为《史记笺证》作序，我虽知接受下来有些不知深浅，但面对他的抬爱，也只好应命。在江西人民出版社林学勤社长的督促之下，成此一篇，以表达我对韩兆琦教授《史记笺证》的真诚的认识。

　　　　　　　　　　2005 年 2 月 26 日于北京大学

张兴吉《元刻〈史记〉彭寅翁本研究》序①

2005 - 12 - 26

近年来，随着《史记》研究的不断深入，《史记》的版本研究也有了长足的发展。新中国成立以来，国内的学者在前人研究的基础上，从注重《史记》各版本异同，过渡到全面考察《史记》的版本源流，以更广泛的视野，研究《史记》的版本。20 世纪 50 年代贺次君先生《史记书录》的问世，开启了《史记》版本研究的新时代。此后的学者在此基础上，不断将《史记》的版本研究推向深入。日本学者池田英雄在《史记学 50 年——日中〈史记〉研究的动向（1945—1995）》一书中指出，20 世纪 80 年代有"易孟醇的《史记版本考索》和安平秋的《史记版本述要》两篇优秀的论文。两人都阐明了《史记》各本间的关系、探讨了古本的源流及对后世版本的影响，系统说明了两千年间《史记》承传的轨迹"②。这些开创性的工作为后来研究《史记》版本的学者提供了借鉴和方法，也开辟了道路。20

---

① 张兴吉《元刻〈史记〉彭寅翁本研究》，凤凰出版社 2006 年版。
② 池田英雄《史记学 50 年——日中〈史记〉研究的动向（1945—1995）》，第 135 页。

世纪 90 年代以后，随着与海外学术交流的逐渐增加，大量的境外收藏的《史记》版本及研究资料为国内学界所了解，国内学者充分利用这些资料并借鉴海外学者的《史记》研究成果，推出一系列有影响的研究成果，从而使国内的《史记》版本研究进入了一个全新的时期，其中以张玉春博士的《〈史记〉版本研究》和张兴吉博士的《元刻〈史记〉彭寅翁本研究》为代表。

张兴吉博士的《元刻〈史记〉彭寅翁本研究》力图从一个新的角度来研究《史记》的流变，即通过对元刻《史记》彭寅翁本的剖析，展开对《史记》版本的个案研究。元刻《史记》彭寅翁本是目前存世的继南宋黄善夫本之后最早的三家注合刻本，也是黄善夫本之后承前启后、最具特色的三家注本。研究元刻《史记》彭寅翁本是梳理《史记》三家注本版本系统的一个关键问题，而此本存世不多，目前还没有专门针对此本的专题研究，因而张兴吉博士选择元刻《史记》彭寅翁本作为自己的研究对象，具有填补空白的意义。

张兴吉博士《元刻〈史记〉彭寅翁本研究》的学术价值有几个方面：一是第一次对《史记》三家注本中最早的两个版本，即黄善夫本和彭寅翁本，进行了全 130 卷的校勘，因而作者的立论在全面、客观的基础上，避免了以前学术界常使用的只对个别卷进行校勘而带来的偏颇。作者不满足于传统例证式的校勘方法，用全面的统计校勘结果，作穷尽式的研究。统计分析科学严谨，结论可靠。二是着重指出了彭寅翁本的版本价值及其在《史记》版本流变中的地位，不仅以全面的考证，支持了张玉春的黄善夫本是彭寅翁本的底本的观点，而且进一步探索了彭本与后代《史记》版本的关系，如和明刻《史记》中嘉靖三刻的关系，并第一次用具体的校勘成果得出结论：彭本是日本刊《史记》古活字本的底本，从而解决了三家注本的传承问题。三是作者在研究方法上的突破，即力求通过具体的版本校勘实践，来探索版本学的理论与研究方法。力求通过对彭本的个案研究，总结古籍版本的流变规律，为版本学的发展提供了一些试验性的借鉴。四是作者目验过所有传世的彭刻本的复制本，占有资料相当丰富，在此基础上将彭寅翁本与《史记》的其他版本进行了比较研究，作了大量细致扎实的校勘工作，积累了大量的资料，为后来的研究者提供了相当丰富的《史记》版本研究资料。所以，张兴吉博士的研究虽然是一个小的选题，却做到了小中见大，由于作者有扎实的学术功底，对中日两国《史记》版本研究成果进行了深入剖析，使一个原本并不宏大的选题，成为一个有深度、有厚度的引人注目的成果，是一部全方位、宽视角的论著。特别是此书后所附《〈史记〉版本存世目录》，不仅简要地介绍了《史记》版本的基本情况，还注明收藏单位和数量，对于《史记》研究者而言是极为便利的《史记》版本检索工具，很有价值。

张兴吉是我近年来指导过的博士研究生之一，我对他的为人和学术研究都很熟悉。这部著作是在张兴吉博士毕业论文基础上修改而成，修改后的书稿内容更加翔实，结构也更加严谨。在此书即将出版之际，应兴吉之邀作序，希望兴吉能在《史记》版本研究的道路上继续走下去，为学术界提供更多更好的《史记》研究成果。

2005 年 12 月 26 日

刘玉才《清代书院与学术变迁研究》序①

2008 - 01 - 19

　　窗外是一片灰蒙蒙的天，附近的建筑顶上积着昨晨落下的一层白茫茫的雪，几棵高高的柏树在寒风中挺拔苍翠，低头看着桌上这本厚重的《清代书院与学术变迁研究》书稿，不禁思绪绵绵，想到它的作者北京大学年轻学者刘玉才博士的成长与成熟经历。

　　刘玉才于1981年考入北京大学中文系古典文献专业，1985年毕业留校。其后，他在工作中考取了我的老师阴法鲁教授的硕士生，主攻中国文化史方向，并取得了硕士学位。2000年，他随我攻读博士，于2006年取得了博士学位。这部《清代书院与学术变迁研究》的雏形即是他的博士论文。在和他共事中，我曾口述一些想法请他写成文字，或请他帮我审看外校的博士论文，提出书面意见，发现他完成得很快，写出的文字思路清晰，文笔通畅，很少需要改动，我曾开玩笑式地说："玉才玉才，如玉之才。文笔畅达，倚马可待。"刘玉才不

---

① 刘玉才《清代书院与学术变迁研究》，北京大学出版社2008年版。

自恃聪敏而是勤于治学，无论是个人著述还是集体合作，他都专心投入，从不倦怠。他先是参加阴法鲁先生主编的《中国古代文化史》写作，后又投入袁行霈先生主编的《中华文明史》的撰述，并与刘宁、顾永新合著有《中国文化史纲要》，他个人已发表的论文、札记达数十篇，其中如《朱彝尊诗文词的结集与刊布》《全祖望学术史观探微》《韩国奎章阁藏抄本〈皇明遗民录〉刍议》《明遗民张斐轶事辑考》等文，颇为学界称道。

刘玉才不仅治学勤奋，而且广交学界朋友，遍及海内外。他除赴中国港台地区参加学术活动外，还多次赴欧洲、美国、日本进行短期学术访问，并曾在日本早稻田大学担任客员助教授半年，在韩国淑明女子大学教学一年。丰富的学术活动使得他眼界宏阔，思维活络，能从不同的视角观察学术问题。刘玉才喜爱收集、鉴赏古旧书的版本，早稻田大学图书馆的一部《后村居士集》，长期存藏在馆中未被发现，是他在早大期间阅读、审定，确认为宋本，而成为早稻田大学图书馆的镇馆之宝。1995年他在北大中文系评为副教授，至今已十二年多，但他本人却一直不申请晋升教授，我想他或许是为了在学术上的厚积。

过去讲"文如其人"，刘玉才的治学，也和他这个人一样，具有多方面的特点和相当的厚度。而其主要特点，大体有三条：一是注重古文献，准确地运用和诠释古文献。注重古文献和他长期从事古文献工作有关，但是当今有些人注重古文献却不能对古文献进行准确的诠释和使用，造成新的学术上的混乱。刘玉才却极为注重对古文献的准确把握，包括宏观的理解和具体字句的标点、校勘。一个年轻学者有这样的功力和好习惯，当属可贵。二是治学有头脑，有眼界。对一种学术现象，他不是孤立地论证，而是能放在一定的时间和空间之中，从多方面、多角度去收集资料、占有资料，去观察、思考，探讨相关联的学术事物、现象之间的内在规律和与外部联系。这和他近二十年的成长、成熟经历有关，也是一个年轻学者得以发展的重要条件。三是论述学术问题语言畅达，易读易懂，不生造词句，不故作艰深让人不知所云。这其实也是一个为人处世的问题。

至于这部《清代书院与学术变迁研究》，在我之前写序的来新夏教授已有中肯、精到的论定，我再怎么评价也不及前辈来先生的洞明与精要。况且，我说刘玉才这部书的好话，很有代自己学生卖瓜之嫌。我只想说，我在上面所述刘玉才的治学特点，在这部《清代书院与学术变迁研究》中都有深入的体现。这部著作看上去是既讲清代书院又讲清代学术变迁，其实是透过对清代书院和清代学术问题的剖析，来探讨清代的学术发展特点，研究的是清代学术史的问题，而且既有文献依据，又有可信的见地，语言也畅达好读。

写至此处，窗外已是夜色深深，那几棵柏树只隐约看到树梢了。我想，学者，无论是年老的还是年轻的，犹如这柏树，只有经历过春夏秋冬才能丰富其学术阅历，尤其是经历过严冬才能磨练其劲力。愿刘玉才的学术生涯也如这柏树，一年四季始终挺拔青翠。

2008 年 1 月 19 日写于北京大学

整理中国古典文献的范例^①

——评凤凰出版社出版的《册府元龟》

2008 - 04

　　由宋真宗赵恒集中当时最负盛名的一批文人编纂的《册府元龟》是中国历史上篇幅巨大的类书之一。它在《四库全书》所收的典籍中，篇幅之大位列前茅。《册府元龟》全书 1000 卷，900 余万字，分 31 部，1104 门，所收史料集中于政治与体制方面，目的是从中汲取治国的经验教训。由于《册府元龟》收录了许多不见于他书的珍贵资料，因此它在史料学和校勘学上具有他书不可替代的作用。它在补史、校史与辑佚方面都有特殊的价值，当代学者陈垣先生据《册府元龟》补今本《魏书》的残缺即是著名的事例。由于《册府元龟》分部、分类之下，对相关问题的资料收集广博、系统，也便于在学术史上分门别类地做专题研究，因此，《册府元龟》是一部具有突出学术价值的类书。

---

　　① 本文是为周勋初、姚松、武秀成等整理的《册府元龟》所写的书评，原刊南京大学古典文献研究所《古典文献研究》第十一辑"周勋初先生八十寿辰纪念专号"（凤凰出版社 2008 年 4 月版）。

《册府元龟》的宋刻本至今已无完帙。将中国大陆、中国台湾和日本存藏的宋刻《册府元龟》加在一起，也仅存581卷（含重出者15卷）。而明崇祯年间所刻则据多种当时抄本汇总而成，并未见宋本，因而多有疏误。1959年中华书局曾据以影印。1988年中华书局又将现存581卷宋刻汇总影印。由此可见，目前需要一部经过整理、校正的《册府元龟》供学术界使用。

　　南京大学周勋初、姚松、武秀成教授和南京大学古典文献研究所同仁整理的《册府元龟》今由凤凰出版社出版。这正是应当前学术发展的需要，集过去的刻本和前人研究的成果而形成的《册府元龟》的精校本。它的特点有三：一是校勘精当。新本以明本为工作底本，以宋本为主要参校本，写出详细校记。对宋明本文字不明晰处，详加考证，以恢复史料原貌。二是力求注明出处。《册府元龟》所引文字原不注出处，此次整理者追寻本源，在校记中予以注明。三是加以新式标点，重新排印。这样一部经过精细整理的《册府元龟》显然超越了此前所出版的各类《册府元龟》版本，代表了当前对《册府元龟》整理的最新、最高水准，同时在古籍整理学界，在古文献学界也树立了一个整理中国古典文献的优秀范例。特别值得提出的是，主持人周勋初教授学养深厚，学风谨严，眼界及于海内外学术，长于将传统学术与当代治学融会贯通，已是当前人文科学领域的大家。这种学养在《册府元龟》的新整理本中有很好的体现。

应三玉《〈史记〉三家注研究》序①

2008 - 11 - 20

这是从《史记》产生以来唯一的一部全面、系统地研究《史记》三家注的专著。

司马迁的《史记》作为中国古代"二十四史"中的第一部，从它流传于世之后，历代为它作注释的有几十家之多。但是最具学术价值的有三家，即是南朝刘宋时期裴骃的《史记集解》八十卷、唐代司马贞的《史记索隐》三十卷、唐代张守节的《史记正义》三十卷。经宋人刊刻合为一编，附于《史记》正文之下，史称《史记》三家注，流传至今，成为中外学者研读《史记》的最重要的依据。

由于历代学人研读《史记》都离不开三家注，因而三家注的长处、成就及不足，就成了人们关注的对象。历来有不少学者读《史记》写下的文字，对三家注从具体注释到总体评价都有涉及，但多是零散与片断的札记，而缺乏全面、系统的综合研究。应三玉的这部《〈史记〉三家注研究》弥补了这方面的

---

① 应三玉《〈史记〉三家注研究》，凤凰出版社 2008 年版。

缺憾。应三玉综合前人的成果，把梳整理，取宏用精，提出了对三家注解析的架构与体系，并在解析中提出个人见解，常有精到的识见。这是迄今为止第一部研究三家注的集大成之作，其学术价值与地位将会随着时间的推移得到学术界越来越多的肯定与称赞。

应三玉博士的大学本科在浙江完成，硕士、博士都在北京大学攻读。他于 2004 年从北京大学取得文学博士学位，现在国家机关工作。他是我学生中有才干、有见识的一位。他头脑清晰，兼资学术研究与行政组织能力，且为人诚挚，作风正派，是一位有发展前途的后起之秀。在他的这部力作出版之际，谨祝他的学术研究日益精进。

2008 年 11 月 20 于北京大学

刘蔷《天禄琳琅研究》序^①

2011-12

　　清乾隆九年，踵汉代天禄阁藏书旧事，将内廷所藏善本书，移贮昭仁殿，名曰"天禄琳琅"，并在此基础上编订《天禄琳琅书目》。乾隆中期开设四库馆，编修《四库全书》，先后钞成七部，分藏南北七阁，同时纂为《四库全书总目》。这是清代文化史上的两件大事。而《天禄琳琅书目》（前后编）与《四库全书总目》，更是有清目录学史上并峙的双峰。目前学术界对于《四库全书》及《总目》的研究已有较丰硕的成果；比较起来，对"天禄琳琅"及其《书目》（前后编）的研究则显得薄弱。刘蔷博士的《天禄琳琅研究》一书正可以弥补这方面的不足。

　　仔细比较起来，《天禄琳琅书目》与《四库全书总目》颇有一些不同。从著录对象上看，《天禄琳琅书目》反映的是宫廷皇室旧藏的珍善本图籍；编《四库全书》时因曾在全国范围内大规模征书，所以《总目》实际上又带有"全国总书目"的

---

　　① 刘蔷《天禄琳琅研究》，北京大学出版社 2012 年版。

性质。在编纂思想上，《总目》继承了"辨章学术，考镜源流"的目录学思想，其关注点在于书籍的学术性与资料性；《天禄琳琅书目》接续的则是尤袤《遂初堂书目》"一书兼记数本"的做法，专记版本，特重鉴藏，强调对书籍外部特征的描画、鉴定及其存藏统绪的记载，其侧重点在于图典的文物性与艺术性，即使是残篇散叶，只要年代足够久远或曾经名家题跋，便也在其收录范围之列。可以说，《四库全书总目》与《天禄琳琅书目》代表了古典目录学的两大流派。

清代学者洪亮吉把藏书家分为考订家、校雠家、收藏家、赏鉴家与掠贩家五等；抛开掠贩家不谈，前两家实际上可以合并成一派，后两家可以合并成另一派。借用洪亮吉的分法，我们不妨说《四库全书总目》代表的是目录学史上"考订校雠"的一脉，而《天禄琳琅书目》则代表了"收藏赏鉴"的另一脉。按照现在的学科分类法，古典文献学专业的人比较推崇"考订校雠"的工作，而图书馆和文博系统的人可能更偏重于"收藏赏鉴"的路数。这两派之间，据我个人的观察，既有"井水不犯河水"的一面，有时也不免有互相瞧不起的一面。洪亮吉所区分的五等，从排列的次第上看，"学术性"似乎是递减的，其中的倾向性是显而易见的。可是从学术发展的角度上说，我认为"考订校雠"与"收藏赏鉴"之间不应过于泾渭分明，更不必有什么高下之别。对于考校一派的学者来说，当他的研究进入一定阶段以后，必然会对"珍本秘籍"产生更高的期待与要求；而对于赏鉴一派的学者来说，要想把感性的经验上升到理论的高度，提出坚实的证据，总结出科学的方法，那么又需要有过硬的考订校雠的功底。

刘蔷之研究"天禄琳琅",从选题方面说当然属于"收藏赏鉴"的一派,但是在具体研究的过程中,作者又很重视对版本源流梳理、版刻真伪鉴定等进行方法论上的总结,而且具体指出了《天禄琳琅书目》在版本鉴定方面的讹误,并作了致误原因的分析。这种深入而又实事求是的研究方法,很好地把"赏鉴"与"考校"两派的优长之处结合了起来。刘蔷2004年考入北大,在我名下做博士,而在此之前她已经是清华大学图书馆与古文献暨科技史研究所的副教授,她到北大来读博士,可以算是"带艺投师"。刘蔷选择这样一个有难度又有价值的课题进行研究,而且完成得十分出色,这固然与她长期典守柱下,得近水楼台之便有关,也和她个人的知识结构合理、思路开阔分不开。

在目录学研究领域,不同路数之间要取长补短,从文献学研究的整体来看,过去常被割裂开来的目录、版本、校勘,也有必要重新贯通起来。目前我们的研究方向和教学课目,往往分得太细、太死。文献学的前身是古代的校雠之学,刘向父子校理群书,是从搜罗众本、校勘文句、厘次部居做起,最后才撰成《七略》,实际上这是一整套的"治书之学",它始于目录,终于典藏,而藏书最后又再通过目录揭示出来,形成一个良性的循环。老一辈学者蒋元卿先生曾经指出:"所谓校雠学者,乃是我国固有的治书之学,尤必须合校勘、目录、版本三者,始可称为完全之学术。虽以全材之难得而分裂,然三者仍互相因缘,皆有呼吸相通之道,并非风马牛之不相及。"(《校雠学史》)刘蔷这本书一个很突出的优点是,它以《天禄琳琅书目》为中心,把目录学、版本学、藏书史,甚至还包括宫廷掌故之学都熔于一炉。这一方面继承了古代校雠之学优良传统，另一方面也为目前的文献学研究树立了典范。

《天禄琳琅研究》的写作尽管是刘蔷在北大攻读博士学位期间完成的，但如果事先不经过长期的资料准备阶段，或者缺乏对这一课题的持续关注，在短短几年之内，绝不可能有这样厚重的成果。刘蔷天资聪颖，头脑清晰，处事明敏，业务基本功坚实而又勤于耕作，在读博的几年中即发表 26 篇论文，加之近年她到日本、欧美访学，在美国哈佛大学哈佛燕京图书馆工作一年（撰写善本书志）、在德国图宾根大学访问三个月，使其眼界更为开阔、识见更为到位。为了写作此书，刘蔷不仅翻检了大量的清代文集、笔记与档案资料，更遍访名师高友，还到台湾查阅相关资料。当然，在此期间，她也结识了很多有真才实学的私人藏家，得到了切实的帮助与提高。她的这篇博士论文，本来完全可以申报评选全国优秀博士论文，但近年上级规定，在读期间已有副高级职称的博士不能申请。这也是一件令人遗憾的事，好在她本人并不在意。作为一个年轻的学者，她的书中可能还存在这样或那样的问题，特别是本书就总体而言是一份比较宏观的研究，书中所涉及的许多个案，都还留有值得继续探究的空间。因此我很希望在此书的带动之下，将来能有更多的关于"天禄琳琅"藏书与《天禄琳琅书目》研究的成果问世。

隋代的牛弘曾提出著名的"书运五厄"之说。不论是"天禄琳琅"，还是《四库全书》，这些凝聚了数代学人心力的文化宝藏，历经清代、民国以来的火灾、兵燹与社会的板荡，都已是劫后余生。"书运"的通厄，反映的是"文运"的盛衰，又折射出"国运"的兴败。《天禄琳琅研究》虽然是一本专业性很强的学术著作，但是读者朋友们掩卷长思，却不难想见典籍的易散难聚与学术承传的坎坷艰辛。我想凡是读过此书的人，对于"书运—文运—国运"这一历久弥新的话题，一定都会有所感触吧。

2011 年 12 月于北大中国古文献研究中心

郭院林《彷徨与迷途：刘师培思想与学术研究》序①

2011 - 12 - 28

出身于江苏仪征经学世家的刘师培在中国近代学术史上占有重要地位。钱玄同在《〈刘申叔先生遗书〉序》中推举了清末民初在社会政治思想文化领域最具影响的十二位人物，刘师培位列其中。刘师培在古今学术思想、小学、经学、校释群书等方面所取得的卓越成就，至今少有人能望其项背。相对于在学术方面的建树，刘师培在政治方面的选择却让人叹息。也正是由于这个原因，无论时人还是后人，对刘师培短暂而富有才情的一生的评价常为大毁大誉。百年后的今天，回视刘师培其人其时之事，仍多有扑朔之感。

"旁推交通"，是乾嘉时扬州诸儒治学的遗规。像王念孙、阮元研究训诂，汪中研究诸子，焦循研究《周易》，黄承吉研究字学，都是采用"旁推交通"的方法而进行。作为扬州学派的殿军人物，刘师培将此作为毕生追求和实践的目标。以其《左传》研究为例，在继承家学的同时，刘师培对《左传》的

---

① 郭院林《彷徨与迷途：刘师培思想与学术研究》，凤凰出版社 2012 年版。

研究已经不仅仅限于对旧注旧疏的梳理，而是对孔子与六经的关系、《左传》与《春秋》的关系、《左传》与《穀梁传》《公羊传》的关系、《左传》在汉初的流行情况等，都作了精辟的论述。刘师培善于吸收近代西方社会科学研究方法和成果，如从《春秋》三传的语言研究入手，指出《公羊传》《穀梁传》行文多疑似之词；运用比较的方法，指出《穀梁传》《公羊传》在史事的阐述上受《左传》的影响等。这种用比较的方法，从不同的角度对经学进行研究，可以说是刘师培经学研究的一大特色。

在众多的清代学者当中，刘师培最为推崇的是戴震，他在《戴震传》中对戴震一生的学术成就作了全面中肯的阐述。他对戴震的认识和评价，也是与他自身的学术背景分不开的。除高度评价戴震的考据学成就之外，刘师培还十分强调戴学的"实用"原则，他还将戴震的实学特色进一步发展，将学问与实用结合起来，写了一系列有关民生问题的文章，这也是与时代的需要密切相关的。

纵观其一生，刘师培的学术观点总是随着他的思想观点的改变而发生一些变化。如在其著述中，刘师培对传统学术作了提纲挈领的总体勾勒，并对清代学术给予了特别的关注。我们会注意到，刘师培对清代学者及其学术的评价前后是有矛盾的，而这种矛盾恰恰是他的政治立场和政治观点发生变化的反映。郭院林注意到了这一特点，在他的论文中，常将对刘师培思想的研究与对其学术的研究结合起来，在学术与思想的互动中将对刘师培的研究引向全面和深入。

刘师培所处的年代，是中国社会大动荡大变革的年代。刘师培在乾嘉之学的基础上，又受到西方理论的影响，他在语言文字方面进行了不少新的尝试和探索，取得了令人瞩目的成绩。其中一个非常突出的方面，就是通过文字来考证古代社会情状，将语言文字的研究同社会历史的发展紧密结合。在汉字应用于社会方面，包括整理汉字和改革汉字等方面，刘师培也提出了不少创见。

在民国初期的学者中，刘师培的著述总量是十分突出的。对其著述本身进行切实深入的研究是我们对其人得出更准确的评价的前提和基础。钱玄同、黎锦熙等学术前辈在文章中一再谈到刘师培开启了他们对国学、对学术史的认识之门，时至今日，我们去读刘师培的《国学发微》等著作，里面的观念和思想，仍然极具生命力，仍然能给我们启迪。对刘师培的思想与学术进行深入研究，进而探讨中国从古典进入现代这一转型期的重要学者性格、心理、思想的特点以及近代学术发展规律，是十分有意义的工作。

郭院林教授现任新疆石河子大学中文系系主任。此前，他于 2004 年考入北京大学中文系做我的博士生，他的博士毕业论文就是以江苏仪征刘氏的《左传》学为中心。在此基础上，由对刘师培的思想以及刘师培在文学、小学、校雠学等方面的成就又做了进一步的研究。近年来，郭院林已发表了数篇研究刘师培思想及学术的论文。此次郭院林将其对刘师培研究的论文整理结集出版，对目前的刘师培研究将是一有益的补充。

2011 年 12 月 28 日

《文化论衡》序[①]

2011 - 12

由中国国家图书馆古籍馆（原善本特藏部）和全国高等院校古籍整理研究工作委员会《中国典籍与文化》编辑部联合主办的"中国典籍与文化系列讲座"，自 2001 年开讲以来，已经走过了十个春秋，目前已成功举办了二百多场演讲。讲座所产生的影响和其受欢迎的程度，可以说是主办者始料不及的。这种有意义的活动，我们今后还要继续办下去。

"中国典籍与文化系列讲座"这个名字，与我们高校古委会主办的《中国典籍与文化》杂志同名。我们的刊物办到今年恰好满二十年，参与组织讲座则已经十年——其实不论是办刊物，还是做讲座，我们一直都秉承这样一种理念：为了不让古书在书架上蒙尘，我们搞专业的人不仅要进行提高性的研究，同时也有必要把自己的研究成果与心得用当代人能接受的语言写出来或讲出来，争取能做一点"文化科普"的工作。

[①] 《文化论衡——中国典籍与文化系列讲座十年选萃》，国家图书馆出版社 2012 年版。

近几年来，由于新技术的发展突飞猛进，加上网络等现代媒介的推波助澜，"科普"在年轻人当中又重新热了起来。过去谈到"科普"，一般人会联想起"扫盲""送书下乡"这些活动；而现在无论是"科普"还是"被科普"的主体都已经转变为有比较高学历的年轻人，从内容层次上看，提高和普及也结合得越来越紧密。"科普"已经成为一种很时尚的活动。新知识、新技术需要"科普"；人文学科也需要"科普"，而且我还认为，从某种程度上说，人文学科更要注重普及，而且越高端的、越冷门的学科，越是要"科普"。

可是现有的文科领域中的一些普及工作，门槛已经够低，时尚也已经够时尚，但是我总觉得有些时髦的做法和我们想象中的"文化科普"还是不太一样。比如在机场的书店里，大家总可以看到，电视里循环播放着用老、庄、孙子包装过的生意经；在企事业单位举办的跨界演讲里，儒、释、道也都变为成功人士的文化包装。对这些机场里的教授和职场上的人生导师，你不能不佩服他们传经布道一样的演说能力及其所产生的煽情轰动的社会效果；可是这样的普及，好比如孩子们爱吃的麦当劳，热量是够高了，可究竟又能有多少营养呢？

而在图书馆里办讲座，那感觉就不一样了。

我们能和国家图书馆合作，而且合作得很愉快，一合作就是十年，直接的原因当然是因为大家是专业非常接近的同行和朋友，根本的原因则在于：第一，文化普及活动是公益性的事业，而图书馆也是带公益性质的机构，具体到操持这个系列讲座的古籍馆的同仁们，他们完全是出于对工作的热爱而义务性地为大家服务。第二，图书馆本身是信息的中心和文化交流与传播的基地，从向社会辐射这个角度上说，在图书馆里办讲座，效果可能要比在高校里更好。第三，更重要的是，来图书馆看书，特别是到古籍馆来的读者，一定是醉心于古典学术与古代文化的人。从讲座的组织者，到讲者，再到听者，大家完全是"因书而结缘"，因此我们相信，通过这个系列讲座一定能找到相互的知音。

最精彩的讲演其实很难用文字来记录，甚至说录音和镜头也未必就能捕捉到现场的独有气氛；而现在这份"精选集"所收录的讲稿，从比例上说还不及全部讲座的百分之一，我想"精选集"的初衷还是以纪念性为主吧。借此机会，我谨代表合作单位向所有主讲的专家学者、向国家图书馆古籍馆的同仁和出版社的编辑们表示衷心的感谢。由于他们的努力与付出，我们才听到精彩的演讲，看到精美的"讲座丛书"与"精选集"。当然，最需要感谢的还是十年以来一直关注与支持这项活动的听众与读者，没有大家的参与，讲座就不可能办得这么成功。

2011 年 12 月

《日本宫内厅书陵部藏宋元版汉籍选刊》前言①

2012 - 10 - 05

一

这套《日本宫内厅书陵部藏宋元版汉籍选刊》共收 66 种中国古籍，都是中国宋代元代刊刻的、后来流传到日本、现今保存在宫内厅书陵部的珍贵典籍。

宫内厅书陵部现藏宋元版汉籍 144 种，我们已全部复制回国。这次从中精选出这 66 种影印出版。精选的标准是：（一）宫内厅藏本为海内外孤本，未见其他藏书机构收藏者；（二）在同书诸多版本中，宫内厅藏本是初刻本或较早版本者；（三）中国国内（包括大陆和台湾）藏本是残本，而宫内厅藏本是足本或较全者；（四）该书学术价值甚高，而海内外至今未有影印本或排印本者。

这次影印，我们一仍宫内厅所藏这批古籍的现状，不做校

---

① 《日本宫内厅书陵部藏宋元版汉籍选刊》，上海古籍出版社 2012 年版。

改、修补和任何加工，包括日本阅读者所加的批校也予保留。

影印前，我们做了一些必要的工作。一是组织全国高校古籍整理研究工作委员会秘书处和北京大学中国古文献研究中心的 13 位专家将从宫内厅复制回来的 144 种宋元版古籍与国内所藏同种古籍作了比较研究，从中选择最具出版价值的古籍。二是在上述研究的基础上，为影印的每一种古籍撰写影印说明，介绍或考订作者生平仕履，揭示该书的学术价值；并根据历代书目和存世版本考辨该书的版本源流和价值。

我们这样工作的成果之一是发现宫内厅所藏 144 种宋元版汉籍中至少有 4 种不是宋元版。一是晋杜预的《春秋经传集解》30 卷，宫内厅著录为南宋淳熙三年刻本，实际是明代据南宋淳熙刻本覆刻印行的。（见顾永新《淳熙小字本〈春秋经传集解〉版本考》，待发。）二是南宋王应麟的《困学纪闻》20 卷，宫内厅著录为元刊本，实际是明正统年间翻刻元泰定二年庆元路儒学刊本。（见卢伟《宫内厅藏〈困学纪闻〉考》，待发。）三是元王幼学的《资治通鉴纲目集览》59 卷，宫内厅定为元刊本，实为明洪武年间刊本。（见顾歆艺《宫内厅藏〈资治通鉴纲目集览〉考》，待发。）四是南宋刘应李的《翰墨全书》（《新编事文类聚翰墨全书》）前集 100 卷、后集 34 卷，宫内厅著录为元刊本，实际是明初刊本。（见吴国武《宫内厅藏〈翰墨全书〉考证》，待发。）

二

日本宫内厅书陵部所藏的中国宋元版古籍极为珍贵。

目前，国外收藏中国古籍数量最多、珍贵程度最高的，当属东邻日本。日本收藏中国古籍的机构中又以静嘉堂文库、宫内厅书陵部所藏中国宋元版古籍为多。

宫内厅书陵部是日本天皇的皇家藏书机构。它创建于公元701年（日本文武天皇大宝元年），当时称作"图书寮"，隶属中务省。1884年改称"宫内省图书寮"，1949年更名为"宫内厅书陵部"。它所收图书，历经13个世纪的累积，数量多，品质精。其中，中国古籍占有极为突出的位置。从目前已公开的部分书目看，所收中国古籍宋刊本75种、元刊本69种、明刊本336种，另有唐写本6种、元钞本5种、明钞本30种。其中，有些是中国国内未有收藏的版本，有些是中国所藏为残本而书陵部所藏为全本。

现从这次影印出版的66种书中，举数例以见其价值：

一、《尚书正义》，宫内厅所藏为唐孔颖达单疏本，20卷，17册。南宋孝宗前期据北宋监本覆刻，为日本称名寺僧人圆种从宋朝带回日本。现为海内外孤本。

二、《初学记》，唐徐坚等撰，宫内厅藏本为南宋绍兴十七年刊本。而国内已无宋刊本，所存最早的是明嘉靖十年安国桂坡馆刊本。

三、《三苏文粹》，宫内厅藏本为南宋初年刊本，100卷，完整不残。而国内不存此本，所存最早的是国家图书馆收藏的南宋末期宁宗时刊的70卷本。

四、《全芳备祖》（《天台陈先生类编花果卉木全芳备祖》），宫内厅藏本为宋刊本，残本，存41卷（全本应为58卷）。而国内已不存宋刊本。

五、《东坡集》，宫内厅藏本为南宋初孝宗时刊本，分前后集。前集共 40 卷，存 37 卷（缺卷 34、35、36）。后集共 20 卷，存 8 卷（卷 1—8）。而国内，国家图书馆有与此相同的宋孝宗时刊本，仅存前集 30 卷，较宫内厅藏本缺 7 卷，且无后集。上海图书馆仅存此本 8 叶。

六、《杨氏家藏方》，20 卷，宋杨倓撰，宫内厅所藏为南宋淳熙年间刊本。中国大陆、中国台湾均不存此刻本，仅北京大学图书馆藏有此本钞本。

三

这套《日本宫内厅书陵部藏宋元版汉籍选刊》的编纂工作，从 1997 年下半年开始，至今已有 15 年。大体分为两个阶段。第一阶段是以复制为主。时间是从 1997 年至 2005 年的 8 年间。其中起了关键作用的，中国方面是北京大学的郝平教授，日本方面是东京经营文化研究所所长长岛要市教授。由于他们的杰出才干得以使这批宋元版古籍全部复制给我们。如今，郝平教授已任中国的教育部副部长，长岛要市教授已于几年前作古。第二阶段是以研究为主。时间是从 2000 年至今的 12 年间（两个阶段在时间上有所交叠）。这一阶段出力最多的是北京大学中国古文献研究中心的杨忠教授，他协助我组织了后期工作，并审看了各位学者所写的影印说明。

这套书能够出版，得益于参加撰写影印说明的各位学者，他们是（按音序）：安平秋、曹亦冰、陈晓兰、顾歆艺、顾永新、林嵩、刘瑛、刘玉才、卢伟、王岚、吴国武、杨海峥、杨忠。他们对所影印的这些宋元版汉籍在世界范围内做了全面调查、目验和比勘，而后才写出该书的影印说明。

在这套书从复制到遴选出可供出版的古籍的过程中，还得到许多朋友的帮助，他们大多已列进编委会的名单之中。

我自己，自始至终参加了这套丛书的工作。

这套丛书是全国高校古籍整理研究工作委员会（简称"古委会"）的科研规划重点项目。后来又得到全国古籍整理出版规划领导小组的支持，列入该机构的出版规划重点项目。2010年国家社会科学基金办公室将以我为首席专家的《国外所藏汉籍善本丛刊》列为国家社科基金支持的重大项目，而这套《日本宫内厅书陵部藏宋元版汉籍选刊》是其中的第一种，因此，这套书也是国家社科基金的重大项目。

这套丛书从启动之初，于1997年12月就得到日本宫内厅的书面同意，允许在中国正式出版。同时，在日本法律界朋友的提示与帮助下，得以在日本国文部科学省和中国驻日本大使馆备案。

这套书中的21种曾于2001年、2002年分两次由线装书局以线装的形式影印出版。这次改由上海古籍出版社影印出版，包括了这21种。借此怀念线装书局的王大路先生，他已于几年前辞世。感谢上海古籍出版社王兴康编审、赵昌平编审、高克勤编审的支持和各位编辑的细致工作，使本丛书得以面世。

2012年10月5日于北京大学

附：《日本宫内厅书陵部藏宋元版汉籍选刊》书目

1. 《程朱二先生周易传义》十卷，（宋）程颐传（宋）朱熹本义，元刊本

2. 《周易本义附录集注》十一卷，（元）张清子撰，元刊本

3. 《尚书正义》二十卷，（唐）孔颖达撰，宋刊本

4. 《吕氏家塾读诗记》三十二卷，（宋）吕祖谦撰，宋刊本

5. 《诗集传音释》十卷，（宋）朱熹集传（元）许谦音释，元刊本

6. 《诗童子问》二十卷（缺一卷），（宋）辅广撰，元刊本

7. 《诗缉》三十六卷（缺三卷），（宋）严粲撰，元刊本

8. 《礼记集说》十六卷，（元）陈澔撰，元刊本

9. 《春秋经传集解》三十卷，（晋）杜预集解，宋刊本

10. 《春秋胡氏传附录纂疏》三十卷，（宋）胡安国传（元）汪克宽纂疏，元刊本

11. 《春秋诸传会通》二十四卷，（元）李廉撰，元刊本

12. 《孝经》一卷，（唐）李隆基注，宋刊本

13. 《论语注疏》十卷，（魏）何晏集解（宋）邢昺疏，宋刊本

14. 《附音傍训晦庵论语句解》二卷，（宋）李公凯撰，宋刊本

15. 《四书辑释》（缺《论语辑释》，存《孟子辑释》十四卷、《大学朱子或问》一卷、《中庸朱子或问》一卷），

（元）倪士毅辑释，元刊本

16.《四书章图纂释》五卷，（元）程复心撰，元刊本

17.《尔雅注疏》十一卷，（晋）郭璞注（宋）邢昺疏，元刊本

18.《集韵》十卷（缺一卷），（宋）丁度撰，宋刊本

19.《古今韵会举要》三十卷，（宋）黄公绍编（元）熊忠举要，元刊本

20.《史记》一百三十卷，（汉）司马迁撰（南朝宋）裴骃集解（唐）司马贞索隐（唐）张守节正义，元刊本

21.《东都事略》一百三十卷（缺九卷），（宋）王偁撰，宋刊本

22.《故唐律疏议名例篇》六卷，（唐）长孙无忌等撰，元刊本

23.《十七史详节》二百七十三卷，（宋）吕祖谦纂，元刊本

24.《通典》二百卷（缺三卷），（唐）杜佑撰，宋刊本

25.《太平寰宇记》二百卷（存七十卷），（宋）乐史编撰，宋刊本

26.《新编四六必用方舆胜览》七十卷《拾遗》一卷（缺九卷），（宋）祝穆编，宋刊本

27.《本草衍义》二十卷，（宋）寇宗奭撰，宋刊本

28.《新编类要图注本草》四十二卷，题（宋）刘信甫校正，宋刊本

29.《杨氏家藏方》二十卷，（宋）杨倓撰，宋刊本

30.《魏氏家藏方》十卷（缺一卷），（宋）魏岘撰，宋刊本

31.《诸病源候论》五十卷，（隋）巢元方等撰，元刊本

32.《增广太平惠民和剂局方》五卷，（宋）陈师文等校正，元刊本

33.《中说》十卷，题（隋）王通撰（宋）阮逸注，宋刊本

34.《论衡》三十卷（缺末五卷），（汉）王充撰，宋刊本

35.《游宦纪闻》十卷，（宋）张世南撰，宋刊本

36.《初学记》三十卷，（唐）徐坚等编撰，宋刊本

37.《太平御览》一千卷（有抄配），（宋）李昉等纂，宋刊本

38.《花果卉木全芳备祖》五十八卷（缺十七卷），（宋）陈景沂编辑，（宋）祝穆订正，宋刊本

39.《四六发遣膏馥》四十一卷（有抄配，缺五卷），（宋）杨万里、李刘撰，周公恕、陈范编类，宋刊本

40.《纂图增新群书类要事林广记》十集二十卷，（宋）陈元靓编，元刊本

41.《新编排韵增广事类氏族大全》十卷，（元）佚名编，元刊本

42.《世说新语》三卷，（南朝宋）刘义庆撰（南朝梁）刘孝标注，宋刊本

43.《大方广佛华严经》八十卷，（唐）实叉难陀译，宋刊本

44.《禅林类聚》二十卷，（元）释道泰、释智境编纂，元刊本

45.《正法眼藏》三卷，（宋）释宗杲撰，宋刊本

46.《禅宗颂古联珠通集》十卷（缺三卷），（宋）释法应

辑集（元）释普会续辑，元刊本

47.《联灯会要》三十卷，（宋）释悟明撰，元刊本

48.《集千家注分类杜工部诗》二十五卷，（唐）杜甫撰（宋）徐居仁编次、黄鹤补注，元刊本

49.《寒山诗集》不分卷，（唐）寒山撰，宋刊本

50.《欧阳文忠公集》一百五十三卷（存六十九卷），（宋）欧阳修撰，宋刊本

51.《王文公文集》一百卷（存前七十卷），（宋）王安石撰，宋刊本

52.《王荆文公诗》五十卷，（宋）王安石撰、李壁笺注、刘辰翁评点，元刊本

53.《景文宋公集》（存十八卷），（宋）宋祁撰，宋刊本

54.《东坡集》四十卷（缺三卷），《东坡后集》二十卷（存八卷），（宋）苏轼撰，宋刊本

55.《王状元集百家注分类东坡先生诗》二十五卷，（宋）苏轼撰 题（宋）王十朋纂集，宋刊本

56.《重广分门三苏先生文粹》一百卷，（宋）苏洵、苏轼、苏辙撰，宋刊本

57.《诚斋集》一百三十三卷（有抄配），（宋）杨万里撰，宋刊本

58.《诚斋先生南海集》八卷，（宋）杨万里撰，宋刊本

59.《崔舍人玉堂类稿》二十卷，《崔舍人西垣类稿》二卷，（宋）崔敦诗撰，宋刊本

60.《北涧集》十二卷，（宋）释居简撰，宋刊本

61.《中州集》十卷（有配补），附《中州乐府》一卷，

（金）元好问编撰，元刊本

62.《村西集》十六卷（缺三卷），（元）谭景星撰，元刊本

63.《西翁近稿》十一卷，（元）谭景星撰，元刊本

64.《文选》（赣州本）六十卷，（南朝梁）昭明太子编撰（唐）李善等注，宋刻宋元递修本

65.《文选》（明州本）六十卷，附六臣注《文选》残抄本二卷，（南朝梁）昭明太子编撰（唐）李善等注，宋刊本

66.《国朝文类》七十卷（缺六卷），（元）苏天爵编，元刊本

《美国图书馆藏宋元版汉籍图录》序①

2014 - 06 - 16

中国的古籍，存藏在国外的被外国人称为"汉籍"。最早这样称谓的是日本学者，那是与"和书"（日本书）相对而言的，其后为更多的学者所接受。但是，实际上，近些年人们称"汉籍"，既包括中国刻印的古籍，也包括凡是用汉字写刻的书籍。这本《美国图书馆藏宋元版汉籍图录》，所收的是现在存藏在美国各图书馆中的中国宋元时期所刊刻的古籍。

国内学者对美国存藏的中国古籍中的善本，尤其是更珍贵的宋元版善本的情况，在很长时间里，若明若暗。我和我的同事们在20世纪90年代初开始调查美国图书馆收藏中国古籍的情况，记得1992年我在美国学者的陪同下，先后到密歇根大学、芝加哥大学、国会图书馆阅看了它们存藏的古籍善本，自那以后我才逐渐深入和扩展对美国所藏汉籍的调查。到了90年代末，我们对美国存藏的宋元版汉籍有了初步了解，知道全

---

① 曹亦冰、卢伟主编《美国图书馆藏宋元版汉籍图录》，中华书局2015年版。

美图书馆所藏宋元版汉籍数量在 100—150 部之间。在 2004 年的一次小型学术会议上，一位史学界前辈在谈到美国收藏的宋元版古籍时，两次以不容置疑的口气说"人家比我们多得多"，"总有几千部"。我这才意识到，国内有相当一些学者和我此前一样，对美国收藏的中国古籍缺乏准确了解。

我当时正任北京大学中国古文献研究中心主任，那两年和杨忠教授一起专力于调查、复制日本所藏宋元版汉籍的工作，便请北大中国古文献研究中心副主任兼海外汉籍研究室主任曹亦冰教授主持《美国图书馆藏宋元版汉籍图录》的工作。亦冰老师精明干练，立即组织了一个古文献功底坚实，英语又好的工作班子，有杨海峥、顾永新、卢伟三位副教授，因杨海峥、顾永新两位还有其他任务，亦冰老师又请海外汉籍研究室副主任卢伟任副手协助工作。这一课题，于 2005 年立项成为北大中国古文献研究中心申报的教育部人文社科重点基地的重大项目。从那之后，这一课题组或整体或个人几次赴美调查、阅看宋元版古籍，与在美的学者讨论、请教，亲自目验，当场拍照，并立即向该馆预订高清晰度的书影以供正式出版用。我曾和这一课题组同仁赴美工作。记忆中，我们于 2006 年 4 月 21 日到哥伦比亚大学在商伟、王成志两位先生的帮助下，阅看了多部善本，包括 2 部宋元版书；24 日到哈佛燕京图书馆，在郑炯文馆长亲自安排下，看了 9 种宋元版书；25 日到普林斯顿大学东亚图书馆，在马泰来馆长和马丁（何义壮）先生的陪同下，看了 8 种宋元版书；27 日到国会图书馆，在居蜜先生的安排下，看了 29 种宋元版书；5 月 5 日到加州伯克莱大学东亚图书馆，和周欣平馆长、赵亚静副馆长、李锦桂、何剑叶先生一起看了 42 种宋元版书。其后，在 2007 年、2008 年课题组又几度赴耶鲁大学东亚图书馆、芝加哥大学东亚图书馆阅看宋元版书并到 2006 年去过的图书馆再度复核、补遗。这一课题组在上述工作的基础上，查阅国内外相关著录和资料，到各地图书馆与同一版本古籍比勘，最后写出各书的文字说明。这样工作了 7 年，到 2012 年全稿完成。课题组又特请著名文献学家严佐之教授通审全稿，终于交付中华书局，经他们再审后出版。

今天，面对这部书稿，无论它有多少不足，甚至疏误，它的价值和贡献在于：1. 基本准确地提供了美国图书馆现在所藏宋元版古籍的数量和价值，廓清了一些学者的不符合实际的说法，有利于今后的学术估量和学术研究，功德无量。2. 书中的著录和书影都是经过亲自目验、从原书直接得来的，而不是不看原书转抄其他书目、书志而来的。因此，可信可据可贵。这两个特点，是曹亦冰教授率领的课题组卢伟、杨海峥、顾永新副教授共同努力的结果，也展现出他们的坚实的学术功力、严谨求实的学风和艰辛勤奋的工作精神。

这部书在中华书局出版，是 2006 年由中华书局负责人李岩先生、徐俊先生、顾青先生与我闲谈时定下的。他们一直关心、催问此事。他们对工作的敬业和待人处事的诚信，令人感怀于心。

2014 年 6 月 16 日晨于北京大学

杨海峥整理本《史记会注考证》序①

2015 - 03 - 10

《史记会注考证》是日本学者泷川资言（又称泷川龟太郎）对中国汉代司马迁撰著的《史记》所作的集注与考订。从它问世至今的 80 余年间，一直受到中日两国学者的器重。

泷川资言在这部著作中，广泛搜集日本所藏的《史记》钞本、刻本和中日两国学者的校勘成果，对《史记》正文作全面细致的校正，力图使《史记》正文符合司马迁文笔的原样。他汇总中国晋唐时期的"三家注"和其后的众多《史记》注家的注释，分列于《史记》正文的相关字句之下，提供了丰富的资料。其中对"《史记正义》佚文"的收集，至今仍是中日学术界关注和讨论的重要问题。他以"考证"的名目发表自己对《史记》的理解，内中所征引的中日两国学者的研究成果多达120 余家。他在汇总这些成果之后所发表的意见，常有见地。可以说，在今天，它仍然是收集资料最为丰富的《史记》集注本，对今后中日两国的《史记》研究依然起着重要的作用。泷

---

① 杨海峥整理《史记会注考证》，上海古籍出版社 2015 年版。

川资言的这部《史记会注考证》和另一位日本学者池田芦洲的《史记补注》是日本《史记》学史上的两座高峰。

泷川资言的《史记会注考证》在日本共出版了两次。第一次是在 1931 年至 1934 年，由日本东方文化学院东京研究所陆续在 4 年间全部出齐，共 10 册，人们习惯称之为"初版本"。第二次是在泷川资言去世后第 10 年的 1956 年开始至 1960 年，由日本《史记会注考证》校补刊行会在 5 年内陆续出齐，也是 10 册，人们习惯称之为"改正本"。"改正本"纠正了"初版本"中或因稿本、或因排版而出现的错误。由于该书的影响逐渐增大，自 1955 年至 2009 年的 55 年间，中国的各家出版社纷纷影印出版《史记会注考证》。初步统计，影印出版该书的中国大陆出版社有 4 家，中国台湾出版社有 10 家。但是，两岸的出版社都是影印该书的"初版本"，而没有用纠正了错误的"改正本"。究其原因，主要是两岸对日本学术信息、出版信息了解的滞后。

这次由杨海峥老师整理的《史记会注考证》所用的底本，是日本出版的"改正本"，这是其胜过两岸已影印出版的各种《史记会注考证》之处。按照上海古籍出版社的要求，这次整理工作对全书加以新式标点，重新排版。在标点整理的过程中，杨海峥老师又发现"改正本"的一些错字和疏误，都以审慎的态度予以注明改正。这样呈现给读者的八厚册《史记会注考证》标点整理本，是底本有据、资料丰富、更便于阅读使用的版本，是《史记会注考证》出版史上乃至整理史上的一个新样本。相信此书由上海古籍出版社出版后，会对中日两国《史记》研究起到推进作用。

这次整理工作的主持人是北京大学中文系的杨海峥副教授。她多年致力于古文献学、古代文学的教学、科研工作，于《史记》《汉书》用力更勤，其研究论著如《汉唐史记研究论稿》（齐鲁书社 2003 年版）、《日本汉学家池田芦洲和他的史记学成就》（《文史》2014 年第四辑）等都体现出她的真才实学。2006 年和 2013 年，她曾两次以《史记》研究为课题获得国家社科基金的立项。由于她的英语水平高，得以更多地关注国外学者在这一学术领域的研究成果。近年她把注意力放在日本《史记》学的研究领域，在完成《史记会注考证》的点校、整理之后，转而关注日本江户时代的《史记》学研究。杨海峥的治学长处是古文献功底坚实，注重对课题在广域上的宏观把握，又能在具体工作中下苦功夫深入进去。如这次的点校、整理《史记会注考证》，从选择底本、复印底本、逐字逐句整理标点、反复审看全稿和校样，到《前言》和《凡例》的写作，她都是一丝不苟，力求做到最好。

还有一件事需要提及。这次杨海峥老师点校整理这部书，本来是按照上海古籍出版社的要求，把水泽利忠先生所作的《史记会注考证校补》一书打散附在《史记会注考证》各篇之后一起点校整理的。这是因为上海古籍出版社在 1985 年影印出版《史记会注考证附校补》时已经这样做了，并且受到了学术界的欢迎。杨海峥老师已于 2012 年底全部完成标点整理并交稿，但 2013 年底水泽利忠先生去世后，日本学者小泽贤二先生代表水泽利忠先生家属提出不同意将水泽先生著作与《史记会注考证》合在一起出版，而准备由小泽贤二先生另行整理出版。鉴于这一状况，杨海峥老师在与上海古籍出版社沟通后，表示同意撤下水泽利忠先生的《校补》，这次只出版《史记会注考证》。这就使得她几年辛苦完成的数十万字《史记会注考证校补》的标点整理成果不能出版，这实在是一件令人遗憾的事情，但从中也可以看出杨海峥老师对人的尊重和处事的厚道。

2015 年 3 月 10 日于北京大学

袁传璋《宋人著作五种征引〈史记正义〉佚文考索》序①

2016 – 03 – 10

西汉时期司马迁撰著的《史记》面世之后，自汉至唐，为这部历史名著作注释的各家之中，最著名的有三家，即刘宋时期裴骃的《史记集解》、唐代司马贞的《史记索隐》与张守节的《史记正义》。宋代人将这三者合刻为"三家注本"，成为《史记》最通行的有注释的读本。自那之后，"三家注"中的《正义》没有以单刻本的形式流传下来，一般的读者只是通过"三家注本"了解其内容。20世纪前期，日本学者泷川资言在日本古活字本《史记》中发现了《正义》的大量佚文，并征引在他所编撰的《史记会注考证》中。泷川资言发现的这批佚文，究竟是否可靠？如果可靠，其价值又如何？国内学者对此一向有不同的看法。

袁传璋教授《宋人著作五种征引〈史记正义〉佚文考索》

---

① 袁传璋《宋人著作五种征引〈史记正义〉佚文考索》，中华书局2016年版。

一书的第一个贡献，就是从总体上解决了《史记正义》真伪问题的学术疑案。这部书从吕祖谦、王应麟、胡三省等人的五种著作征引的将近 1100 条《正义》中辑录出《正义》的佚文，其中有相当一部分与泷川资言所辑的佚文可以互相发明，这说明《史记会注考证》中的《正义》佚文总体上是可靠的。

这部书的第二个贡献，是丰富了我们对于《史记》"三家注本"形成过程的认识。首先，以往我们认为，南宋人在合刻"三家注"的时候，主要就是把《正义》中与《索隐》文字重复、内容近似的部分删除。袁传璋教授在比对大量佚文的基础上指出，"三家注本"对于《正义》的处理方式，不仅有删削、合并，而且有移置，甚至还存在增益的情况。其次，因为"三家注本"移置了《正义》的文字，有时误置于《索隐》之下，从而给人造成《正义》是配合、疏解《索隐》的错觉。而实际上《正义》与《索隐》是各自独立、互不称引的。其三，吕祖谦、王应麟、胡三省等著名史家大量援引《正义》的事实，又可以说明这些佚文本身有很高的学术价值，而不是冗余、重复的文字。

通过袁传璋教授的工作，我体会到在学术研究过程中，我们不仅要注意发现"新材料"，更要善于在常见的书中发掘有价值的资料（我们姑且把这种发掘称为史料的"再发现"）。我们说的"新材料"主要指的是出土文献、海外所藏的过去未见到的中国古籍与汉文文献，也包括近年来在古籍普查、古书拍卖过程中发现的一些以前不为人知的珍本秘籍。但新材料毕竟不常有，大量的研究工作还是要靠对既有资料的再发掘。而且新材料是否可靠，价值如何，常常也需要和既有材料比对之后，才能下结论。袁传璋教授在本书中使用的宋代三位史学家的五种著作，都是比较常见的书，其版本也很普通。这说明利用常见的书，一样可以做高质量的研究。

以程金造先生为代表的老一辈学者，曾认为《史记会注考证》中的《正义》佚文，可靠的只有十之一二，其余多数是日本人读书时留下的批注。这个结论显然受到二十世纪二三十年代以来风靡学界的"疑古"思潮的影响。尽管现在回过头来看，程金造先生怀疑过度了；但我们认为，在没有充分证据的情况下，谨慎的怀疑要比轻易的盲从好，因为怀疑的结果将促使我们去做更扎实的研究。袁传璋教授做的这项工作，其方法就是传统的辑佚学，但是他得出的结论，实际上也有助于我们在文献学领域"走出疑古"。这说明传统的古典文献学方法，一样能解决"前沿"的问题。

我还想在袁传璋教授这部书的基础上，谈一个相关的问题。既然现在发现了数量这么多的《史记正义》的佚文，且是可靠而有学术价值的，那么在今后的古籍整理工作中，主要是在整理《史记》的过程中，要怎么对待这些佚文呢？

近年中华书局启动了"二十五史"点校本的点校修订工作，在讨论《史记》修订凡例时，曾有学者提议，应当利用修订的机会把已发现的《史记正义》的佚文辑补进去。这个建议看似很有道理，但其实大家读了袁传璋教授的书以后，会更加意识到"三家注本"不是简单的"三合一"，它有一个形成过程，传到今天的"三家注本"已经是一个历史存在了。如果辑补了《正义》佚文，就不是历史上的"三家注本"了，等于旧本子没整理好，又出了一个新本子。而且从操作的层面看，袁传璋教授仅从五种书中就辑出了大量的佚文，我想一定也还有其他一些佚文散在他书之中而还没有辑出来的。这样一直辑下去，一时半会儿是辑不到头的。因此后来中华书局新修订点校本《史记》时，并未把辑补《正义》列入其中。如果有读者出于研究需要，希望能多了解一点《史记正义》的内容，目前除了可以读泷川资言的《史记会注考证》（以及水泽利忠的《史记会注考证校补》），还可以把张衍田教授的《史记正义佚文辑校》与袁传璋教授的这部书结合起来读，那么《正义》的基本内容也就可以掌握了。

　　袁传璋教授是当今研究《史记》学者中的杰出代表人物。他治学功力坚实而深厚，学风朴实而纯正，长于发现问题，论述多有创新，而且为人正直、厚道，颇具大家风范。他的为人、他的学风，将同他的这部《宋人著作五种征引〈史记正义〉佚文考索》一起，成为当代《史记》研究者的典范。

杨海峥《日本〈史记〉研究论稿》序^①

2017 - 02 - 12

　　这部《日本〈史记〉研究论稿》，是一部论述深切而又重点突出的日本《史记》学史，对中国的《史记》研究的发展会起到有力的推进作用。这部专著是杨海峥老师近年研究《史记》的新成果。

　　这部书的特点之一是它的开拓性。过去中国学者研究《史记》，不是没有注意到日本学者的研究成果，不是没有吸收、利用他们的成果，而是对日本学者的研究成果深入剖析不够，既缺乏对他们个案的逐一解析，也少些对他们总体成就与缺点的辨别，因而缺乏站在日本学者研究成果的肩上更上层楼的结果。杨海峥老师这部书，弥补了这种不足，既有对《史记》自传入日本后，日本人对《史记》接受乃至研究的发展脉络，又有对日人重点名著的逐一剖析。这可以说是这部书的创新之处。

　　特点之二是它的坚实和深入。这部书是在仔细研读了数

---

　　① 杨海峥《日本〈史记〉研究论稿》，中华书局 2017 年版。

660　　四　书评与序跋

十部日本学者的《史记》整理、研究著作之后写成的。书中第四章《泷川资言与〈史记会注考证〉》是杨海峥老师从2006年到2012年用6年时间对《史记会注考证》从头至尾标点、校勘并通读三遍校样之后才着笔写出的。为了深入了解《史记会注考证》，还阅读、标点、校勘了水泽利忠的《史记会注考证校补》。书中第五章是《池田芦洲与〈史记补注〉》，池田芦洲这部书是在池田本人去世多年后才出版的，未经本人审订，杨海峥老师在日本用了半年时间多次去池田文库阅读池田芦洲的手稿，并对手稿和印本进行了比较和考证，才写出这一章。可以说，杨海峥老师这部书体现出她做学问的坚实和深入。

特点之三是评价中肯、有度。杨海峥老师是在阅读了日本学者数十部著作之后选出目前的十余部作深入论述的。她在阅读、研究中，不抱盲目崇日心理，也不妄自尊崇国人，而只问客观内容。对日本学者研究成果的评价，不虚美，不隐恶，评价有度，有分寸。过去中日学者常常推重泷川资言的《史记会注考证》和水泽利忠的《史记会注考证校补》，认为是日本学者《史记》研究的集大成之作，有一家独重之势。杨海峥老师在论述中认为过去中日学界没有充分肯定池田芦洲《史记补注》的长处和价值，提出泷川资言的《史记会注考证》与池田芦洲的《史记补注》在日本《史记》学史上应是双峰并峙。这是十分中肯的评价。

应该说，杨海峥老师的这部书不仅仅是为了研究《史记》，不仅仅是为了推动《史记》研究的进一步发展，她还是为了教学的需要，为了使在北京大学中文系开设多年的《史记》《汉书》专书课内容实在、有最新成果、有国际水平而做的工作。这种将科研与教学相结合，给学生前沿性的真东西的精神，也是值得提倡的。

杨海峥老师在北京大学中文系从事教学、科研工作已有25年。她在教学之外出版的《中华古典名著读本·〈史记〉〈汉书〉卷》《汉唐〈史记〉研究论稿》，整理点校本《史记会注考证》和一批学术论文，得到了学术界同行的赞赏。她先后有两个研究课题获得国家社科基金项目立项，在本书出版之后，即将有整理点校本的《史记会注考证校补》（上海古籍出版社）和《钝吟杂录》（凤凰出版社）问世。这些都反映出她在学术上的勤奋与厚实。

愿杨海峥老师在《史记》的教学、科研领域里，在中国古文献学的教学、科研领域里，做出更加引人注目的坚实而又有开拓性的成绩。

2017 年 2 月 12 日晨于北京大学

宗福邦《古音汇纂》序[①]

2019 - 05 - 19

  《古音汇纂》是宗福邦教授带领武汉大学古籍整理研究所团队继《故训汇纂》之后推出的又一部大型学术工具书。这两部大书都是继承前贤，遵循学术发展的脉络，导之以现代学术的观念，从浩如烟海的中国古代文献中撮取专题资料编纂而成。《故训汇纂》是以训诂为中心，"集雅诂之大成"；《古音汇纂》是以语音为中心，"综音声之流变"。《故训汇纂》的编写用时 18 年（1985—2003），《古音汇纂》是从 1998 年开始起步，到今天已有 20 年之久。由于这两部大书是全国高校古籍整理研究工作委员会支持的重大项目，我们对于项目的进展一直很关注，对于在这过程当中的一些曲折与艰辛也有所了解。武汉大学古籍所人员长期维持在十几人，他们举全所之力，花费了 30 多年的时间，两代学人，持之以恒，推出了这样两部厚重的成果，这种执着的精神令人感佩，这其中的成功经验更值得总结。

---

  ① 宗福邦、陈世饶、于亭主编《古音汇纂》，商务印书馆 2019 年版。

主持编一部大书或者进行一个大的项目，架构与组织方法是否得当，是决定成败的第一关键。这就要求项目的主持者不仅是本学科有造诣的专家，而且要思路正确、周密，学术组织得当、有力。《故训汇纂》是继承发展清人阮元的《经籍籑诂》而来的，《古音汇纂》也曾有前贤大雅黄季刚、吴承仕诸先生的构想和实践导路于前。这两部《汇纂》都是在深刻总结前人工作的基础之上，结合当下学术发展的实际需求，再丰富、拓展而来。这两个项目的设计，是从学术史的发展现实出发（而不是为了申请经费而临时起意），准确地把握学术发展走向，故体例之完善与检索之便捷又都超越前书，堪称是有继承、有发展的"求是开新"之作。

《古音汇纂》团队，从剖析总结前贤成果，确定本书宗旨、性质，制订全书体例，到确定收录范围、引用书目，明确工作程序，都经反复论难、权衡，经试编、评估和请专家研讨后才正式开展工作，可说是"慎于始"。《古音汇纂》辑集历代典籍中注说字音的资料，举凡传世典籍古注中的说音资料，历代音义书、字书、韵书中的切语资料，敦煌所出、异域所见中古写本残卷中的字音资料，历代笔记杂纂中的方俗语音资料等，既不可遗漏，又不可妄收，既要工作态度的诚信又要学术判断力的准确与得当，整个团队殚精竭智，也在学术成长道路上有了精进，这可谓"诚于中"。至 2016 年完成初稿，又经 3 年的逐项核定与全貌的审视，就中还听取了同行的意见，于 2019 年终于以 1300 万字定稿，正是"善于后"。这种"慎于始，诚于中，善于后"的精神，既体现出宗福邦教授和他的团队的工作态度，又体现出他们的学术功力。这正是我们今天完成一项重大项目所必备的品质和应该汲取的成功经验。

《古音汇纂》的完成有赖于宗福邦教授、陈世铙教授、于亭教授所带领团队的精诚合作。团队中的主力都是当今具有真才实学的专家，他们不追求个人学术声名自显自贵，而甘于为集体项目和团队合作奉献，一做就是一二十年，为中国的古音研究、为中国的学术事业留下了一部丰碑式的巨著，他们既有奉献精神又有远见卓识，令我敬仰。

我与长我五岁的宗福邦教授相识于 1983 年，至今已 36 年。那时他 47 岁，身材壮实，长耳隆准，丰颜福相，话语不多，却言必有物，语多中的。相处既久，知他为人纯正，真诚忠厚，待人宽容大度，治事却认真负责而有担当。他在全国高校古籍整理研究领域的同行中间有极高的信任度，大家都为有这样一位朋友感到"放心、可靠"。他一直是我人生学习的榜样。如今，他 83 岁，是语言学界尤其是音韵训诂研究的大家，蜚声中外，却已满头白发，行走不便，犹每日耕耘，编写不辍。他为我们国家的学术事业奉献了一生的正能量。

宗福邦教授一直生活、工作在武汉大学，他主编《故训汇纂》《古音汇纂》，前后垂 30 余年，得到了武汉大学的有力支持。一位学者的无私工作，能够得到校方实实在在的理解和信任，也是幸运的。

谨贺《古音汇纂》的完成并出版。

2019 年 5 月 19 日晨

后　记

这部《行走的印迹》历经三年的选编和校核，即将付梓面世。

这是一部无趣的小众读物。

感谢几家出版社朋友的鼓励和指点，最终是麻烦江苏凤凰出版社编校出版。姜小青、倪培翔、吴葆勤、林日波、郭馨馨等几位好友热心、真诚而又在行地指导我做完这一工作。他们对古籍整理事业的热爱、对弘扬中华优秀传统文化的看重、对学术和出版业务的精湛把握，以及对我这个"老兵"的不弃，都令我敬佩和感动。

我身边几位年轻朋友帮助我编选全书，尤其是校阅多次校样，细致而辛苦，还纠正了我书中的不当乃至错误，展现出他们在为人处事和学术研究上的可信与可靠。他们是卢伟、顾永新、杨海峥、沙志利、林嵩、吴国武、刘贝嘉诸位。

感谢全国古籍整理出版规划领导小组办公室的各位朋友多年来对我的支持、指导和帮助。他们一直关注我这部书的编选，书名《行走的印迹》就是遵从他们的意见定下的。

感谢我所在的北京大学的领导郝平、王博二位老友，他们还兼任现今全国高校古委会的正、副主任，一直关注和支持我完成这部书稿。

感谢可以同我坐下长谈的忘年挚交王然、李岩、徐俊、顾青几位先生，他们的不断催问乃至指教，都是对我的激励。

要特别感谢几十年来同我在高校古委会一起工作的各位副主任、委员以及在古委会秘书处一起艰苦劳作的老同事，尤其是裘锡圭、宗福邦、马樟根、杨忠、曹亦冰几位先生和一批年轻的同事，书中所记述的工作在在都有他（她）们的心血。

行文至此，想到这部《行走的印迹》所收内容在时段上长达40年，对我个人来说是多么漫长的后半生时间，心中深深地怀念教育我的老师魏建功、阴法鲁、季镇淮诸位先生，他们教我如何做学问，更影响我如何做人；深深地怀念我在古委会工作的领导周林主任，是他对我的言传身教，加上真心的鼓励和直率的批评，才使我成长；也深深地怀念过去同我共事多年、今天已经作古的一大批至交，如章培恒、董治安、周勋初等先生，没有他们，我行走的印迹可能没有那么坚实。

谢谢一切关心、教育过我的老师、领导和众多的朋友！

安平秋

2024 年 5 月 15 日晨

于北京大学